I0573245

PROTEGGERE DAKOTA

Armi & Amori, Book 13

SUSAN STOKER

Questo libro è un'opera di fantasia. Nomi, personaggi, luoghi ed eventi sono il prodotto dell'immaginazione dell'autrice o sono rappresentati in modo immaginario. Qualunque riferimento a eventi, luoghi o persone reali (presenti o passate) è puramente casuale.

Quest'opera non può essere sfruttata, riprodotta o trasmessa, in tutto o in parte, senza il permesso scritto dell'editore, con l'eccezione di brevi estratti a scopo di recensione, secondo quanto permesso dalla legge.

Questo libro è concesso in licenza per uso esclusivamente personale, non può essere rivenduto o ceduto a terzi. Per condividere questo libro con altri, si prega di acquistare una copia per ciascun ricevente. Se stai leggendo questo libro e non lo hai comprato, oppure questa copia non è stata acquistata per il tuo utilizzo, dovresti acquistare la tua copia personale.

Grazie per aver rispettato il duro lavoro di questa autrice.

PROLOGO

Il comandante Greg Lambert, capitano di vascello in pensione, si fece avanti per raccattare la pila di fiches che il suo full gli aveva fatto vincere. Quella sera se ne sarebbe andato dalla partita di poker settimanale non solo con le tasche piene, ma anche con l'orgoglio immacolato.

I brutti musi dei suoi compagni di poker, provocati da quella insolita fortuna, erano un valore aggiunto.

Ormai si erano tutti abituati a vederlo perdere quando giocavano a Five Card Stud; era arrivato il momento di dar loro una lezione: mai sottovalutarlo.

Il vicepresidente Warren Angelo si scolò il bourbon che gli era rimasto nel bicchiere e spense il suo sigaro cubano: "Sembra che la dea bendata sia dalla sua parte, capitano."

Dopo aver impilato per bene tutti i gettoni in fila sulla griglia che aveva davanti, Greg guardò rapidamente gli amici che aveva intorno: proprio in quel momento pensò che quegli incontri settimanali avevano molto in comune con le riunioni congiunte a cui partecipavano, al Pentagono, nei suoi ultimi cinque anni di servizio.

Il luogo del ritrovo era cambiato, giocavano a poker nel seminterrato del Segretario di Stato, ma partecipavano sempre alti ufficiali gallonati, politici, insieme al direttore della CIA, che stranamente aveva fissato Greg tutta la sera.

"Era proprio ora che quella stronza di fortuna toccasse anche a me, non pensate? Di solito non fa altro che svuotarmi le tasche per dare a voi i miei soldi," rispose Greg con una risata decisa, mentre con gli occhi spaziava per l'ampia tana in cui si erano trovati, provando una certa invidia, prima che lo sguardo gli cadesse sull'orologio da parete.

La mezzanotte era passata da un bel po', di solito si salutavano a quell'ora. Doveva tornare a casa, ma poi perché doveva tornare a casa? Tra quelle quattro mura c'era solo il Chihuahua di Karen, un diavolo di cane che odiava Greg a morte.

Greg si alzò spingendo indietro la sedia e tirò indietro le spalle. Gli altri amici del poker se ne andarono alla svelta, tranne il vicepresidente Angelo, Benedict Hughes della CIA, e naturalmente il padrone di casa, l'uomo che aveva ospitato tutti per quella serata: Percy Long, il Segretario di Stato.

Greg bevve l'ultimo sorso di bourbon e poi posò il bicchiere sul tavolo. Quando fece per andarsene, gli altri due si misero davanti alla porta per bloccarlo. "C'è qualcosa che dovete dirmi, signori miei?" chiese loro; il modo serio in cui lo guardavano gli fece venire un brutto presentimento.

Non era una bella sensazione, lui la conosceva bene, perché aveva prestato servizio in marina come SEAL. Di solito quella sensazione non faceva presagire nulla di buono, come del resto gli sguardi sui volti di quei due.

Warren si schiarì la gola e si appoggiò al bancone in mogano con finiture in pelle. "Ultimamente circolano troppe voci." Lanciò un'occhiata a Ben. "Siamo preoccupati."

Greg indietreggiò di qualche passo per distanziarsi dagli altri. "Perché lo dite proprio a me? Io ormai sono fuori dal giro da un bel po'." Greg non era più in servizio, anche se si annoiava a morte, ma non abbastanza per decidere di affrontare tutto ciò che non funzionava negli Stati Uniti in quel momento, o per combattere contro i politici che cercavano di sistemare le cose a modo loro.

Ben sbuffò seccato, poi tracannò il suo bicchier d'acqua, mise giù il bicchiere vuoto sul bancone sospirando e guardò Greg negli occhi. "Abbiamo bisogno del tuo aiuto e non vogliamo girarci troppo attorno," gli disse, con un tono che quasi fece rizzare i capelli di Greg, per quanto corti.

Greg si mise le mani in tasca, facendo tintinnare le monete che aveva nella tasca destra e le chiavi dell'auto in quella sinistra, mentre attendeva che arrivasse il colpo. Nulla a Washington DC era semplice e chiaro, non era più come un tempo. Forse non c'era mai stato nulla di veramente semplice.

"Sputa il rospo, Ben," disse Greg, fissando dritto negli occhi l'altro, più giovane di lui. "Sono tutto orecchi."

"Negli USA è cambiato tutto, ormai i terroristi sono dappertutto," cominciò il racconto... e Greg dovette mordersi la lingua per non mettersi a ridere, davanti all'ovvietà del secolo.

Lui non era più in servizio, quando c'erano stati gli ultimi attacchi su suolo americano, ma era ancora in servizio attivo durante l'attacco terroristico per antonomasia, quello dell'11 settembre, il giorno che aveva sostituito l'attacco a Pearl Harbor come giorno dell'infamia nazionale.

"Non mi dici niente di nuovo, Ben," rispose Greg, con un tono chiaramente sempre più frustrato, "ma io che cosa c'entro? Sono solo un cittadino preoccupato."

"Ogni giorno si scoprono nuove cellule terroristiche," proseguì Ben, il cui viso impallidito contrastava con l'ombra della ricrescita della barba, fatta solo la mattina precedente. "Ogni giorno si infittiscono le voci di minacce imminenti, grandi mosse della *jihad* in via di preparazione."

"Ma tu lo capisci che io non sono più in servizio attivo oppure no?" chiese Greg stringendosi nelle spalle. "Non vedo come e quanto potrei essere d'aiuto."

"Vogliamo metterti a capo di una nuova divisione della CIA," intervenne Warren, "operazioni segrete, con una cellula di SEAL non più in servizio, lavorerete sotto copertura per combattere le cellule dormienti di terroristi che operano negli USA... o qualunque altra porcheria possa saltar fuori in futuro."

Greg rise: "Ma dove pensate di trovare i SEAL che accettino di partecipare? Sono quasi tutti di stanza all'estero..."

"Vogliamo coinvolgere degli *ex* SEAL come te. Spendiamo milioni di dollari per addestrare quegli uomini, per poi metterli da parte a non far nulla, mentre noi combattiamo questa battaglia persa da soli, è uno spreco." Ben sbuffò appena. "Sono sicuro che ti rispetteranno, quando chiederai loro di unirsi alla squadra esterna di cui avrai il comando. Di sicuro sarà più facile per te convincerli di quanto non lo sarebbe per noi."

"Ma quei tipi sono tutti come me, quando escono dalle squadre sono spezzati fino al midollo o sono feriti. Altrimenti rimarrebbero in servizio. I SEAL non vanno in pensione così, senza un motivo." *A meno che la moglie non muoia di cancro e i figli non siano tutti all'università e uno non rimanga tutto solo in una casa sconquassata, quando dovrebbe viaggiare e godersi la vita con la famiglia.*

"Di che tipo di minacce stiamo parlando?" domandò Greg, pur chiedendosi perché mai si stava anche solo soffermando su un'idea tanto stupida.

"Ce ne sono tante, ogni giorno di più. Troppe, per combatterle da soli," spiegò Ben, quando Warren alzò il palmo della mano.

"Il presidente è sempre più sotto pressione; gli mancano tre anni e mezzo alla fine del mandato, eliminare le minacce era una delle promesse fatte in campagna elettorale; vuole che le cellule terroristiche vengano eliminate e che le minacce vengano sventate alla svelta."

Quei due tipi, come anche il presidente, erano seduti tutto il giorno alle rispettive scrivanie; non avevano mai partecipato a un'operazione sul campo, quindi non conoscevano minimamente la programmazione e l'addestramento necessari prima ancora che una squadra potesse entrare in azione. Per preparare un gruppo di SEAL malandati a formare una squadra e lavorare insieme sarebbe servito il doppio del tempo, perché le esperienze sarebbero state tutte diverse, era impossibile pensare di fare "alla svelta".

"È un'idea difficile da percorrere. Non è possibile formare una squadra di dodici uomini ben addestrati a operare insieme, in meno di un anno. Sempre che si trovino." Allora come mai si stava entusiasmando? "Molti ex SEAL si staranno godendo la vita su qualche spiaggia." Proprio come avrebbe voluto fare lui con Karen, se non gli fosse morta appena dopo l'uscita dal servizio attivo, quattro anni prima.

"Non vogliamo formare una *squadra*, Greg," lo corresse Percy Long con le braccia incrociate, che poi sciolse incamminandosi verso Greg. "Dobbiamo muoverci nel segreto più assoluto perché non vogliamo scatenare il panico. Se si venisse a conoscere la gravità delle minacce, nessuno uscirebbe più di casa, la stampa pomperebbe la notizia fino a creare un'ondata di follia, lo sai come funziona."

"Allora, vediamo se ho capito bene. Volete dei SEAL, degli uomini fuori servizio che rimangano a disposizione e accettino di venire chiamati a svolgere delle operazioni speciali, delle missioni, da soli?" domandò Greg inarcando le sopracciglia. "Di solito non è così che funziona."

"Problemi nuovi, soluzioni nuove, Greg. Gli uomini che cerchiamo devono essere in grado di svolgere una missione in silenzio e in poco tempo," spiegò Warren;

Greg non ebbe nulla da ridire, i SEAL operavano esattamente in quel modo e facevano di tutto pur di portare a termine una missione.

Ben si avvicinò a Greg e gli mise una mano sulla spalla, come se stessero parlando di una specie di lavoro a staffetta; Greg non aveva dubbi che fosse proprio così. "Ogni organizzazione terroristica o gruppo di aspiranti terroristi si è radicato negli USA in qualche modo. Al Qaeda, i Fratelli Musulmani, i talebani... aggiungi tu chi vuoi. Non sono venuti a cercare asilo, stanno reclutando attivamente dei seguaci per programmare degli interventi, vogliono fondare un califfato sul nostro suolo nazionale. Non possiamo consentirlo, Greg, altrimenti gli Stati Uniti non saranno mai più gli stessi."

"Sarai inquadrato come esperto esterno della CIA, sarai pagato quanto vuoi," intervenne Warren, su cui si posarono gli occhi di Greg. "Prenderai tutte le decisioni per conto tuo, nel caso qualcosa andasse storto noi dobbiamo essere in grado di negare ogni coinvolgimento."

"Ma certo," rispose Greg, scuotendo la testa. Se qualcosa andava storto, serviva un capro espiatorio, in questo caso proprio lui. Proprio come nelle operazioni sporche portate a termine dalla squadra che comandava, quando era ancora in servizio attivo.

Santo cielo, perché mai quell'idea stupida gli sembrava all'improvviso così intrigante? Perché mai pensava di poterla far funzionare? E perché cavolo pensava all'improvviso che quell'idea fosse proprio ciò di cui lui aveva bisogno per uscire dal fetore in cui aveva vissuto negli ultimi quattro anni?

"Posso farti avere un elenco di possibili uomini da contattare, SEAL appena usciti dal servizio, il presidente è disposto a procurarti *qualunque* altra cosa ti serva," proseguì rapidamente Warren. "Basta che tu accetti."

Rimasero tutti in silenzio, Greg guardò dritto negli occhi ognuno degli altri presenti, mentre ponderava il da farsi. Cosa diavolo aveva da perdere? Rifiutando, sarebbe solo morto lentamente, in agonia, a casa sua, in poltrona. Aveva solo quarantasette anni, era ancora in forma, rischiava di passare fin troppi anni su quella poltrona.

"Fatemi avere le informazioni dei servizi segreti, l'elenco degli uomini e il contratto," disse, con una scarica di adrenalina che gli fece tremare le ginocchia.

Era rientrato in pista.

CAPITOLO UNO

"Ciao, Wolf, allora, com'è andata?" chiese Slade "Cutter" Cutsinger all'altro SEAL, mentre entrava nell'ufficio della base navale.

"Potrei anche dirtelo, Cutter, ma poi dovrei ucciderti," scherzò Wolf sorridendo a Slade.

Ormai era una battuta di lunga data, tra i due. Anche Slade era stato un SEAL, ora lavorava per la marina come collaboratore esterno, al comando diretto di Patrick Hurt, il comandante di Wolf. Probabilmente Slade ne sapeva più di Wolf stesso, a proposito della missione da cui la squadra di Wolf era appena tornata.

"Il comandante ti aspetta nel suo ufficio per una riunione di aggiornamento," disse Slade a Wolf, indicandogli la porta sulla destra con un cenno del mento. "A casa tutto bene? Caroline sta bene?"

"Sta bene," gli rispose Wolf, "grazie per averlo chiesto. Avrei dovuto dirtelo prima, ma sappi che apprezzo il tempo che hai dedicato per sentirla, durante l'ultima missione. Lei ormai c'è abituata, per quanto *possa* essere abituata ad avere un marito che se ne va chissà dove, chissà per quanto tempo. Mi ha detto che sei stato utile per far star meglio sia lei che le altre, a proposito della missione. Se avessi mai bisogno di qualcosa, sai che ti basta chiedere."

"Lo so e lo apprezzo," gli rispose Slade.

Non aveva mai lavorato sul campo con Wolf e con gli altri della squadra, ma nutriva nei loro confronti un rispetto assoluto. Riuscivano sempre a ottenere il massimo successo in missione, non correvano rischi stupidi, ma soprattutto erano molto legati alle rispettive famiglie, il che per Slade contava anche di più. Con "legati" Slade intendeva che quei SEAL capivano il valore prezioso delle mogli e dei figli e si facevano in quattro per farlo sapere anche alle rispettive famiglie. Nessuno di loro faceva il cretino in giro, se la missione durava più del previsto, Wolf chiedeva sempre a Slade di contattare le famiglie dei suoi uomini per aggiornarle. Tutte le donne avevano dei dispositivi di localizzazione, per sicurezza.

Slade non doveva sapere dei dispositivi satellitari, ma il suo amico Tex si era fatto sfuggire quella perla una sera, quando i due cazzeggiavano al telefono. Slade aveva lavorato in squadra con Tex, prima che Tex fosse congedato per motivi di salute; da allora, non aveva mai incontrato un uomo che meritasse più rispetto di lui. Quando Slade aveva saputo delle nozze di Tex e dell'adozione di una ragazzina irachena, l'orgoglio di Slade era stato quasi pari a quello dello stesso Tex.

Una sera stavano parlando al telefono e Tex aveva detto a Slade che Melody, la moglie di Tex, aveva partorito una bella bambina di nome Hope, poi Tex aveva continuato dicendo che si sarebbe fatto ammazzare, piuttosto che lasciare che la sua piccola cadesse nelle mani di qualche malintenzionato. Con l'approvazione e l'incoraggiamento della moglie, Tex aveva fatto modificare un braccialetto da fare indossare alla figlia, con dentro un dispositivo di tracciamento satellitare. Era stata quella l'occasione in cui Tex aveva vuotato il sacco sul fatto che anche le compagne degli altri uomini della squadra di Wolf indossavano dei dispositivi simili, per scelta.

Slade aveva provato un po' di malinconia, perché lui non aveva mai trovato la donna giusta, quella di cui innamorarsi al punto di proteggerla in quel modo... quella che glielo consentisse. La sua ex, Cynthi (non Cindy, faceva il diavolo a quattro se qualcuno la chiamava Cindy) non era molto interessata a quel che faceva lui, verso la fine del loro matrimonio, durato quattro anni, ormai l'indifferenza era reciproca.

Per tutta la vita, Slade aveva desiderato un legame speciale con una donna. Chissà per quale motivo, si era sempre immaginato di sentire quel legame speciale, incontrando la donna giusta. Quando aveva vent'anni, non aveva la stessa smania di trovare l'anima gemella, perché era giovane e voleva solo fare la differenza in marina. Ma arrivato ai trenta era pronto a sistemarsi, anche se era sempre impegnato fino al collo con le squadre di SEAL. Così era arrivato quasi ai cinquanta e gli sembrava di essere ormai troppo vecchio per cercare di imbastire un rapporto serio. Credeva di aver perso quel treno.

Quindi era diventato uno scapolo impenitente, che si prendeva cura delle famiglie degli altri SEAL che lavoravano per il comandante Hurt.

Scrollandosi di dosso quei pensieri, Slade cercò di concentrarsi sulle scartoffie che aveva davanti. Gli mancava l'azione sul campo, far parte di una squadra di SEAL, ma ormai era senza dubbio troppo vecchio per fare il lavoro dei giovani. Era contento di far largo ai giovani.

Il telefono vicino squillò e Slade rispose: "Cutsinger. Come posso aiutarla?"

"Sto cercando Slade Cutsinger. È lei?"

Slade non riconobbe quella voce, ma riconobbe senza dubbio il tono autoritario.

"Sissignore, sono Cutsinger."

"Sono il comandante Greg Lambert, capitano di vascello in pensione. La linea è sicura?"

Slade fu colto di sorpresa; non ricordava di aver mai lavorato con quel Greg Lambert, eppure lui aveva un'ottima memoria. "Nossignore, non è sicura. Se deve parlare con il comandante Hurt, le consiglierei..."

"Devo parlare con lei," lo interruppe Greg, "ora le detto un numero di telefono, mi aspetto che mi richiami stasera da una linea sicura. Devo farle una proposta."

"Con tutto il rispetto, scusi, ma io non la conosco," disse Slade, che faceva fatica a mantenere un tono professionale; non che gli creasse problemi ricevere degli ordini, ma di solito conosceva la persona che dava quegli ordini.

"Lei non mi conosce, ma abbiamo un amico in comune che mi ha parlato molto bene di lei."

Non sentendo altro, Slade chiese: "Un amico in comune?"

"John Keegan."

Ecco, parli del diavolo... proprio Tex. In che intrigo l'aveva mai cacciato? "È uno degli uomini migliori che abbia mai conosciuto," disse Slade a Greg con sincerità.

"Idem. Penna pronta?"

"Sì." Slade si annotò diligentemente il numero che l'altro gli dettava.

"Mi sembra superfluo ricordarle che si tratta di una questione estremamente riservata. John mi ha assicurato che lei sa essere discreto e che le interesserà molto."

"Almeno per metà, direi che ha ragione," borbottò Slade, che poi ignorò la risatina all'altro capo del telefono. "La chiamo verso le diciannove, se le va bene."

"Ci sarò." Poi l'ex comandante chiuse la telefonata senza dire altro.

Slade riagganciò il telefono lentamente, perso nei suoi pensieri. Cercò di reprimere la scintilla di interesse che gli si era accesa nelle viscere, senza riuscirci veramente. Lavorare per la marina degli Stati Uniti come collaboratore esterno gli consentiva di tenersi parzialmente immerso nei pericoli in cui prima si buttava a capofitto, ma non era la stessa cosa. In un certo senso, capiva che qualunque cosa Lambert gli avesse detto quella sera gli avrebbe cambiato la vita. Che gliela cambiasse in meglio o in peggio, era tutto da vedere.

———

"In che cazzo di situazione mi hai messo, adesso, Tex?" chiese Slade, appena l'amico gli rispose al telefono.

"Tanti saluti anche a te, Cutter. Com'è il tempo, laggiù in California? Lasciami indovinare, sei seduto sul balcone del tuo appartamento a fissare l'oceano, morendo dalla voglia di non annoiarti a morte."

"Stronzo," disse Slade sorridendo. Tex lo conosceva fin troppo bene. Era normale, avevano lavorato fianco a fianco, facendosi sparare e salvandosi la vita a vicenda, troppe volte per poterle contare. "Oggi mi ha telefonato un certo ex comandante Lambert, ha detto che gli hai parlato di me."

"Vedo che vai dritto al sodo," rispose Tex.

"Dovrei telefonargli fra trenta minuti da una linea sicura," disse Slade al suo vecchio amico.

"Capito. Lambert è uno dei buoni, ho lavorato con lui qualche volta. Adesso ha un nuovo incarico, niente di ufficiale, mi ha chiesto alcuni nomi, il meglio del meglio tra gli ex SEAL che conosco. Tu sei il primo della lista."

"Niente di ufficiale?" domandò Slade. "Non so se mi piace, come partenza."

"Niente di nuovo, rispetto a quanto facevamo prima," lo rassicurò Tex. "Però ascoltalo."

"Tu hai informazioni su questo incarico?"

"No. So che Lambert voleva chiedere anche il mio aiuto, ma con la piccola Hope appena arrivata e Akilah che si sta ancora ambientando, non voglio prendermi impegni che mi portino lontano da casa," gli spiegò Tex.

Slade lo capiva. Anche lui non avrebbe voluto allontanarsi da casa, se avesse avuto moglie e un figlio appena nato, per non parlare di un'adolescente adottata da poco. Sentendosi inquieto, si alzò e rientrò nel suo appartamento, poi disse al suo vecchio amico: "Tu sei più che impegnato anche con tutte le squadre che aiuti."

"Proprio così, ma mi piace molto. Mi piace essere coinvolto dai vari aspetti delle nostre forze armate. Ma c'è di più. Lo faccio per garantire maggiore sicurezza ai nostri uomini, in modo che possano tornare a casa, dalle rispettive famiglie."

"Quello che fai è apprezzatissimo, più di quanto ti venga detto," disse Slade a Tex.

Quasi in imbarazzo per la piega presa dalla conversazione, Tex rispose: "Detto questo, anche se non sono io la persona giusta per questo incarico, se ti serve qualcosa, sarà meglio che mi telefoni. Sai bene che nessuno meglio di me sa come trovare un ago in un pagliaio."

"Non lo so, amico, ho sentito che c'è una tipa in Texas che ti fa concorrenza e costa meno," lo provocò Slade.

"Qui lo dico e qui lo nego, ma non è una bugia," disse subito Tex. "Beth è meravigliosa, è riuscita a violare dei sistemi che io non avrei scalfito nemmeno lontanamente"

Slade lanciò un'occhiata al suo orologio da polso e si accorse che era arrivato il momento di telefonare, così disse controvoglia a Tex: "Devo andare. Grazie per le informazioni e per aver confermato che questo tipo è a posto."

"Quando vuoi. Comunque non scherzavo, Cutter," disse Tex con un tono più secco, "se ti serve qualcosa, *qualunque* cosa, telefonami. Non so che asso abbia nella manica Lambert, ma dato che non mi ha rivelato nulla, quando abbiamo parlato, immagino che quanto ti vuole chiedere sia estremamente riservato... lavoreresti da solo, anche perché non sei più in servizio attivo, ma quando si parla delle mie squadre, nessuno è mai veramente da solo."

"Vedrò cosa deve dirmi e poi deciderò se coinvolgere o meno qualcun altro," disse Cutter a Tex, "ma ho capito. Se ho bisogno di te, ti telefono."

"Ottimo. Ci sentiamo."

"Ci sentiamo," gli fece eco Slade, che poi chiuse la conversazione, posò il cellulare personale sul bracciolo della sedia su cui stava e respirò profondamente. Inalò l'odore del mare salato che entrava dalla porta del balcone, rimasta aperta, si prese un momento per calmarsi, mente e corpo. La fastidiosa sensazione che la sua vita stesse per cambiare era irrefrenabile.

Slade ripensò alla sua vita. Gli piaceva... in gran parte. L'appartamento in riva all'oceano era perfetto per lui. Non troppo grande, non troppo piccolo. Aveva risparmiato abbastanza soldi quando era in servizio attivo, il trattamento di fine rapporto era stato una bella sommetta. In salotto, proprio dietro di lui, aveva un bel televisore super tecnologico ad alta definizione, ogni tanto si trovava con degli ottimi amici per bere qualcosa in compagnia, erano degli ex colleghi, in tre minuti poteva andare a nuotare nell'oceano, se ne aveva voglia.

I suoi parenti stavano bene. Sabrina, la sorella, era sposata e aveva tre figli, anche il fratello era sposato, aveva due figli. Lui era il più vecchio dei tre, gli altri vivevano dall'altra parte del paese. Non vedeva spesso i nipoti, del resto non aveva mai instaurato con loro un rapporto molto stretto, non avevano mai comunicato con regolarità.

Slade doveva essere sincero con se stesso: era un solitario, aveva un appartamento bellissimo, un ottimo lavoro, ma nessuno con cui condividere la vita. Aveva provato qualche appuntamento online... *quello sì* che era stato un disastro, del resto era troppo vecchio per andare a rimorchiare ragazze all'*Aces Bar and Grill*, famoso luogo di ritrovo per SEAL della marina in servizio e in pensione. Quel locale era cambiato, non era più il classico locale da rimorchio, da quando la proprietaria era Jessyka Sawyer, la moglie di uno dei compagni di Wolf; ma un bar rimane sempre un bar e ci si trovano sempre delle donne che vanno a pesca di sveltine o cercano di accalappiarsi un bel militare, ma ci si trovano anche degli uomini che cercano di agganciare alla svelta.

Slade cercò di evitare il rischio di incupirsi ancor più di quanto già non lo fosse, così prese il cellulare cifrato della marina, che usava per parlare con il comandante Hurt e con i SEAL sotto il suo comando, e lo portò con sé fuori sul balcone; poi compose il numero dell'ex comandante Lambert.

"In perfetto orario," rispose il comandante al posto di salutare, "un buon inizio per il nostro rapporto lavorativo."

"Non sono sicuro di *volere* un rapporto lavorativo con lei," gli disse sinceramente Slade.

"Questa è una linea sicura, giusto?" gli chiese Greg.

Slade sbottò un "sì" irritato dal fatto che anche solo

per un secondo quel tipo dubitasse, pur avendo già abbondantemente chiarito che altrimenti non avrebbe parlato.

Allora Greg ridacchiò: "Dovevo chiedere conferma, senza offesa. Parlato con John?"

"Appena riattaccato," confermò Slade.

"L'immaginavo. Allora andrei dritto al punto, se non ti dispiace."

"Anzi, preferisco," rispose Slade, sentendo il corpo in tensione per ciò che stava per sentire.

"Mi è stata assegnata una nuova iniziativa, piuttosto segreta, rintracciare e neutralizzare cellule dormienti di terroristi nel paese. Quei bastardi ci stanno piovendo addosso, dobbiamo fermarli. Sono stato autorizzato a creare delle cellule segrete tutte mie... SEAL non più in servizio attivo."

Slade non era sicuro di aver capito. "Allora?"

"Allora voglio anche *te*, Cutter. Ho letto il tuo stato di servizio. Conosco i tuoi punti di forza e le tue debolezze. Ho parlato con John e con alcuni altri tuoi ex commilitoni. Sei un tipo con la testa sulle spalle e prima di lanciarti in azione cerchi di reperire tutte le informazioni possibili. Sei molto determinato e ami il tuo paese come non molti. Ma soprattutto hai avuto un certo successo da solo."

"Non sono *mai* stato da solo," protestò Slade, "non una sola volta. Anche quando intervenivo per salvare un ostaggio, avevo sempre la squadra alle spalle."

"Questo lo so." Greg si calmò un poco. "Intendevo dire che quando ti sei trovato nella merda fino al collo non ti sei fatto prendere dal panico; sei passato semplicemente al piano B... o al piano C, D, o E. Ho bisogno di te."

Slade fece un respiro profondo e poi sospirò lentamente. Era curioso. Dannatamente curioso. Così domandò con tono burbero: "Voglio saperne di più."

"Sei mesi fa è esplosa una bomba a Los Angeles."

Sentendo che il comandante non spiegava ulteriormente, Slade lo imbeccò: "Sì? Me lo ricordo. Un maniaco ha preso in ostaggio una manciata di persone. L'edificio è stato fatto evacuare, ma nel frattempo quel bastardo si è fatto saltare in aria e così ha ammazzato tutti gli ostaggi, prima che l'edificio si svuotasse. L'attentato è stato rivendicato dal gruppo Ansar al-Shari'a."

"Esatto. Questo è quanto hanno riportato le agenzie di stampa," spiegò Greg.

A quel punto a Slade venne uno strano presagio, così ripeté: "Questo è quanto hanno riportato le agenzie di stampa?"

"Sì. Ma le voci su internet sono state molto prolifiche. L'attentatore era un ragazzo e andava al college. È stato reclutato online. Il leader si chiama Aziz Fourati. Il governo crede che sia tunisino e a giudicare dal successo dell'attentato di Los Angeles sta reclutando attivamente altri soldati. Vuole tentare di raddoppiare il successo... a livello nazionale."

"Buon Dio," commentò Slade, "se pensavamo che l'11 settembre fosse un disastro, se questo riesce nel suo intento potrebbe bloccare le principali vie di trasporto del paese per mesi."

"Esatto. Ma non è tutto."

"Cazzo. Che altro c'è?"

"Lui era presente," disse Greg con voce gelida.

"Presente dove?"

"All'attentato. Era uno dei cosiddetti ostaggi. Ha fatto un discorso e tutto quanto, proprio prima che il ragazzo azionasse l'ordigno e facesse saltare tutto in aria."

"Come facciamo a saperlo?" chiese Slade.

"Tutte le telecamere di sicurezza dell'aeroporto sono state sabotate poco prima che accadesse il tutto. Quindi non ci sono registrazioni di quanto è successo all'interno, eppure qualcuno sta pubblicando su internet delle registrazioni audio e video, sul Dark Web, usando il discorso di quel terrorista per reclutarne altri."

Slade capì che c'era dell'altro. "Allora? Santo cielo, sputa il rospo!"

"Oltre a Fourati, che se l'è svignata appena prima che la bomba esplodesse, c'è un'altra sopravvissuta."

Quelle parole sembrarono riecheggiare sulla linea telefonica. "Cosa? *Chi?*"

"Si chiama Dakota James. Doveva prendere un aereo per Orlando proprio quel giorno per una conferenza."

"Sui giornali non è mai stato pubblicato nulla al riguardo," protestò Slade, "come facciamo a saperlo per certo?"

"Ho delle copie dei video di propaganda che Fourati sta inviando ai suoi militanti e c'è quella donna, il cui corpo non è stato ritrovato quando sono stati rimessi insieme i brandelli di corpi ritrovati all'aeroporto. Coincidenza strana, si è presentata al lavoro la settimana dopo con un braccio rotto, dicendo ai colleghi che era caduta dalle scale."

"Allora, com'è andata? Cos'ha detto dell'attentato?"

"Niente, tutto qua," disse Greg a Slade, "ora è svanita nel nulla."

"Svanita? Ma, il suo lavoro?"

"Si è licenziata."

"Di punto in bianco?" domandò Slade.

"Di punto in bianco," confermò Greg.

"Pensi che sia coinvolta? Per questo c'è bisogno di me?"

"No. Non pensiamo che sia coinvolta, ma non abbiamo nulla su Fourati. Non ci sono foto, non ci sono video in cui si veda la faccia. *Nada de nada*. Zero assoluto."

"Ma Dakota James l'ha visto," concluse Slade.

"Esatto, per questo ci serve. Fourati va fermato prima che possa portare avanti il suo piano. Per quanto ne sappiamo, in questo preciso momento ha reclutato solo un manipolo di uomini, ma più ne trova e più il suo attacco cresce a valanga."

"Quindi io devo trovarla."

"Sì. Devi trovarla, farti fare una descrizione di Fourati e poi rintracciare quel bastardo ed eliminare la minaccia."

Ah, ecco.

Slade stava proprio aspettando la conferma che l'ex comandante gli volesse far uccidere di nuovo per la patria. Quel pensiero doveva ripugnarlo. Si era lasciato alle spalle quella vita. Ma poi Slade si ricordò le immagini delle macerie all'aeroporto. Si ricordò le immagini e i video delle vittime. Una madre in viaggio con il bimbo di tre mesi. Una coppia che andava a celebrare il cinquantesimo di matrimonio con una vacanza di due settimane alle Hawaii. Gli imprenditori e le manager catturati nelle maglie di quell'atto terroristico.

La decisione di pancia di eliminare il bastardo responsabile di quelle morti si consolidò.

Slade stava aprendo la bocca per accettare l'incarico, quando Greg lo anticipò: "C'è un'altra cosa..."

Oh oh, merda.

"Fourati ha deciso che Dakota James gli appartiene." Il tono di Lambert fu molto asettico.

"Cosa? Come fa a conoscerla?"

"Invece sembra che l'abbia vista tra la gente all'aeroporto e qualunque cosa sia successa tra loro gli ha fatto decidere che se la voleva tenere. Per questo crediamo che sia scappata."

"Certo, cazzo," imprecò Slade, "è ovvio che non voleva diventare la bambolina di un terrorista."

"Evidentemente è così. Dalle conversazioni e dai messaggi che siamo riusciti a intercettare e decifrare, le sta dando la caccia."

"Si sa dove si nasconde Dakota?" chiese Slade. Il pensiero di quella poveretta, sopravvissuta a un attentato terroristico solo per ritrovarsi a dover fuggire, perché l'attentatore la vuole tutta per sé, era troppo da sopportare anche per Slade. I compagni di squadra gli avevano detto in molte occasioni che era affetto dalla sindrome del cavaliere medievale, ma a lui non interessava. Lui voleva bene alle donne; donne di ogni tipo. Basse, alte, con più curve o esili, non gli importava. Quando la situazione in missione si faceva complicata, se c'era di mezzo una donna, Slade era una garanzia: faceva di tutto pur di proteggere donne e bambini.

"Questo è il punto: non lo sappiamo."

"Allora *cosa* sappiamo?" sbottò Slade con impazienza. "Perché per come la vedo io, mi sembra che sappiamo pochissimo. Sappiamo che c'era di mezzo una donna, ne conosciamo il nome, sappiamo che si è licenziata, ma nient'altro."

Greg non sembrava minimamente irritato. "Per questo c'è bisogno di te. Devi trovare Dakota, farti dire da lei cos'ha detto Fourati prima che il suo soldato si facesse saltare in aria; scopri che aspetto ha quel coglione, così potremo trovarlo e chiudere una volta per tutte la sua operazione tecnologica, per togliere di mezzo un altro terrorista. Ci stai?"

"Che appoggio avrò?" chiese Slade; sapeva già che avrebbe detto di sì, ma voleva più dettagli possibili prima di accettare.

"Nessuno," fu la risposta di Greg. "Beh, almeno non ufficialmente. Potrai chiamarmi, io ti troverò le informazioni. Ma per tutto il resto dell'operazione, non dipendi da nessuno. Si tratta di un'operazione ufficiosa, non autorizzata. Se per caso ti beccano, anche in quel caso non dipendi da nessuno: il governo non ti tirerà fuori e se necessario negherà ogni coinvolgimento."

Slade non fu minimamente sorpreso. Anzi, se lo aspettava. "Compenso?"

Greg gli disse una cifra che gli fece inarcare le sopracciglia dalla sorpresa. Chiaramente il governo aveva deciso di fare sul serio.

"Ci sto," rispose Slade. Non aveva la minima preoccupazione di fallire. Avrebbe trovato la James, si sarebbe fatto descrivere Fourati, lo avrebbe ucciso e sarebbe andato avanti con la sua vita. In realtà non vedeva l'ora di andare in missione. Non per uccidere qualcuno, non gli era mai piaciuto ammazzare, ma per tornare di nuovo sul campo, per usare il suo talento nell'eliminare una minaccia.

Un SEAL rimane sempre un SEAL, chiaramente.

"Ottimo. Sono già d'accordo con il comandante Hurt, ti darà un permesso dall'ufficio. A partire da domani. C'è un dipendente relativamente nuovo, ma già rodato, che verrà trasferito al tuo posto con effetto immediato. Anche se non avete le stesse autorizzazioni di sicurezza, comunque potrà aiutare Hurt a portare avanti l'ufficio il minimo indispensabile, fino al tuo rientro. Il tuo sostituto è stato già informato e il tuo posto rimarrà riservato a te comunque, per quando finisci."

"Wow!" esclamò Slade. "Sono sorpreso, anche se non dovrei. Come facevi a sapere che avrei detto di sì?"

"John ha detto che avresti accettato. Mi fido di lui."

Slade annuì mentalmente. Ecco, Tex aveva la fiducia di entrambi.

"Domattina alle otto e zero minuti una busta verrà consegnata al tuo appartamento, contiene tutte le informazioni in mio possesso sul gruppo terroristico, su Fourati e ovviamente sulla James. Trovala, fatti dare le informazioni che ci servono, poi ferma Aziz Fourati una volta per tutte."

"Abbiamo una scadenza?" chiese Slade.

"Non c'è una scadenza in assoluto, ma il tempo è sempre prezioso. Finora, Fourati non sembra avere abbastanza seguaci da costituire una minaccia. Ma più persone recluta e maggiore è il rischio che qualcuno possa anche sostituirlo, se lo uccidiamo, portando avanti la stessa missione terroristica."

Slade comprese il punto. Quindi, anche se Greg diceva che non c'era una scadenza, la scadenza c'era eccome.

"Ah, c'è dell'altro: Fourati ha detto di volere la sua nuova moglie al suo fianco entro fine anno."

"Cazzo!" Slade imprecò sottovoce. Era quasi la fine di novembre, quindi Fourati si stava spazientendo, o forse aveva una pista per trovare il nascondiglio di Dakota. La missione era improvvisamente diventata più urgente. "Studierò i documenti," concluse Slade.

"Grazie, Cutter," gli disse Greg, usando di nuovo il soprannome che i SEAL avevano dato a Slade, il che provava che lo conosceva molto bene. "Il tuo paese non conoscerà mai il tuo contributo, ma sarà comunque in debito con te."

"È questo il numero a cui posso contattarti se ho delle domande?" chiese Slade. Conosceva già l'andazzo, cioè che nessuno avrebbe mai saputo quante volte lui aveva ucciso, per questioni di sicurezza nazionale. Ormai quello era un punto assodato da tempo.

"Sì, mi aspetto degli aggiornamenti." Al che, Greg riattaccò.

Slade spense il telefono e appoggiò di nuovo la testa allo schienale della sedia. Gli sfrecciavano nella mente un milione di pensieri. Dettagli sulle armi che gli servivano, il modo migliore per eliminare Fourati senza creare il panico, ma soprattutto come cavolo avrebbe fatto a portare a termine la missione, tutto da solo.

Ma l'unico pensiero che non si risolveva, l'unico che continuava a tornargli in mente, era Dakota James: dov'era?

CAPITOLO DUE

"Salve, signor James, mi chiamo Slade Cutsinger. Posso parlarle per un momento?"

Slade attese pazientemente a una distanza di rispetto dalla porta davanti a cui stava in piedi. Aveva ricevuto la busta con le informazioni il mattino dopo la telefonata con l'ex comandante e aveva letto tutti i documenti, parola per parola, due volte.

Non c'erano molte informazioni da cui partire (non si era meravigliato che Greg l'avesse coinvolto), ma la fotografia di Dakota James gli aveva fatto stringere i denti e anche i pugni.

Non aveva mai avuto una reazione talmente viscerale in vita sua, nel vedere una persona nuova, come quando aveva fissato lo sguardo in quegli occhi verdi. Gli era sembrato quasi che lo prendessero alla gola, sporgendosi dalla carta. Non era una bellezza classica, aveva il volto un po' troppo asimmetrico, ma la felicità e la brillantezza che i suoi occhi sprigionavano gli avevano fatto venir voglia di sapere tutto di lei.

La fotografia era dell'ultimo annuario scolastico della scuola elementare di Sunset Heights, dove lei lavorava come preside... o meglio ci *aveva lavorato*. Indossava una giacca blu con una camicetta bianca. Gli orecchini che portava erano a forma di mela, i capelli biondo scuro erano raccolti in uno chignon basso alla nuca. Il trucco era appena accennato, eppure gli occhi spiccavano e non avevano bisogno di alcun ritocco.

Slade si era fissato su quella foto per dieci minuti buoni di orologio, immobile per la sorpresa, mentre memorizzava i tratti del viso di Dakota. Voleva vederla meglio, voleva vederle il corpo, vedere quanto era alta al suo fianco, parlarle (aveva la voce acuta o profonda?) e toccarla. Quella foto gli aveva scatenato una reazione improvvisa e inconfondibile. Chissà che effetto gli avrebbe fatto, trovarsi in sua presenza?

Ripensando a ciò che Dakota aveva passato, Slade aveva fatto un verso di gola che lo aveva risvegliato, riportandolo al luogo in cui si trovava e a ciò che stava facendo.

La voleva. Non in modo razionale, non era normale, nemmeno lontanamente immaginabile, eppure era così. Slade voleva vederla sorridere. Voleva vedere quegli occhi brillare di gioia mentre lei lo guardava. Voleva vederla mentre mangiava dall'altra parte del tavolo, di fronte a lui, ma soprattutto voleva vedere quegli occhi verdi aprirsi e chiudersi assonnati, al suo fianco, nel suo letto.

Slade aveva letto centinaia di documenti e dossier, aveva visto centinaia di bersagli, mai una volta aveva sentito l'effetto che gli faceva Dakota James. L'avrebbe portata in salvo, fosse stata l'ultima cosa che faceva.

Nei documenti che Lambert gli aveva mandato c'erano anche informazioni sul padre di Dakota; era quasi sull'ottantina, viveva in una casa poco a nord di San Diego. Slade non era sicuro che il padre gli avrebbe dato delle informazioni sulla figlia (anzi, sperava che non lo facesse, sperava che fosse estremamente prudente per il bene della figlia), ma in ogni caso aveva fatto i bagagli nelle borse della sua Harley ed era partito.

Slade sentiva che il tempo si stava esaurendo troppo rapidamente per Dakota, che era in estremo pericolo; il suo unico obiettivo era trovarla il prima possibile. Non poteva spiegare quella sensazione, anche perché sapeva che provandoci sarebbe sembrato un pazzo. Ma l'intuito l'aveva sempre aiutato molto nella carriera militare, quando lavorava con le squadre di SEAL; non aveva certo intenzione di ignorarlo.

"Che cosa vende?"gli sbraitò il padre di Dakota da dietro la zanzariera. "Non mi servono biscotti, sono già abbastanza ciccione, non ci sono votazioni, non ho bisogno di qualcuno che mi tagli l'erba in giardino."

"Sono amico di Dakota," gli disse Slade.

"Cazzate," gli rispose subito l'altro, "Dakota non farebbe mai amicizia con uno come lei, impossibile."

Un po' offeso, ma anche un po' divertito, Slade domandò di rimando: "Perché no?"

"Perché ha un aspetto troppo pulito," gli rispose quell'uomo, "mentre gli amici di Dakota indossano tutti delle cazzo di felpe e dei pantaloni color cachi. Poi non andrebbero mai su una Harley come quella che lei mi ha parcheggiato nel vialetto di casa."

"La mia giacca di pelle mi ha tradito, eh?" domandò Slade, cercando di rimanere serio. Rispettava quell'uomo, diceva le cose come stavano.

"Appena appena. Ricominciamo daccapo, vuole dirmi cosa ci fa qui, perché chiede della mia Dakota?"

"Sua figlia è in pericolo e io probabilmente sono l'unico che la può mettere in salvo."

Il signore anziano rimase in silenzio per un lungo momento, ma Slade rimase fermo dov'era, lasciandosi squadrare a volontà. Finalmente, dopo circa un minuto, che era sembrato durare delle ore, il signor James alzò il gancetto che teneva chiusa la zanzariera a tutta altezza e disse: "Fa freddo, lì fuori. Che cosa le viene in mente di andarsene in giro in moto? Venga pur dentro."

Lasciandosi sfuggire un sospiro di sollievo, Slade seguì quell'uomo dai capelli bianchi, entrò in casa e si fece da parte mentre l'altro chiudeva a chiave la porta di casa. Poi si avviarono lentamente verso un salottino con una poltroncina reclinabile malconcia color cioccolato, che di sicuro aveva visto tempi migliori. La televisione era accesa, davano uno spettacolo sulle donne killer. Il padre di Dakota abbassò il volume, ma non spense l'apparecchio, poi gli fece un gesto per indicargli il divano vicino. "Forza, si sieda. Non ho nulla da offrirle. Non prendo molti snack e la signora che mi porta i pasti a domicilio non è ancora passata. A dire il vero, pensavo che fosse lei, quando ho sentito bussare. Vuole sapere dov'è la mia Dakota, no?"

"Perché mai me lo chiede?"

"Perché sarò anche vecchio, ma non sono stupido," fu la risposta. "Senta, non è il primo che viene a bussare alla mia porta chiedendomi se so dov'è mia figlia. Le dirò la stessa cosa che ho detto agli altri: non so dove sia. Se anche lo sapessi, non glielo direi."

"Chi altro è venuto a chiederle informazioni su di lei?" lo interrogò Slade, aggrottando le sopracciglia preoccupato.

L'anziano signore fece un cenno nell'aria con la mano. "Tipi del governo, della polizia, qualcuno dal posto di lavoro... sì, insomma, al solito."

Slade non ne era sicuro, ma per il momento lasciò perdere. "Signor James, io..."

"Finnegan."

"Mi scusi, come dice?"

"Mi chiamo Finnegan, Finn, diamoci del tu"

"Va bene, Finn. Secondo me tu sai che Dakota è in pericolo."

Slade rimase fermo immobile mentre Finn strinse gli occhi e lo fissò per un lungo momento, per poi rispondergli: "Perché mai dovrei saperlo?"

Slade decise di correre il rischio, immaginando che Dakota fosse davvero vicina al padre, così gli raccontò... beh, quel che poteva: "Sappiamo entrambi che è l'unica sopravvissuta all'esplosione di quella bomba, a Los Angeles. Non solo ha visto qualcosa che non doveva vedere, ma probabilmente ha anche sentito troppo. Se io fossi un terrorista e volessi assicurarmi che i miei piani futuri proseguissero senza il minimo rischio, farei in modo di chiudere ogni possibile spiraglio per evitare spifferi, non so se mi spiego."

Nella stanza scese un silenzio assordante.

Finalmente, Finn chiese con voce calma: "Puoi ripetermi chi sei?"

"Mi chiamo Slade Cutsinger. Sono un SEAL della marina non più in servizio. So che Dakota dev'essere spaventata, è perfettamente comprensibile. Tra l'altro, Finn, ha ragione di esserlo. Su questo non intendo certo raccontarti cazzate. Non posso dire molto altro, ma quel che *posso* dire è che Dakota non ha *nulla* di cui preoccuparsi da parte mia. Il mio unico obbiettivo è aiutarla a mettersi tutta questa faccenda alle spalle, per poter andare avanti con la sua vita. Al sicuro."

"Hai un documento?"

Slade trattenne un mezzo sorriso; cavolo se gli piaceva quel signore. Lentamente si portò una mano in tasca per prendere il portafogli, da cui sfilò la patente di guida e il tesserino governativo, si sporse in avanti e passò i documenti a Finn.

Dopo aver esaminato i documenti per qualche momento, Finn glieli restituì e tornò ad accomodarsi sulla sua poltroncina. "La vedi quella scatola sul pavimento, vicino al televisore?"

Slade si voltò e annuì, quando vide una vecchia scatola da scarpe malconcia sepolta da una pila di almeno sei o sette giornali.

"Vai a prenderla e portamela qui."

Slade fece proprio così, recuperò la scatola e la passò a Finn.

L'anziano signore accarezzò con le dita il coperchio della scatola in modo amorevole e disse: "Dakota è tutto ciò che ho. Mia moglie è morta dieci anni fa, io e la mia ragazza ci siamo arrangiati. Lei paga qualcuno che venga a dare un'occhiata ogni giorno. Mi paga anche la consegna dei pasti a domicilio, mi portano pranzo e cena. Si assicura anche che la banca mi paghi le bollette e il mutuo. È proprio una brava ragazza, non si merita tutto questo. Lei si stava solo facendo gli affari suoi, ma si è trovata in una situazione che nessuno di noi due sa capire."

"Lo so," rispose Slade sottovoce.

"Non è qui," proseguì Finn," non è a San Diego e nemmeno a Los Angeles, probabilmente non è neppure in California. Dopo quanto è successo all'aeroporto è rimasta molto colpita. Non mi ha raccontato molto, ma mi ha detto abbastanza per tirare le somme. Poi è successo qualcosa alla sua scuola, anche se non mi ha voluto raccontare cosa. Dopo un paio di giorni, il palazzo dove abitava è bruciato ed è crollato completamente. Sui giornali hanno scritto che qualche idiota ha lasciato accese delle candele in un appartamento, ma io non so proprio a chi credere."

"Quando è successo?" domandò Slade.

"A settembre. Era piena di entusiasmo per l'inizio di un nuovo anno scolastico, ma poi ha detto che doveva dimettersi, che qualcuno la stava seguendo e che non voleva mettere in pericolo i bambini e le bambine che frequentavano la scuola."

"Non hai più avuto sue notizie?" Slade ne dubitava. Una figlia che chiaramente amava il padre al punto da assicurarsi che avesse tutto il necessario, pagando qualcuno che si prendesse cura di lui, non poteva tagliare completamente le comunicazioni con lui.

"Mi manda delle cartoline," disse Finn, passando di nuovo il palmo della mano rugosa sulla scatola. "Non spesso, qualche volta."

"Posso vederle?" domandò Slade, che non voleva fare altro che prendere quella scatola dalle ginocchia del padre di Dakota e mettersi a cercarla.

"Se le fai del male, ti ammazzo, lo giuro su Dio," lo minacciò Finn.

"Non le farò alcun male."

Il padre di Dakota proseguì come se Slade non avesse parlato: "Non mi importa chi sei o dove ti nascondi. Ti trovo e ti pianto una pallottola nel cuore. Non mi importa nemmeno se poi mi mettono in galera. Tanto sono vecchio, morirò comunque presto, ma ne varrà la pena, se devo ucciderti perché hai fatto soffrire la mia piccolina più di quanto abbia già sofferto."

"Ho passato tutta la vita a combattere per i più deboli. Sono andato dove mi inviavano e ho visto e fatto cose che nessuno avrebbe mai dovuto vedere o fare," disse Slade, cercando di guardare Finn dritto negli occhi, "ma mi è bastato guardare una sola volta la foto di tua figlia e ho capito che avrei fatto tutto il possibile per metterla in salvo."

Finn sostenne lo sguardo per un momento, poi abbassò gli occhi, si schiarì la gola due volte, come cercando di ricomporsi, poi gli passò la scatola. "Non sono firmate, ma so che me la ha mandate Dakota."

Slade prese la scatola da Finn e tornò ad accomodarsi sul divano, tolse il coperchio e prese in mano la prima cartolina. Proveniva dall'Australia e c'era l'immagine di un canguro. La girò e vide l'indirizzo di Finn scritto da mano femminile. Non solo non era firmata, come gli aveva detto Finn, ma c'era scritta solo una parola: "Pace". Il timbro postale era quello di Las Vegas.

Ne prese un'altra. C'era la foto della Statua della Libertà, di nuovo c'era l'indirizzo di Finn scritto con la stessa grafia della prima, solo che c'era scritto "Amore". Il timbro postale era quello giusto: New York City.

Slade sfogliò il resto del plico; non c'erano molte cartoline, circa una decina. Su ognuna c'era un timbro postale diverso e c'era scritta solo una parola.

"Pensi che stia davvero viaggiando in tutto il paese?" Slade abbassò lo sguardo sulle cartoline che teneva in mano. "Da New York alla Florida, fino a Seattle?"

"No," rispose Finn senza esitare. "Le fa spedire a qualcun altro."

"Ma potrebbe viaggiare lei stessa," insisté Slade.

"Io e la mia ragazza guardavamo sempre la TV quando veniva a trovarmi," spiegò Finn, indicando il televisore, probabilmente più vecchio di Slade. "TOP Crime. Ci sono programmi su storie misteriose, serie poliziesche e thriller. Parlavamo dei casi di persone che riuscivano a sfuggire alla giustizia per anni dopo aver ucciso qualcuno, ma che poi venivano catturate così per caso. Dopo l'episodio all'aeroporto, non molto tempo dopo, lei è venuta da me e stavamo guardando uno dei quei programmi sugli assassini. Avevo capito che c'era qualcosa che non andava, ma non volevo tartassarla di domande. Lei mi ha detto papale papale che forse avrebbe dovuto sparire per un po' di tempo. Io le ho suggerito che poteva rimanere da me, ma lei ha scosso la testa e ha risposto che l'ultima cosa che voleva era mettere in pericolo il suo papà..."

Slade rimase seduto, paziente, aspettando che quel signore si ricomponesse.

Infine, Finn si schiarì la gola e disse: "Mi ha detto che non sapeva bene quanto fosse sicuro farsi sentire al telefono, era diffidente, non voleva inviare delle lettere con scritte delle informazioni che potessero portare qualcuno a trovarla."

"Cartoline," disse Slade sottovoce.

Finn annuì e confermò: "Cartoline. Non so dove sia, ma so che ha raccattato cartoline da tutto il mondo. Poi chiede ad altri di spedirle quando tornano a casa dai posti in cui li incontra."

"E le parole scritte sopra? Hanno un significato in particolare?" chiese Slade.

"Non hanno un significato in codice, se è questo che intendi," rispose Finn, "è solo il modo in cui Dakota mi fa sapere che sta bene. Amore. Pace. Contenta. Felice. Cerca di rassicurarmi scrivendomi che sta bene. Peccato che *non* sta bene," aggiunse Finn, "guarda l'ultima, quella con l'immagine del Grand Canyon."

Slade la tirò fuori e la girò.

"Ci sono delle sbavature, cazzo. Stava piangendo quando l'ha scritta. La mia piccola stava piangendo e io non posso farci nulla," disse Finn amaramente.

"Questa ha il timbro postale di Las Vegas," rifletté Slade, "ce n'era anche un'altra col timbro di Las Vegas."

Finn si limitò a fare spallucce. "Le ho detto che l'istinto di un padre sa sempre se la sua bambina è viva. Che idiota che sono stato." Poi fissò Slade con sguardo impietrito. "Io *non* so se è viva, se non sta bene, se chi la stava seguendo l'ha raggiunta, se le stanno facendo del male. Magari ha fame, o ha freddo, e io me ne sto qui felice e contento a casa mia e non posso farci un cazzo di niente."

"Ma io posso," disse Slade con decisione.

"Se è in pericolo, non riportarla qui," replicò Finn, "falle solo sapere che il suo papà le vuole tanto bene e che la pensa sempre."

"Lo farò, ma credo proprio che lo sappia già." Slade rimise le cartoline nella scatola, passando un dito sul punto dell'ultima cartolina in cui era caduta una delle lacrime di Dakota, facendo sbavare l'inchiostro. Anche solo toccare lo stesso pezzo di carta con cui lei era entrata in contatto, in un certo senso, la fece diventare più vera. Slade si era innamorato follemente della donna che aveva visto in fotografia, ma scoprire quanto amava il padre e quanto era ricambiata fu davvero il tocco finale.

Mise di nuovo il coperchio sulla scatola e si alzò in piedi, andò ad appoggiare la scatola vicino al supporto del televisore e ci rimise sopra la pila di giornali.

Finn si alzò dalla poltrona con una spinta e i due si ritrovarono in piedi, molto vicini. Slade era più alto di quasi una spanna, ma Finn non si lasciò intimidire dalla sua altezza e gli ordinò con tono brusco: "Ricorda cosa ti ho detto."

"Me lo ricorderò," gli rispose Slade, "ma torno a ripeterlo: tu e tua figlia non avete nulla da temere, da parte mia."

Si sentì bussare e Slade si voltò di scatto verso la porta d'ingresso.

"È la signora che mi porta i pasti," gli ricordò Finn, "è sempre puntualissima."

Slade annuì, ma gli rimase vicino, mentre Finn apriva la porta, per qualunque evenienza. Come Finn aveva detto, fuori dalla porta c'era una signora che indossava un giubbotto con il logo dell'azienda di alimentari per cui lavorava. "Salve, signor James, anche oggi è un piacere vederla."

"Piacere mio, Eve," le rispose Finn aprendo la zanzariera e invitandola a entrare. "Arrivo subito, mi serve solo un secondo per salutare questo signore."

"Nessun problema. Intanto le preparo da mangiare," disse Eve, passando oltre distrattamente; era chiaro che era già stata prima in quella casa.

Finn mise una mano sulla manica in pelle della giacca di Slade e gli disse seriamente: "Le voglio un mondo di bene."

"Io non la conosco nemmeno e penso di volerle già bene," gli rispose Slade con una certa ironia.

Allora Finn rise. Fu una risata secca, roca, sembrava quasi addolorata. "È proprio la mia Dakota," gli disse con un sorriso.

Slade reagì annuendo con un mezzo sorriso; stava per andarsene quando Finn aggiunse sottovoce: "Non si fiderà di te. Dovrai dimostrarle che hai parlato con me, che *io* mi fido di te."

Finn catturò tutta l'attenzione di Slade, che strinse le labbra in attesa.

"A Dakota piace molto andare da Starbucks. Il caffè

alla menta piperita è sempre il suo preferito, in questo periodo dell'anno. Con le ciambelle, ricoperte di quella glassa del cavolo, quella all'acero. Non mangia nessun altro tipo di ciambella. Portane con te quando la trovi, dille che te l'ho detto io, che era la sua scelta preferita. Al resto dovrai pensarci tu."

Slade sapeva che quel signore aveva ragione, gli serviva un modo per convincere Dakota almeno ad ascoltarlo senza scappar via, così gli annuì: "Grazie. Me lo ricorderò. Posso farti una domanda?"

"Ma certo."

"Perché mi hai lasciato entrare? Perché mi hai detto tutto su Dakota?"

Finn guardò a lungo Slade prima di rispondergli: "Mia figlia mi ha detto che sarebbero venuti dei malintenzionati fingendosi di stare dalla parte giusta. Lei voleva che non mi fidassi di nessuno, a prescindere dall'aspetto." L'anziano signore fece una pausa. "Ci hanno provato in tanti a farmi parlare. Giornalisti che si fingevano amici di Dakota, altri che dicevano di lavorare per il governo e di avere a cuore l'interesse di mia figlia. Mah... bugiardi, tutti bugiardi. Ma tu... tu non mi hai mentito."

Slade trattenne un mezzo sorriso: i suoi ex compagni di squadra avrebbero deriso la valutazione di Finn, specialmente considerando che Slade era sempre il migliore di tutti, quando c'era da mentire.

"Uno che sta in sella a una Harley, con la giacca di pelle e i bagagli fatti... non puoi certo rapire una donna su una moto. Ma poi... ti ho letto negli occhi quello che volevo sapere."

"Nei miei occhi?"

"Sì. Hai dato un'occhiata alla foto della mia Dakota e ti sei fatto prendere." Finn annuì. "L'amore è una cosa meravigliosa e strana. Quando arriva, arriva. Nel momento stesso in cui ho visto la mia povera moglie, ho capito che volevo passare con lei il resto della mia vita. Prenditi cura della mia ragazza, Slade. Mi preoccupo per lei da quando è nata. L'unica cosa che voglio è vederla protetta, sapere che qualcuno si prenderà cura di lei quando io non ci sarò più. Anche se, certo, so che può cavarsela da sola, è una donna autonoma e indipendente; ma è tanto indaffarata che a volte avrebbe bisogno di qualcuno che la faccia mangiare, che le dia una pacca sulla spalla quando passa una giornata difficile, qualcuno che l'ascolti quando deve sfogarsi."

Le parole di Finn colpirono Slade nel profondo. Proprio così. Era tutto ciò che anche lui voleva, nella vita: la presenza di una donna che gli stesse al fianco, diventare l'uomo a cui una donna si appoggia.

"Mi sbaglio?"

"No, non ti sbagli," gli rispose Slade. "Senti, adesso non intendo certo prometterti che io e tua figlia ci sposeremo e che ogni preoccupazione svanirà magicamente, ma quello che *intendo* dirti è che farò tutto ciò che posso per metterla al sicuro e permetterle di tornare a vivere la sua vita normale. Dopo di che?" Si chiuse nelle spalle. "Dopo dipenderà anche da lei. Però, a giudicare da come ho reagito alla fotografia di Dakota, farò anche tutto ciò che posso per convincerla a farmi entrare nella sua vita."

"Per questo ti ho fatto entrare. Per questo ti ho

raccontato tutto," spiegò Finn, che poi porse la mano a Slade: "Buona fortuna. Porta in salvo la mia piccola."

Dopo un'ultima stretta di mano, Slade si incamminò verso la sua Harley, parcheggiata nel vialetto, ben sapendo che il signor James lo stava nel frattempo osservando. Passò di slancio una gamba dall'altra parte della moto, si accomodò sulla sella di pelle e afferrò il casco.

Indossò il casco e cominciò ad allacciarne la fibbia, quando Finn gli disse ad alta voce dall'uscio: "Ne hai due di quei cosi? Perché se pensi di portarla con te in moto, pretendo che la sua testa sia ben protetta!"

Slade fece un bel sorriso, nonostante la situazione fosse molto seria. Poi, senza dire una parola, con una torsione del busto andò a slacciare una delle borse appese alla moto, ne tirò fuori un casco identico a quello che indossava, solo di taglia più piccola, infine lo sollevò per farlo controllare a Finn.

"Ottimo," fu tutto ciò che disse Finn, prima di rientrare in casa sua e di chiudere la porta.

Slade posò di nuovo nella borsa della moto il casco in più, che aveva acquistato apposta per portare Dakota James come passeggera in moto, infine tornò a voltarsi in avanti. Uscì dal vialetto arretrando e avviò la moto, dirigendosi verso l'autostrada. Avrebbe telefonato il prima possibile a Tex per dirgli che si stava recando a Las Vegas, ma prima doveva anticipare il traffico dell'ora di punta, uscendo da Los Angeles. In quel periodo dell'anno, la superstrada I-15 che portava al confine statale con il Nevada era sempre un bordello. Era ovvio che la ricerca dovesse cominciare da Las

Vegas, dato che ben due cartoline portavano quel timbro postale.

Non era certo scontato che Dakota fosse ancora a Las Vegas, ma una cosa era certa... Slade era più determinato che mai a trovarla e a metterla in salvo. Una donna tanto amorevole con il padre, al punto da cercare di rassicurarlo convincendolo che stava bene, mentre era in fuga dai terroristi, era una donna che lui voleva conoscere. Peraltro quella donna era *Dakota*... e qualunque dubbio che Slade potesse avere su di lei ora ormai sparito. L'avrebbe trovata, l'avrebbe salvata, poi sperava anche di convincerla a dare una chance a un povero SEAL anziano e in pensione.

CAPITOLO TRE

"Avete mai visto un alieno da queste parti?"

Dakota James si sforzò di sorridere mentre si voltava verso una turista. Faceva il turno del pomeriggio al Little A'Le'Inn a Rachel, in Nevada, ogni santo giorno le facevano sempre la stessa domanda. Del resto, non poteva certo biasimarli: in fondo *erano* a pochissima distanza dalla famosa Area 51, nel deserto del Nevada; tra l'altro, il ristorantino in cui lavorava aveva fatto di tutto e di più per mettere in vendita ogni sorta di cianfrusaglia legata agli alieni che si trovasse in circolazione.

"No, solo un sacco di turisti affamati," rispose alla ragazza, poi fece spallucce, quasi per farsi perdonare per quella risposta poco cordiale, e si sbrigò a portare un vassoio con tre piatti di hamburger e patatine fritte a un gruppo seduto a un tavolo rotondo in mezzo al salone.

Fece loro un sorriso e se ne andò, mentre loro affondavano avidamente le mani nel cibo che lei aveva appena portato al tavolo.

Il lavoro di cameriera e di addetta vendite non era

proprio ciò che aveva in mente, non era il programma della sua vita, quando si era laureata in pedagogia; ma la vita ha i suoi strani modi di farti abbassare la cresta.

Dakota si pulì le mani sul grembiule e batté alla cassa il prezzo di una maglietta con l'immagine della testa di un alieno, di un adesivo da paraurti e di una tazza con il logo del Little A'Le'Inn, più un alieno gonfiabile di plastica verde, infine prese i soldi dalla coppia che stava in piedi davanti alla cassa.

Ormai lavorava già da un po' a quel piccolo bar ristorante e sapeva che era giunto il momento di andarsene. Era grata a Pat e alla figlia Connie, che l'avevano assunta. Ovviamente si erano accorte che era disperata, gliel'avevano letto negli occhi quando Dakota era arrivata, tante settimane prima.

Città di Rachel, in Nevada, circa cinquantaquattro abitanti, non esattamente un sentiero battuto. Nessuno ci arrivava per caso, Dakota non faceva certo eccezione. Si era nascosta a Los Angeles per una settimana, ma non le piaceva la sporcizia di quella città. Non solo, aveva anche sempre la sensazione di essere osservata... e con tutte quelle persone intorno, non riusciva a capire se la seguivano *davvero* o se era solo tutto nella sua testa.

Ecco perché se n'era andata, aveva deciso di attraversare gli Stati Uniti, allontanandosi dalla California e da *lui*. Si era fermata a fare benzina appena a est di Las Vegas e aveva cominciato a chiacchierare con un gruppo di viaggiatori allegri e spensierati che venivano dall'Indiana. Le avevano detto di essere impegnati in una caccia al tesoro GPS, stavano andando verso l'autostrada Nevada 375, l'autostrada di ET. Dakota non aveva idea di che cosa stessero parlando, ma in breve si era fatta un corso accelerato.

Aveva studiato come funzionavano le cacce al tesoro GPS, i giocatori scaricavano delle coordinate da un sito e le seguivano per trovare il famigerato "tesoro". A volte il tesoro era costituito da giocattoli, altre volte c'era solo un registro in cui i giocatori potevano firmare.

Quei tipi stavano andando all'autostrada di ET perché in quasi centosessanta chilometri c'erano letteralmente migliaia di cacciatori. Le avevano parlato dell'Area 51, del Black Mailbox sulla strada, della cittadina di Rachel e del Little A'Le'Inn come se fossero luoghi da visitare assolutamente almeno una volta nella vita.

Così era partita anche lei. Invece di andarsene dal Nevada per la Superstrada Interstatale 15, aveva svoltato a nord per la Route 93 fino all'Autostrada 375, appunto l'Autostrada degli alieni.

Era stato davvero divertente, si era fermata al Black Mailbox, che era il sito di una vecchia cassetta postale nera, che però era stata ridipinta di bianco. Si era goduta i paesaggi del deserto, aveva fatto il verso a qualche mucca sparsa qua e là, aveva salutato gruppetti di persone, ora sapeva che anche loro erano cercatori di tesori che si fermavano a caso per la strada in cerca dei tanto ambiti piccoli contenitori.

La cittadina di Rachel non era certo come se l'aspettava; pensava di trovare un paesino caratteristico, con un benzinaio, un albergo, qualche ristorante... invece non era così. Era un vero e proprio buco in mezzo al nulla. Non c'erano negozi, c'era solo il ristorante bar

Little A'Le'Inn. Nessun altro posto in cui mangiare, ma soprattutto non c'era alcun benzinaio.

Lei aveva in mente di scoprire come mai si parlasse tanto di Rachel, per poi continuare a nord, verso Reno, fino a raggiungere l'Idaho. Ma era arrivata in riserva sparata e quindi era temporaneamente bloccata. Ma nel momento stesso in cui aveva visto quel paesino, aveva deciso che era decisamente un posto ideale per rimanere nascosta per un po'.

Pat e Connie, le proprietarie del Little A'Le'Inn, avevano accettato di farla lavorare come cameriera nel ristorante bar e come donna di servizio per le camere che affittavano (soprattutto ai cacciatori di tesori GPS che passavano di lì) nelle roulotte dietro il locale. La paga non era esorbitante, ma era sufficiente ad aumentare lentamente le sue scorte di denaro contante, prima di rimettersi in viaggio.

Aveva preso in affitto una stanzetta da una signora del posto, anche se non ci stava tanto spesso. La proprietaria fumava molto e non usciva mai. Dakota aveva dormito molte notti in macchina, preferiva così, piuttosto che rinchiudersi in una roulotte piena di fumo di sigaretta. Pat l'aveva scoperta una mattina e dopo aver sentito il motivo per cui dormiva in macchina le aveva offerto di pernottare in una delle roulotte del motel, quando non era prenotata.

Lavorare al motel-bar-ristorante le permetteva anche di vedere le tante persone che passavano da quel paesino. Non era un rifugio a prova di bomba: se *lui* fosse arrivato e l'avesse trovata, non avrebbe esitato a far del male a chiunque avesse provato ad aiutarla. Ma quel paesino le andava a genio. Preferiva di gran lunga il carattere sincero e generoso degli abitanti di Rachel, alla gente di città con cui era entrata in contatto a Las Vegas.

Si era cambiata il nome, si faceva chiamare Dallas, pensando che fosse un nome abbastanza simile al suo vero nome, così si sarebbe ricordata più facilmente di rispondere, quando la chiamavano. Il lavoro era monotono, ma almeno incontrava tante persone, quindi non poi così terribile.

Aveva persino ammesso a Connie di aver finito la benzina, Connie si era offerta di portargliene abbastanza per consentirle di raggiungere Tonopah o Warm Springs. Dakota aveva accettato l'offerta e si era sentita meglio, sapendo così di non essere più intrappolata in quel paesino. Poteva andarsene quando voleva.

Fino a quel momento, le aveva fatto comodo farsi pagare in contante; così evitava di dover usare una carta di credito, che poteva essere un mezzo per rintracciarla. Ma di recente le era tornato quello strano presentimento, era di nuovo nervosa. Le sembrava che qualcuno la stesse di nuovo osservando. Per quanto odiasse il pensiero di prendere e andarsene sui due piedi da quel paesino così bizzarro, le sembrava fosse giunto il momento in cui doveva proprio farlo.

"Ehi, Dallas, l'ordine è pronto," la chiamò George dal retro. George era uno dei cuochi, lavorava dall'una alle sette. Al mattino di solito in cucina si davano il cambio Pat e Connie, per le colazioni e i primi pranzi. Dopo le sette, i turisti che si fermavano potevano scegliere bevande pronte e spuntini preconfezionati.

Dakota si scrollò di dosso ogni pensiero e sorrise al cuoco, più vecchio di lei. Cittadina di Rachel, in Nevada, letteralmente l'ombelico del nulla, ma le persone che ci abitavano e ci lavoravano erano tra le più cordiali che lei avesse mai conosciuto. Era un vero peccato che se ne dovesse andare presto.

———

"Ciao, Tex," esordì Slade quando il suo vecchio amico rispose.

"Era ora che mi chiamassi, Cutter," si lamentò Tex, "cominciavo a pensare che fossi incollato alle slot machine o qualcosa del genere. Lasciarmi un messaggio per dirmi dove vai non è esattamente come parlarmi per davvero, lo sai."

"Eh sì, beh, sono stato impegnato," gli disse Slade. Slade aveva telefonato a Tex due giorni prima, appena arrivato a Primm, cittadina di confine tra la California e il Nevada. Tex però non aveva risposto, quindi Slade gli aveva lasciato un messaggio, dicendogli cosa aveva scoperto e dove stava andando. Poi aveva aspettato due giorni prima di telefonare di nuovo, perché prima voleva trovare qualche informazione in più da dirgli, invece di fare congetture.

"Intanto che aspettavo che mi telefonassi, ho fatto dei controlli; in rete si chiacchiera molto di un pacco da prendere per una certa cerimonia," gli spiegò Tex.

"Cazzo," mormorò Slade.

"Ti sei fatto un'idea di dove potrebbe essere?" gli domandò Tex.

"Ho setacciato la città in lungo e in largo negli ultimi due giorni. Ho mostrato in giro la sua foto, forse ho trovato una pista."

"Ah sì?"

"Sì. Sei mai stato nell'Area 51?" chiese Slade a Tex.

"No. Ma c'è qualcos'altro, oltre al deserto?"

"Non molto. Ma adesso mi sono fermato a far benzina appena a nordest di Las Vegas, la cassiera dice di ricordarsi una donna che corrisponde alla descrizione di Dakota, un paio di mesi fa, faceva domande sulla famosa Autostrada di ET. Se la ricorda perché quella donna le ha chiesto un caffè molto particolare, aromatizzato alla menta piperita, poi si è portata via un volantino su quel percorso, mentre usciva. Mi sarebbe utile il tuo aiuto, potresti controllare le telecamere stradali, per vedere se c'è traccia di lei in città, più di recente. Solo nel caso questa sia una falsa pista. Io invece vado a vedere a Rachel, in Nevada, è il punto centrale dell'Autostrada degli alieni, forse la posso trovare in quel paesino."

"Ci sto già lavorando," gli rispose Tex. "Avevo già cominciato a cercare, dopo aver sentito il tuo messaggio. Finora non ho trovato nulla nell'ultimo giorno e mezzo, ma continuo a controllare. Se scopro che è tornata a Las Vegas di recente, te lo faccio sapere."

"Grazie, lo apprezzo."

"Tu stai attento," lo avvertì Tex, "con tutte le voci che circolano, sembra proprio che Fourati abbia scoperto dove Dakota potrebbe nascondersi, forse quel tipo si sta già muovendo."

"Farò attenzione."

"Guardati le spalle, Cutter," gli disse Tex, "se hai la sensazione che ci sia qualcosa di strano, mettiti immediatamente al riparo. Non esitare a tener fede alla tua fama, mi senti? Se devi uccidere, poi ci penso io a coprirti il culo."

"Capito." A Slade non piaceva sentire Tex nervoso. Se Tex pensava che Fourati avesse scoperto dove si trovava Dakota e che avesse mandato alcuni dei suoi seguaci per catturarla, probabilmente aveva ragione. Se gli aveva praticamente detto di non esitare a tagliare gole, era tutto dire.

Il soprannome di Cutter, il tagliagole, gli era stato affibbiato proprio da Tex, durante una delle loro prime missioni insieme. Slade aveva tagliato la gola di un terrorista che non sapeva minimamente che la sua posizione fosse stata scoperta. Non era il primo che Slade uccideva in quel modo, di sicuro non era stato l'ultimo. Tex si era congratulato con lui per quell'agguato e da lì era nato il soprannome. Ma la storia che Slade raccontava in giro di solito era un'altra: diceva che Cutter era un'abbreviazione del suo cognome. Era una spiegazione più presentabile in pubblico, *politically correct*, piuttosto che vantarsi in società dell'abilità di SEAL a tagliare gole.

"Ti chiamo appena posso," disse Slade a Tex.

"Mi raccomando. Ci sentiamo."

"Ci sentiamo." Slade riattaccò e sospirò frustrato. Il fatto che Fourati fosse appena un passo dietro di lui non era molto confortante, ma almeno era *dietro*, non un passo *avanti*.

Slade si fece scivolare di nuovo il telefono in tasca e tornò nella stazione di servizio. Prima di addentrarsi nel deserto, era meglio fare un bel pieno al serbatoio. La sua Harley macinava molti chilometri con un litro, ma chissà cos'avrebbe scoperto, arrivando nell'Area 51, voleva essere pronto a tutto.

Dopo un'ora, Slade svoltò nell'Autostrada di ET e fece una smorfia; all'improvviso fu molto contento che il benzinaio lo avesse convinto a portarsi dietro due taniche attaccate alla sella, erano quindici litri in più di carburante. Faceva freschino, ma Slade sapeva di essere stato fortunato. Poteva andare molto peggio, ma lui sperava che il tempo reggesse fino al suo arrivo alla cittadina di Rachel, dove con un po' di fortuna avrebbe trovato Dakota.

Il benzinaio era stato loquace, gli aveva detto che Rachel era l'unico centro abitato di tutta l'Autostrada di ET, ma non c'era il benzinaio, c'era solo un bar; a Slade sembrava illogico, ma nessuno gli chiese un parere. Quel lungo percorso nel deserto non era certo il luogo ideale per ubriacarsi e mettersi in strada, di sicuro. Non solo era estremamente facile sbandare e uscire di strada, ma era pieno di pascoli, con centinaia di mucche. Il benzinaio si era divertito molto a raccontargli due storie epiche di motociclisti che avevano investito mucche che attraversavano la strada in piena notte.

Dopo un respiro profondo, Slade aumentò la potenza della sua Harley e proseguì in quel lungo tratto autostradale. Prima trovava Dakota e la metteva in salvo, meglio era.

———

Dakota fece una smorfia distratta quando sentì tintinnare la campanella sulla porta; era stanca, pronta ad andarsene. Ormai era già un po' che lavorava al bancone del bar. Doug e Alex, due fratelli che lavoravano al Tonopah Test Range, erano entrati quasi all'ora di chiusura e le avevano chiesto due birre. Le avevano detto di non volere nulla da mangiare, perché avevano preso due panini al volo da casa, prima di venire al bar. Nel frattempo erano passate alcune ore e da come si comportavano non davano l'impressione di volersene andare tanto presto.

Dakota aveva la responsabilità di dare ai clienti le bevande che le chiedevano, si occupava della cassa e cercava anche di convincere chi viveva lontano a non mettersi alla guida dopo aver bevuto. Ormai aveva portato pazienza con quei fratelli da abbastanza tempo, si stava annoiando, era stanca e non voleva altro che andarsene a passare la notte nella camera libera di una delle roulotte. Per fortuna, quel giorno una prenotazione era stata annullata, quindi poteva dormire in un letto vero e proprio.

Rimanere sempre all'erta era stressante e lei cominciava a sentirne le conseguenze. Era davvero giunto il momento di andarsene e di trovare un nuovo posto in cui sistemarsi per un po'. Però un posto un po' più popolato di Rachel. L'indomani avrebbe parlato con Pat e Connie, avrebbe detto loro che intendeva andar via.

Sorrise verso la porta... ma si bloccò sul posto appena vide l'uomo che era appena entrato. Probabilmente aveva un paio d'anni più di lei. Aveva i capelli neri con qualche capello bianco qua e là, ma invece di sembrare più vecchio, i capelli bianchi lo rendevano più affascinante. Portava la barba corta e ben curata, che gli faceva risaltare le labbra carnose. Indossava una giacca di pelle e un paio di jeans vecchi e rovinati, con gli stivali neri. Il naso sembrava essere stato rotto più di una volta, le guance avevano un colorito acceso dal freddo e dall'aria secca.

Era un tipo alto, molto alto, almeno una decina di centimetri più del suo metro e settantadue. Non era magro, ma nemmeno grasso. Era... ben messo. Muscoloso.

Avrebbe dovuto metterle paura, con quel fisico poteva facilmente sopraffarla e farle del male, ma chissà perché lei sentiva che non sarebbe successo. Come facesse a saperlo, anche Dakota se lo chiedeva, ma anche solo per un momento pensò di conoscerlo, fu come un lampo nella memoria.

Che follia. Non aveva mai visto prima in vita sua quell'uomo, altrimenti se lo sarebbe ricordato di sicuro. Ma quel barlume di conoscenza c'era comunque.

Quell'uomo la salutò con un cenno del mento e le fece tremare le ginocchia. Come diamine faceva a farle venire quel desiderio, con un piccolo cenno del mento, Dakota non ne aveva idea; ma all'improvviso una scappatella con un estraneo le sembrò l'idea migliore che le fosse mai venuta. Era passato tantissimo tempo, da quando aveva provato desiderio fisico nei confronti di qualcuno, specialmente nell'ultimo paio di mesi, ma ogni sua preoccupazione sembrava improvvisamente svanire, semplicemente guardando quegli occhi scuri.

"Benvenuto al Little A'Le'Inn," gli disse quasi in

automatico. In fondo era lì per lavorare, non voleva causare col suo comportamento una cattiva recensione online per il bar. "La cucina è chiusa, ma ci sono degli spuntini pronti e delle bevande fresche. Però, se prosegue il viaggio per Tonopah, le consiglierei di non bere nulla di alcolico, perché è pericoloso." Dakota sorrise mentre parlava dell'alcol, voleva rimanere amichevole, non fare una ramanzina. Sarebbe stato un peccato colossale se quell'uomo si fosse fatto del male, poco ma sicuro.

Gli occhi di quell'uomo sembravano penetrarla nell'anima, come se potesse leggere ogni suo segreto con un solo sguardo. Ma ciò che la spiazzava di più era che quel pensiero non sembrava affatto spiacevole. Non aveva mai avuto qualcuno a cui appoggiarsi, qualcuno che l'aiutasse a risolvere i problemi della vita. Se l'era cavata lo stesso, era una donna moderna e tutto quanto, ma in quel momento sapeva pensare solo che *quel* tipo poteva tenerla al sicuro, quell'uomo non avrebbe mai permesso a nessuno di farle del male.

Dakota si voltò dandogli le spalle, fingendo di pulire il bancone del bar, solo per cercare di tornare in sé.

Con la coda dell'occhio, vide quell'uomo che si aggirava rilassato nel locale appena illuminato, guardandosi intorno. Lei aveva visto molti turisti reagire in modo diverso, mentre si aggiravano in quel bar così peculiare, ma quell'uomo non mostrava assolutamente alcuna reazione. Era proprio... strano.

"Bel posto," le disse, e le dita dei piedi di Dakota si staccarono da terra, nelle scarpe da ginnastica. Quella voce profonda era quasi un ruggito e le arrivò dritto alla pancia. Lei non sapeva proprio da dove le venissero quelle reazioni, al di là dell'ovvia mascolinità di quel tipo, eppure le reazioni c'erano eccome.

"Sì. I proprietari si sono dati molto da fare per renderlo... unico."

"Slade," le disse l'uomo, porgendole la mano per salutarla.

"Oh... ehm... mi chiamo Dallas," disse Dakota tremando, quasi si dimenticava il nome falso, poi gli porse la mano per farsela stringere.

Aveva un po' paura che quel tipo le spappolasse la mano con la sua forza bruta, invece lui sorrise appena e le prese il palmo della mano con sicurezza ma senza farle del male, poi le disse: "Piacere di conoscerti."

Dakota gli rispose con un mezzo sorriso: "Piacere mio."

Rimasero così, fermi per un attimo, guardandosi negli occhi senza nemmeno sbattere le palpebre, poi Dakota ritirò la mano controvoglia. Lui la lasciò andare senza lamentarsi, ma lei avrebbe giurato di poter sentire quel tocco molto a lungo anche dopo la stretta di mano. Quell'uomo aveva la mano ruvida, le fece venire in mente come potevano essere quelle mani sulla pelle nuda. Dannazione, doveva darsi una calmata.

"Allora, cosa ti va?" gli chiese Dakota.

"Solo una Coca, credo," le disse Slade.

"Che tipo?"

"Che tipo di Coca?"

Dakota ridacchiò e scosse la testa quasi ridendo di sé: "Scusa, forza dell'abitudine. Qua tutte le bibite gassate le chiamiamo Coca, più in generale. Adesso te ne prendo una," concluse rapidamente, accorgendosi che stava diventando rossa come un peperone dall'imbarazzo.

"Quindi se qualcuno ti chiede una Coca, tu chiedi che tipo e i clienti ti dicono una Pepsi, o una 7up, o un'altra bibita simile?" le chiese Slade con un sorriso cordiale. Poi allungò in avanti gli avambracci sul legno graffiato del bancone del bar.

Per un momento, Dakota avrebbe voluto che fosse già estate, così Slade avrebbe indossato solo una maglia a maniche corte. Avrebbe pagato qualunque importo, pur di vedere quei bicipiti e quegli avambracci. Dovevano essere molto muscolosi, c'era da scommetterci. Siccome lei continuava a squadrarlo, a un certo punto lui inclinò la testa e corrugò le sopracciglia, facendola arrossire ancora di più. "Scusa, sì, funziona proprio così. Allora tu vuoi una Coca vera, giusto?"

"Sì, per favore, se non è troppo disturbo," confermò Slade con un sorriso.

"Nessun disturbo, è il mio lavoro," gli rispose Dakota, contenta di avere un buon motivo per dover andare sul retro, anche solo per un momento. Nel mobile bar c'erano delle lattine, ma lei decise di portargliene una fredda dal frigo sul retro.

Approfittò di quei pochi attimi da sola per fare a se stessa una predica al volo. *È solo uno di passaggio, Dakota. L'ultima cosa di cui hai bisogno adesso è farti coinvolgere con uno, anche se solo per una notte. Non importa se è sexy da morire e se lo desideri. Fattene una ragione.*

Soddisfatta di avere ancora la testa sulle spalle, Dakota tornò nella sala bar con un gran sorriso in volto e con la lattina in mano. "Eccola!" Poi, invece di fermarsi a sbavare davanti a quel fine esemplare d'uomo, seduto al bar, si diede da fare afferrando un bicchiere e riempiendolo di ghiaccio. Poi versò la Coca nel bicchiere, concentrandosi più che poteva su ciò che stava facendo, ma sussultò quando Doug colpì il bancone del bar in fondo, vicino al registratore di cassa.

"Adesso ci togliamo dalle scatole, Dallas."

Dakota alzò lo sguardo e annuì, posando sul bancone la lattina mezza vuota, dato che le mani le tremavano troppo per finire di versare la Coca nel bicchiere. Si guardò attorno e incontrò gli occhi preoccupati di Slade.

"Tutto bene?" le chiese tranquillo.

Dakota annuì rapidamente e gli passò il bicchiere e la lattina spingendoli sul bancone: "Ecco qua, scusa tanto."

Lui annuì e lei fece pochi passi per andare alla cassa, seguì una chiacchierata con Doug e Alex mentre batteva in cassa gli importi dei loro drink. Quando quei due se ne andarono, il locale sembrò rimpicciolirsi. Chissà per quale motivo, rimanere da sola con Slade la rendeva estremamente nervosa. Si sistemò dietro l'orecchio una ciocca di capelli ribelli e gli fece un sorriso un po' impacciato.

"È tanto che lavori qui?" le chiese Slade.

Dakota fece spallucce; aveva imparato a rimanere sempre sul vago, quando rispondeva: "Non molto."

"Siamo parecchio lontano dalla civiltà, non è vero?"

Lei fece di nuovo spallucce. "Siamo qui. Qua ci sono

delle bravissime persone. Sei in viaggio verso nord o verso sud?"

Ora toccò a lui stringersi nelle spalle: "Arrivo da Crystal Springs, ma non so bene se proseguire o se tornare indietro. C'è niente che valga la pena di vedere, su a Tonopah?"

"Dipende da cosa ti piace vedere," gli rispose Dakota, "ho sentito che Goldfield è molto interessante, con la storia che è infestata e tutto, ma da queste parti non c'è molto da vedere, da nessuna parte, a dire il vero."

"Hmmm. C'è un posto dove posso fermarmi a dormire per stanotte?" domandò Slade.

Dakota deglutì rumorosamente. Dannazione, ecco che spariva il letto in cui lei sperava di dormire quella notte. Però gli sorrise comunque con gioia e gli disse la verità: "Sei fortunato. Una prenotazione per stanotte è stata annullata e quindi c'è una camera disponibile. Non è il massimo, in realtà è un caravan condiviso con un'altra coppia, sono arrivati circa un'ora fa e penso che intendano ripartire domattina presto, quindi non dovrebbero dare fastidio. L'atrio è in comune, le camere da letto si trovano sui due lati opposti e si chiudono a chiave. C'è tutta la privacy del caso."

Dakota si accorse che stava quasi parlando a vanvera, ma non riusciva a fermarsi. "Costa solo quaran-tacinque a notte, è davvero un affarone. C'è l'acqua calda e puoi usare qui gratis il wi-fi del ristorante. La colazione è inclusa, non è cucina da guida Michelin, ci sono delle pagnottelle morbide alla cannella e succo di frutta; però è sempre meglio che avviarsi al buio per cercare di arrivare fino a Tonopah."

Slade ridacchiò e a quel suono le parti intime di Dakota si contrassero. Santo cielo, che bell'uomo.

"La prendo. Come non potrei, dopo questa fantastica descrizione?"

"Scusa, ma in tanti storcono il naso solo perché sono delle roulotte e perché vanno condivise, ma ti garantisco che è un alloggio pulito, sicuro e che vale i suoi soldi fino in fondo."

Slade inclinò la testa all'indietro e scolò il resto della Coca, svuotando il bicchiere. Poi tirò fuori una banconota da cinque dollari e gliela passò sul bancone. "Molto bene. Sono esausto."

"Aspetta che ti do il resto."

Slade le fece un cenno con la mano: "Tienilo pure."

"Ah, va bene, grazie. Se sei pronto, ti accompagno alla camera."

Lui guardò l'orologio al polso e le chiese: "Stai chiudendo?"

Dakota annuì: "Sì, stasera non aspettiamo altri clienti e poi c'è buio. Gli abitanti del posto sanno che chiudiamo a quest'ora."

"Non volete che arrivino degli alieni dopo che il sole tramonta, eh?" scherzò Slade.

Dakota ridacchiò, anche se aveva già sentito altre volte la stessa battuta. "Sì, qualcosa del genere. Se vuoi ci vediamo fuori tra cinque minuti circa? Devo solo chiudere tutto." In realtà, prima doveva farsi un altro discorsetto, ma questo lui non lo doveva sapere.

"Certo. Ti aspetto fuori, alla mia moto.

Dakota annuì. Aveva gli occhi inchiodati al sedere di Slade, che si avviava alla porta per uscire. Era decisamente un bell'esemplare di uomo. Doveva viaggiare per forza in moto, per avere ancor più fascino. Lei non era mai stata in moto, anche se un tempo, prima di diventare abbastanza grande da aver abbandonato tanti sogni, ancora immaginava come fosse starsene seduta dietro a un uomo, avvolgerlo con le braccia, appoggiargli il mento sulla spalla, con il vento che le scompigliava i capelli, mentre sfrecciavano insieme in autostrada.

Scosse la testa indignata di se stessa, poi borbottò: "Cerca di darti un contegno, santo cielo, sembra quasi che tu non sia in fuga da un terrorista pazzo e fanatico o qualcosa del genere. Non hai il tempo di correre dietro a un uomo. Non importa quanto è figo o quanto ti andrebbe di sentire se quella barba è morbida o ispida."

Soddisfatta di quel discorsetto, Dakota lavò rapidamente i bicchieri sporchi e chiuse a chiave il vecchio registratore di cassa. A Rachel non c'era una banca in cui depositare i soldi, comunque in molti pagavano con la carta di credito.

Poi appese il grembiule al gancio e si lisciò i capelli, tirandoseli dietro e chiudendoli in uno chignon basso, poi si avviò fuori dalla porta.

Slade era appoggiato alla sua Harley, con una caviglia accostata all'altra. Aveva le braccia incrociate all'altezza del petto e un'espressione accigliata. Dakota si girò di sfuggita e chiuse a chiave la porta, facendo attenzione che il cartello di chiusura fosse ben visibile a chiunque potesse presentarsi più tardi. Poi si voltò verso Slade facendo un bel respiro profondo: "Va tutto bene?"

Lui scosse la testa: "Non c'è il segnale del cellulare."

"Sì, mi dispiace. Tempo fa le famiglie di qua hanno fatto una petizione indirizzata alle aziende telefoniche, chiedendo di mettere un ripetitore da queste parti, ma si sono sentiti rispondere che non valeva la pena di fare quell'investimento. Se vuoi la mia opinione, anche il governo si è messo di mezzo, perché è meglio se qua non arriva troppa tecnologia, non so se mi spiego. C'è l'Area 51 e tutto... ma se ti può far star meglio, quando arrivi su a Warm Springs e passi la montagna, poi il segnale torna. Se devi contattare urgentemente qualcuno, posso chiedere a Pat (è la proprietaria di questo locale, insieme alla figlia), magari lei può farti telefonare. Alcuni degli abitanti hanno il telefono satellitare."

Slade scosse la testa: "No, non serve, posso aspettare. Speravo solo di sentire un amico e fargli sapere che sono arrivato, che sto bene e che mi fermo qui per la notte."

Dakota si scusò di nuovo: "Mi dispiace, più tardi se vuoi puoi mandargli un'email. Ci penso io a farti avere la password del wi-fi. Allora, sei pronto a vedere la tua camera?"

"Non devo pagare, prima?" le chiese Slade.

Lei gli fece un cenno con la mano: "Non preoccuparti, puoi pagare domattina a Pat o a Connie. Pensano loro al ristorante, io arrivo nel pomeriggio."

"Vi fidate dei vostri clienti," osservò Slade.

Dakota sorrise a quelle parole: "Sì, è vero, ma insomma, è un paese piccolo."

Slade drizzò la schiena e si voltò per impugnare il manubrio della moto, poi la spinse mentre camminava in silenzio intorno a quel ristorante unico, passò vicino alla navicella spaziale gigante in metallo che annunciava a ogni passante la posizione del Little A'Le'Inn, fino ad arrivare a una delle roulotte sul lato del parcheggio.

"Eccola qua. Lo so che a guardarla non si direbbe, ma ti garantisco che è pulita."

"Ti credo," le rispose Slade, tendendo la mano per prendere la chiave con cui Dakota stava giocherellando.

"Ah sì, ecco qua." Dakota inspirò quando sfiorò con la punta delle dita il palmo della mano di Slade. Aveva la mano calda, mentre lei sentiva molto l'aria del deserto, che le faceva venire freddo alla svelta. "Bene, allora, qua c'è l'ingresso, poi appena dentro giri a destra e c'è la tua camera da letto. Buona notte."

"Ci vediamo," disse Slade mentre le annuiva.

"Sì, certo," borbottò Dakota, sapendo che non sarebbe accaduto. Lei faceva sempre in modo di evitare il ristorante, la mattina, non voleva avere a che fare con chi si fermava a dormire per la notte, aveva anche bisogno di un po' di tempo per se stessa. Intanto Connie le lasciava usare il computer e lei faceva ricerche su internet per vedere se compariva il suo nome, ma anche per cercare di scoprire il nome dello stronzo che la stava seguendo. Non aveva avuto molta fortuna, ma non le importava molto; sapeva di essere nei guai; quel tipo le aveva detto senza mezzi termini che gli apparteneva. Al solo pensiero, le veniva da tremare.

Dakota si voltò e si diresse alla macchina, parcheggiata proprio dietro la roulotte di Pat; le venne in mente di nuovo che doveva parlarle presto: era ora di andarsene.

———

Tre ore dopo, Slade camminava in silenzio tra le roulotte affittate ai turisti e si diresse verso il punto in cui aveva visto Dakota per l'ultima volta. Era identica alla fotografia, persino nel dettaglio dello chignon basso dietro la testa. Almeno si faceva chiamare in modo un po' diverso; non era un gran che, per evitare di farsi riconoscere, ma era già qualcosa. Però non aveva fatto proprio nulla per cambiare il suo aspetto.

Del resto, come poteva sapere che qualcuno tentava di seguirla a Rachel, in Nevada?

Quella cittadina sembrava alla fine del mondo civilizzato. Gli stranieri si vedevano lontano un miglio e Dakota sapeva esattamente chi si fermava a dormire ogni notte. Slade aveva usato il wi-fi per passare un po' il tempo e trovare altre informazioni su quella cittadina. Sapeva che Dakota non sarebbe andata da nessuna parte, non aveva minimamente sospettato di lui.

Sperava di non sbagliarsi, ma gli era sembrato che anche Dakota fosse stata colpita nello stesso modo, quando lo aveva visto per la prima volta. Lui aveva riconosciuto lo sguardo interessato e pieno di desiderio negli occhi di Dakota, anche perché sapeva bene di aver avuto anche *lui* lo stesso sguardo, quando aveva visto la foto per la prima volta. Ma di persona lei era ancora più bella di quanto lui si aspettasse. Aveva le curve giuste, a occhio poteva essere alta uno e settanta o settantacinque, gli arrivava circa al mento. I loro corpi si sarebbero completati a vicenda perfettamente, lui lo sapeva.

Dakota era una donna divertente e ispirava tenerezza, quando si innervosiva. Lui se la immaginava perfettamente, come insegnante e preside di una scuola elementare. Ma ciò che lo colpiva di più era il senso di incertezza, il disagio dietro quegli occhi. Lui odiava vederla spaventata, avrebbe voluto abbracciarla, tenerla stretta e rassicurarla, dicendole che ci avrebbe pensato lui, che Aziz Fourati non le si sarebbe avvicinato. Ma Slade doveva stare attento, non poteva permettersi il lusso di aspettare, non c'era il tempo di affiatarsi. Doveva affrontare con lei il discorso sulla situazione, conquistare la sua fiducia, per poi svignarsela da Rachel, dal Nevada.

La conclusione era che Dakota James non era più solo un viso su un pezzo di carta, era una donna in carne e ossa e Slade la voleva più di quanto sentisse il bisogno di respirare. Ma il desiderio di portarla in salvo era più importante del desiderio, del bisogno di stare con lei... almeno per il momento.

Aveva pensato di tirar fuori il contentino che le aveva portato da Las Vegas, quando erano rimasti da soli al bar, ma lei sembrava troppo a disagio. Slade aveva paura di spaventarla, di farla scappare. Quindi aveva deciso di aspettare il momento giusto, le avrebbe parlato l'indomani mattina.

Slade avrebbe tanto voluto mettersi in contatto con Tex e scoprire se avesse trovato altre informazioni su Fourati, se quel terrorista o uno dei suoi fanatici seguaci fossero in viaggio per Rachel; però aveva dovuto rimandare: non si fidava dell'email, non era un mezzo sicuro, doveva aspettare.

Dopo aver lasciato passare abbastanza tempo, Slade

era uscito dalla stanzetta semplice e spoglia della roulotte per andare a cercare Dakota.

Il vento soffiava da nord, l'aria fredda della notte lo fece tremare. L'inverno si faceva già sentire nella vallata, Slade non si sarebbe sorpreso di vedere neve in arrivo, dalle previsioni del tempo. Fece capolino dietro una delle roulotte e sorrise: beccata.

Tex gli aveva comunicato i dettagli della macchina di Dakota... una Subaru Impreza del 2008. Grigia. Proprio l'auto parcheggiata di fronte a lui. Aveva ancora la targa della California. Slade fece una smorfia: quella donna non aveva la minima idea di come nascondersi. Faceva tenerezza e paura allo stesso tempo. Meno male che era stato *lui* a trovarla e non Fourati.

Si avvicinò alla macchina in silenzio per sbirciare all'interno, non si aspettava di trovare nulla di interessante. Si fermò vicino al finestrino e guardò dentro.

Dakota era avvolta in una coperta, sul sedile di guida, si vedevano solo la testa e i capelli biondi. Dormiva nella sua auto.

Dormiva nella sua cazzo di *auto*.

Slade avrebbe voluto prendere a pugni qualcosa. Avrebbe voluto bussare sul vetro dell'auto, svegliarla e farle una ramanzina di quelle toste: fuori faceva freddo, anche se quella era davvero l'ultima delle preoccupazioni, per lei. Se fosse arrivato Fourati? O anche un passante qualunque che decideva di avere gioco facile con lei? Certo, Dakota era alta, ma avrebbe comunque fatto fatica a difendersi da un qualunque ubriacone arrapato.

Slade imprecò con un filo di voce per quella situazione e gli venne il rimorso di non averle parlato prima, quel pomeriggio. Poi si voltò e tornò in camera sua. Se doveva fare la guardia alla signorina Dakota James, doveva indossare qualcosa che gli tenesse caldo.

Anche se lei non l'aveva chiesto, a partire da quel momento Dakota aveva qualcuno a proteggerla. Slade l'aveva vista dormire, vulnerabile, probabilmente infreddolita; l'interesse che già provava nei confronti di quella donna era passato da tiepido a bollente. Le serviva qualcuno che la proteggesse e quell'uomo doveva essere lui.

Se anche un giorno non le fosse più servito qualcuno a proteggerla, lui sarebbe comunque rimasto l'uomo al fianco di Dakota.

CAPITOLO QUATTRO

Dakota si svegliò lentamente. Il cielo del mattino stava appena cominciando a schiarirsi e nella vallata si diffondeva una leggera tinta violacea. Dakota si spostò sul sedile e fece una smorfia. Sentiva ogni muscolo del corpo indolenzito e aveva freddo. Si sorprese di non avere il parabrezza ghiacciato, poi si voltò a sinistra e a destra per fare stretching ai muscoli del collo.

Voltandosi, con la coda dell'occhio vide qualcosa muoversi... e gridò dallo spavento.

Seduto vicino a lei, *proprio* vicino a lei, in macchina, c'era l'uomo che aveva incontrato la sera prima.

Slade.

Era appoggiato alla portiera sul lato passeggero con le braccia incrociate al petto, una gamba piegata e appoggiata sul sedile, lo sguardo arrabbiato. Ce l'aveva con lei.

"Ma che cacchio?" disse Dakota a mezza voce, poi immediatamente cercò di afferrare la maniglia della portiera, respirando con affanno; lo spavento nel suo respiro era reso più evidente dall'aria fredda.

"Dormi in macchina," le disse Slade senza un tono particolare.

Dakota annuì e imprecò con un filo di voce. Non voleva togliere gli occhi di dosso a Slade, ma non riusciva a trovare quella stupida maniglia.

"Non te l'ho detto ieri sera, ma comunque mi chiamo Slade Cutsinger. Sono un SEAL della marina non più in servizio attivo, sono qui per tenerti al sicuro."

"Sì, sì," mormorò Dakota, che l'aveva ascoltato solo in parte. A quel punto trovò la maniglia e finalmente la tirò, voleva gettarsi fuori e allontanarsi dall'uomo enorme che in quel momento la stava squadrando.

"L'altro ieri ho parlato con tuo padre. Ho visto le cartoline. È così che ti ho trovata."

Dakota si bloccò con un piede per terra, fuori dalla macchina, si voltò di scatto per guardare Slade in faccia e gli sussurrò con voce tremante: "Lui non c'entra niente con tutto questo, lascialo stare."

"Lo so che non c'entra," la rassicurò Slade. "Le cartoline sono state una buona idea, comunque. Tuo padre così ha saputo che stavi bene, proprio come volevi. Purtroppo alcune delle persone a cui le hai consegnate sono state un po' pigre e invece di aspettare di tornare a casa le hanno spedite da Las Vegas.

"Cribbio," rispose Dakota. Ma almeno capì che era meglio ascoltare cosa Slade voleva dirle. Dato che le stava parlando delle cartoline, era probabile che *avesse* visto davvero il padre. Lei poteva anche essere un po' sciocca, ma non sentiva alcuna vibrazione negativa provenire da Slade, quindi sperava che il padre fosse al sicuro, a casa, sapendo che la figlia stava bene... pur *essendo* in fuga da un terrorista.

"So tutto sull'attentato all'aeroporto, Dakota," le disse Slade sottovoce, facendola risvegliare dalle proprie riflessioni.

Dakota sent' una stretta allo stomaco: l'aveva chiamata con il nome vero.

Ma certo, era ovvio, se aveva incontrato suo papà, doveva conoscere anche la sua vera identità.

"So che sei l'unica sopravvissuta, so che hai visto Aziz Fourati, so anche che sei l'unica al mondo in questo momento che può identificarlo. Questo però lo sa *anche* lui, quindi non solo vuole assicurarsi che tu tenga la bocca chiusa e non riveli a nessuno informazioni sulla sua identità, ma ti vuole anche per sé, ti considera sua proprietà. Ti vuole per moglie."

Dakota chiuse la portiera dell'auto e tremò. Diamine, faceva freddo. Cercò di schiarirsi le idee, ancora annebbiate dall'orario mattutino. Lei non ragionava mai molto bene, prima di bersi una bella tazza di caffè. "Si chiama Aziz?"

Quella domanda fu una sorpresa per Slade, che aggrottò la fronte e inclinò la testa, chiedendole: "Non conoscevi il suo nome?"

"No. Non l'ha mai detto. Mi ripeti come fa di cognome?" Dakota stava cercando davvero di non impazzire. Eh sì, doveva certamente scappare quel giorno stesso, ma prima di saettare via doveva farsi dire da Slade tutto ciò che sapeva. L'informazione è potere.

"Fourati."

"È un cognome straniero," osservò Dakota, fiera di se stessa per aver mantenuto un tono apparentemente calmo.

"Esatto. L'ipotesi migliore è che sia tunisino."

"Tunisino?" gli chiese, ora davvero confusa.

"Sì, tunisino. La Tunisia è in Africa Settentrionale, tra l'Algeria e la Libia."

"Lo so dov'è la Tunisia," gli rispose Dakota brontolando, "è solo che…" fece una pausa per un momento e capì che di sicuro non doveva parlare con Slade, di nulla. Non lo conosceva. In fondo poteva sempre essere uno degli scagnozzi di Aziz Fourati. Almeno era contenta di aver dato un nome al tipo che le stava rendendo la vita un inferno, ma doveva comunque essere furba… per quanto il suo intuito le gridasse che poteva fidarsi dell'uomo che aveva di fianco.

Slade si abbassò per prendere qualcosa dal pavimento dell'auto, tra i suoi piedi. Era una tazza da viaggio in metallo. La offrì a Dakota senza dire una parola.

Lei fissò quella tazza, poi tornò a fissare Slade. Se pensava di farle bere qualcosa solo passandole quella tazza, era davvero pazzo. "No, grazie," gli disse educatamente.

"Non sai cosa c'è dentro," le disse Slade.

"Non so *chi sei*," gli ribatté con un certo cipiglio. "L'unico motivo per cui sono ancora qui seduta è che in questo momento fuori fa troppo freddo e non so dove altro andare. Sono sicura che se anche io scappassi tu potresti riprendermi in due secondi e tre decimi e tagliarmi la gola. Considerami pure una pazza curiosa, ma vorrei più informazioni possibili sul perché la mia vita è finita in questo letamaio, prima di morire."

"Non dici parolacce."

"Cosa?"

"Tu non dici parolacce," le ripeté pazientemente.

Dakota fece spallucce: "Sono preside di una scuola elementare. O almeno ero. Non è che posso andare in giro di continuo a dire cazzo, merda e stronzo."

"Vero. Mi piace."

"Adesso posso anche morire felice, allora," brontolò Dakota.

Slade abbassò ancor di più la voce, per quanto possibile; per quanto le desse fastidio, quel timbro vocale le fece venire la pelle d'oca alle braccia. "Sono dalla tua parte, Dakota," le disse. "In breve, posso dirti che il governo sa che c'è Fourati dietro la bomba all'aeroporto e vuole assicurargli la punizione che si merita per quell'attentato. Ma adesso sappiamo che sta reclutando dei militanti online per cercare di convertirli alla sua causa, vuole fare degli altri attentati, ma stavolta in grande scala."

"Lo so," sussurrò Dakota. Lo sapeva davvero: Aziz si era vantato dei suoi piani quando lei era raggruppata con gli altri ostaggi terrorizzati, all'aeroporto.

"Allora capisci quanto è importante fermarlo."

"Quel giorno sono quasi morta," gli disse Dakota, anche se lui probabilmente lo sapeva già.

Infatti Slade glielo confermò nel modo più semplice: "Lo so."

"Non puoi certo arrivare qui, così all'improvviso, dirmi che mi stavi cercando e aspettarti che mi fidi di te, che mi fidi che sei chi dici di essere."

"Perché no?"

"Cosa vuol dire 'perché no'?" gli chiese Dakota, confusa.

Slade continuava a porgerle la tazza e le disse: "Ti ho detto che sono stato da tuo padre, ho visto le cartoline. *Sono* un ex SEAL della marina, non sono tunisino e non potrei fingermi un terrorista arabo nemmeno se lo volessi. Se ci fosse il segnale e potessi usare il cellulare, potrei chiamare uno dei miei amici, una delle persone a cui tengo di più al mondo, lui ti confermerebbe tutto. Però dovremo aspettare di tornare nel mondo civilizzato. Senti, Dakota, io sto dalla tua parte. Te lo giuro su Dio."

"Proprio quello che direbbe un *terrorista*," commentò lei, minimamente impressionata. "Tra l'altro, una telefonata a un tuo amico che confermi la tua affidabilità non basterebbe a convincermi."

"Prendi la tazza," le intimò gentilmente Slade.

Senza pensarci, Dakota fu mossa dall'urgenza di quelle parole, allungò una mano e prese la tazza da viaggio in acciaio inox. Le loro dita si sfiorarono, Dakota avrebbe giurato di sentire il calore delle dita di Slade che le saliva su per il braccio, riscaldandolo.

Invece no, non erano le dita di Slade a scaldarla, era la tazza. Era ancora tiepida. Dakota lo guardò perplessa.

"Mi sono fermato al ristorante, prima di venire qui,

ho chiesto a Pat di scaldarla." La guardò un po' imbarazzato per un momento, prima di proseguire: "Di sicuro il sapore non sarà il massimo, dopo due giorni, ma il tuo papà mi ha detto cosa ti piace. Ha detto che avresti capito che ti dicevo la verità se ti portavo questo."

Dakota girò lentamente e con attenzione il coperchio di plastica... e immediatamente l'odore della menta piperita le arrivò al naso. Chiuse gli occhi, in estasi, e avvicinò la tazza al naso, inalò l'aroma delizioso del caffè che in assoluto preferiva su tutti e ripensò a tutte le occasioni in cui aveva condiviso una tazza di caffè come quello col padre, mentre se ne stavano seduti nel salotto di casa. Si sforzò di trattenere le lacrime che cominciavano a fare capolino dagli occhi.

"Insieme a questo," le disse Slade sottovoce, interrompendole quei ricordi.

Dakota riaprì gli occhi e vide che Slade le stava porgendo una bustina di carta bianca. Capì cosa conteneva anche senza guardare.

"Una ciambella con la glassa all'acero," gli disse.

"Esatto. Anche se ho paura che si sia un po' rovinata, l'ho tenuta dietro di me in moto, nella sella."

Dakota allungò una mano e gli sfilò dalle dita la bustina, ma fece attenzione a non toccarlo, poi diede un'occhiatina dentro: certo, la ciambella era tutta schiacciata su un lato e la glassa all'acero era appiccicata alla carta, più che alla pasta, ma anche quel dolcetto le fece venire in mente dei ricordi che quasi la sopraffecero.

"Allora hai incontrato davvero mio papà."

"L'ho incontrato."

"*Giurami* che non gli hai fatto del male."

Slade fece un verso strano e Dakota lo guardò negli occhi: ormai era quasi arrabbiato e le disse quasi ringhiando: "Certo, non gli ho fatto del male. Sono esattamente chi ti ho detto."

Dakota studiò Slade per un lungo momento. Il calore della tazza di metallo le riscaldava i palmi e le mani infreddolite. La carta del sacchetto con dentro la pasta scricchiolò, mentre lei si muoveva sul sedile. Poteva mai un terrorista portarle una tazza di caffè alla menta piperita fin da Las Vegas, tutta quella strada? Poteva mai sedersi in macchina vicino a lei, chissà per quanto tempo, aspettando che si svegliasse, senza farle alcun male? Aziz di sicuro non si sarebbe comportato così. Lei sapeva bene cosa avrebbe fatto Aziz, al posto di Slade.

Aziz Fourati la voleva. Dakota lo sapeva senza ombra di dubbio. Ma non avrebbe mai ordinato ai suoi scagnozzi di trattarla in quel modo amichevole, rispettoso, pieno di attenzioni. Lei sapeva bene come l'avrebbero trattata, come *l'avevano* trattata quel giorno in aeroporto.

"Hai detto che non potresti passare da terrorista arabo neanche volendo," gli disse Dakota sottovoce.

"Esatto," confermò Slade," tempo fa ho avuto un'occasione di cui sono molto orgoglioso, sono riuscito a muovermi tra gli altri in Medio Oriente senza farmi notare, ma ormai non sarei più in grado di confondermi tra la folla nello stesso modo. Ormai sono come sono... barba che imbianca e tutto quanto il resto." Mentre concludeva si indicava il volto.

Dakota si prese il tempo di bere un piccolo sorso del nettare che aveva tra le mani e sospirò all'esplosione di aroma di menta piperita sulla lingua. Il caffè era appena fuori dal freddo e francamente il sapore se n'era un po' andato, ma era comunque la bevanda migliore che avesse bevuto negli ultimi tempi. Poi guardò Slade negli occhi: confidarsi con lui poteva significare firmare la propria condanna a morte, ma pur avendo trascorso con lui un brevissimo periodo di tempo... le ispirava fiducia. Quell'uomo aveva un non so che, lei l'aveva sentito nel profondo: era destino che fosse lui a trovarla.

Dakota non era mai stata molto religiosa, nella vita, però credeva nello spirito delle persone. Credeva anche nella reincarnazione delle anime. I suoi genitori si erano trovati, anime gemelle, di questo lei era certa. Anche lei sperava di trovare l'uomo giusto, quello predestinato, in questa vita, ma ormai si era arresa... almeno fino a quando Slade non era entrato nel Little A'Le'Inn la sera prima.

Da quando lo aveva incontrato, Slade era stato sempre molto paziente e protettivo con lei... ma soprattutto gli si leggeva l'onestà negli occhi. Aziz e i suoi compari avevano occhi freddi, occhi di morte. Invece gli occhi di Slade erano caldi, marrone scuro; certo, lei sapeva bene che Slade avrebbe potuto ucciderla anche a mani nude (era sempre un SEAL, anche se non più in servizio), ma sapeva che non lo avrebbe fatto.

Dato che lei non diceva altro, Slade le suggerì: "Che ne dici se ci ripariamo dal freddo e andiamo a prenderti qualcos'altro, oltre a caffeina zuccherata?"

"Hai fatto tutta questa strada perché volevi sapere

com'è la faccia di Aziz, per poterlo catturare?" gli chiese Dakota confusa. "Ma allora perché sei così gentile con me?"

"Hai ragione, ho fatto tutta questa strada per trovarti e avere più informazioni su Fourati. Ma non è l'unico motivo. Tesoro, tremi dal freddo, sarai tutta indolenzita, dopo aver passato la notte in macchina. In questo momento mi interessa di più prendermi cura *di te* che chiederti informazioni su Fourati."

Dakota si leccò le labbra nervosa, assaggiando il sapore di menta piperita che le era rimasto attaccato alla bocca, poi gli chiese: "Ma non devi fare rapporto ai tuoi superiori, come cavolo si chiama, non devi rintracciarlo? È per questo che sei qui," ripeté con insistenza.

Slade scosse subito la testa: "No, senti, ti dico la verità, quello è il motivo principale, sì, ma nel momento stesso in cui ho visto la tua foto, nella cartella dei documenti per la missione, ho capito che dovevo trovarti per un motivo diverso."

Poi non le spiegò altro, così Dakota gli chiese: "Che motivo?"

Slade mosse di nuovo la mano, le sfiorò la guancia con le dita, ma poi il palmo della sua grande mano fece il giro e andò ad appoggiarsi dietro la nuca di Dakota; lei sentì di nuovo la pelle d'oca sulle braccia. Aveva le mani impegnate, la tazza in una, la busta di carta nell'altra, così non poté far altro che avvicinarsi a lui appena lui la tirò leggermente a sé, facendola inclinare in avanti.

Poi le mise l'altra mano sotto al mento e le fece alzare la testa, costringendola a guardarlo negli occhi.

Dakota si sentiva circondata da lui, dal calore che emanava, dalle attenzioni, dalla passione.

"Non sono più un ragazzino, Dakota. Ho quarantotto anni e mai una volta nella vita mi sono così attaccato a una foto come mi è successo con la tua. Ho visto centinaia di immagini di donne che avevano bisogno di protezione o di essere salvate. Nessuna mi ha fatto rimanere a bocca aperta, nessuna mi ha tramortito, è come se mi avessero dato uno schiaffo sulla testa. Come se da quella foto tu avessi allungato una mano per rubarmi un pezzo di cuore. Ma non è nulla, rispetto a quando ti ho incontrata di persona. Quando sono entrato nel bar, ieri sera, mi è sembrato di trovare ciò che cercavo da una vita intera: te."

Porca vacca. Ma faceva sul serio? La pensava davvero così? Poteva essere davvero l'uomo che *lei* cercava da tutta la vita? Dakota scosse la testa, rifiutandosi debolmente di accettare la situazione."Non è possibile. Me lo dici solo per convincermi a dirti ciò che so."

"Non me ne frega un tubo di cosa sai," le rispose subito Slade, "non mi interessa nemmeno se mi farai una descrizione di Fourati. Posso sempre dire al mio capo che tu non sai nulla."

"Ma così ti metti nei guai," gli disse Dakota.

"No, non mi metto nei guai, perché questa non è un'operazione ufficiale. Tra l'altro, io sono pure in pensione. Dakota, non mi frega di cosa pensa chi mi ha assunto. Il punto è che il mio pensiero principale sei *tu*. Ti ho trovata, anche Fourati potrebbe trovarti. Mi sorprenderebbe se lui e i suoi scagnozzi non fossero già sulle tue tracce, in viaggio per arrivare qui. Anzi, sono più che certo che *stiano* già arrivando qui. È solo questione di tempo... quanto tempo, questo non lo so. Credo di essere in vantaggio di un paio di giorni, ma non posso esserne sicuro. Comunque, qualunque cosa succeda, sappi che da questo momento in poi la mia missione principale è tenerti al sicuro, non catturare Fourati."

Dakota non sapeva proprio come rispondere. Da un lato, sapeva con assoluta certezza di cosa stesse parlando Slade, perché dal momento stesso in cui gli aveva messo gli occhi addosso, si era sentita... tranquilla. Era come se finalmente potesse fare un bel respiro profondo e rilassarsi, dopo la tensione continua in cui era stata negli ultimi due mesi. Slade si sarebbe messo tra lei e il resto del mondo. Ma d'altro canto erano discorsi da matti. Follie. Lei non conosceva minimamente l'uomo seduto vicino a lei, che praticamente la circondava abbracciandola.

Per fortuna, lui non le lasciò lo spazio di dire nulla. Le fece abbassare con dolcezza la testa, su cui la baciò, poi si tirò indietro e disse: "Forza, andiamo dentro a scaldarci. Poi possiamo discutere di dove e come muoverci, da qui."

Dakota si sentiva distesa e arrendevole, non fece altro che annuire e appoggiarsi allo schienale. Ogni tanto era bello lasciare che fosse qualcun altro a prendere le decisioni del caso. Si guardarono a vicenda per un lungo momento, poi Slade si voltò e aprì la portiera. Dakota si scrollò la fiacchezza di dosso e fece per uscire, si girò e prese dal sedile posteriore il suo zainetto. Appena fu uscita, Slade fu in piedi di fianco a lei. Le prese la bustina di carta e le fece appoggiare la mano sul proprio braccio, in modo da proteggerle le dita dall'aria fredda del mattino.

"Hai le chiavi della macchina?"

"Perché?"

"Per chiuderla."

Dakota rise. "Qui nessuno mi ruberà la macchina. La chiave è rimasta nel quadro di accensione per tutto il tempo, da quando l'ho parcheggiata lì. Con la fortuna che ho, altrimenti va a finire che la perdo."

Slade scosse la testa, come esasperato, ma non le disse altro. Chiuse la portiera dell'auto e fece per accompagnarla alla roulotte dove aveva dormito lui.

"Pensavo andassimo al ristorante?" gli chiese Dakota mentre si avvicinavano alla roulotte.

"Immagino che ti farebbe piacere farti prima una doccia per scaldarti. La roulotte è più riservata, potremo parlare tranquilli. Gli altri occupanti se ne sono già andati, come ti eri immaginata."

Era un pensiero molto cortese. Dakota si fermò all'improvviso, costringendo anche lui a fermarsi.

Era cortese, ma poteva anche essere un trucco subdolo, un pericolo. L'ultima cosa che voleva era ritrovarsi nuda vicino a lui. Sarebbe stata vulnerabile e...

"Mentre ti fai la doccia, io vado al ristorante. Così avrai un po' di tranquillità."

"Grazie," gli rispose. Anche se non si fidava di lui al cento per cento, le dispiacque aver dubitato di lui, pensando al peggio.

Slade aprì la porta con la chiave e la accompagnò

all'interno. Dakota guardò di sfuggita nella camera da letto e si fermò senza preavviso.

Poi si ritrovò a fissare la schiena muscolosa di Slade, che la faceva uscire dalla camera da letto camminando all'indietro, chiedendole: "Cosa c'è? Cos'hai visto?"

"Nulla, solo che... il letto è ancora fatto."

Come capendo che Dakota non era in pericolo di vita, Slade si girò lentamente e respirò a fondo. "Sì, e allora?"

"Hai rifatto il letto prima di uscire, stamattina?" gli chiese, pur conoscendo la risposta prima ancora che lui le spiegasse.

"No. Non ho dormito nel letto. Volevo avere la certezza che tu fossi al sicuro, ieri sera, quando ti ho trovata che dormivi in macchina ho fatto la guardia."

"Hai fatto la guardia," ripeté Dakota un po' impacciata.

"Sì."

"Su di me."

"Sì, Dakota. Cazzo, non ti lascio a dormire in macchina in mezzo al nulla, con un cazzo di terrorista che ti dà la caccia. Non esiste al mondo, cazzo."

Dakota decise di non commentare il fatto che Slade avesse usato la parola "cazzo" tre volte in due frasi. Il letto perfettamente ordinato che aveva visto in quella camera l'aveva convinta più di ogni altro discorso del fatto che lui fosse davvero un ex SEAL della marina e che volesse proteggerla.

Dakota aveva ancora la tazza tra le mani e si mosse senza pensarci: si sporse in avanti e gli appoggiò la fronte sulla pelle fredda della giacca, all'altezza del petto.

Lui l'avvolse subito con le braccia, gliele tenne dietro la schiena e la fece avvicinare. Lei non poteva ricambiare l'abbraccio, aveva le mani impegnate, ma non sembrava un problema.

Quando le parlò, finalmente era sparita ogni traccia di irritazione, che aveva lasciato spazio alla preoccupazione... per lei. "Dovevi dormire *qui*, prima che arrivassi io, non è vero?"

Lei gli annuì contro al corpo. "Pat e Connie mi lasciano passare la notte nelle roulotte libere."

"Mi dispiace di averti rubato il letto."

"Ma non è andata così," gli rispose con la voce mezza soffocata, dato che aveva ancora il viso appoggiato al petto di Slade. "Non l'hai nemmeno usato, il letto. Hai dormito... non so nemmeno dove. Però non mi hai rubato il letto."

"Mmm," fu l'unica risposta di Slade, che con le mani le accarezzava lentamente la schiena; a ogni movimento, lei si sentiva sciogliere sempre di più in quell'abbraccio, fino al punto di non sentirsi più in grado di reggersi sulle gambe da sola. Ormai era lui l'unico appiglio che la teneva in piedi.

"Ho paura," ammise Dakota, con voce appena udibile.

Slade le strinse le braccia intorno al corpo e lei finalmente girò la testa, appoggiandogli sul petto una guancia.

"Ora non sei più sola," le disse con voce sicura, "nessuno potrà più metterti le mani addosso."

"Promesso?" Dakota sapeva bene di non poter fare quella richiesta. Lui non poteva certo farle una promessa del genere, ma quella parola le era uscita di bocca prima ancora che potesse rendersene conto.

"Te lo prometto, cacchio." Era una promessa solenne, lo sapevano entrambi.

Rimasero lì in piedi per un altro lungo momento, poi Slade si allontanò, la baciò sulla fronte e le ordinò: "Doccia. Cambiati. Torno tra una ventina di minuti per accompagnarti al bar."

"Pensavo volessi parlare qui in roulotte?"

"Esatto, ma prima devi fare colazione. Devi mangiare per davvero, non solo quello," le disse indicandole la tazza che lei teneva ancora tra le mani.

"Non devi tornare a prendermi, ci vediamo direttamente al bar."

Slade le fece alzare il mento con l'indice e le disse sottovoce: "Torno per accompagnarti. Non voglio correre rischi. Ho promesso di tenerti al sicuro finché Fourati non sarà preso o ucciso. Mi sa che dovrai abituarti ad avermi al tuo fianco ventiquattr'ore su ventiquattro."

Dakota annuì. In quel momento le sembrava una soluzione perfetta. Ah, certo, sapeva che prima o poi si sarebbe rivelata anche una rottura di scatole, ma si ricordò che Slade le aveva detto di avere forse un paio di giorni di vantaggio sugli scagnozzi che Aziz aveva inviato a catturarla, per farsela riportare; quindi stargli appiccicata a ogni ora del giorno e della notte era davvero una soluzione perfetta.

"Va bene," gli disse."

"Va bene, allora fatti una bella doccia, bevi il tuo caffè, torno tra poco."

Dakota osservò Slade che si girava e si incamminava fuori dalla roulotte.

Quando si era ritrovata nel bel mezzo di un attentato terroristico, la vita di Dakota era stata completamente trasformata dalla sfortuna; in quel momento, però, le sembrava di aver appena vissuto un'altra inversione di marcia.

CAPITOLO CINQUE

Esattamente venti minuti dopo, Slade bussò alla porta della roulotte. Stare lontano da lei anche solo per così breve tempo gli faceva male; continuava a immaginare che qualcuno riuscisse a forzare l'entrata e gli portasse via Dakota. Forse erano solo dei pensieri stupidi, fastidiosi, ma lui aveva tutti i motivi di credere che qualcuno *potesse* davvero rapirla.

Doveva portare Dakota via da Rachel, tornare in una zona in cui il segnale del cellulare fosse ben chiaro e telefonare a Tex per assicurarsi di non essere in pericolo; fino a quel punto, non avrebbe corso alcun rischio.

Invece di tornare al bar, mentre Dakota faceva la doccia, Slade era rimasto di fianco al Little A'Le'Inn per fare la guardia alla roulotte. Forse stava esagerando, ma lui non credeva. L'aveva trovata immersa nel sonno più profondo, quando aveva aperto la portiera della macchina, quella mattina. Dakota non aveva fatto una piega nemmeno quando lui si era chiuso in macchina con lei. Se lui era riuscito con tanta facilità a coglierla di sorpresa, chiunque poteva fare altrettanto. Il pensiero di Fourati o di uno qualunque dei suoi seguaci che metteva le mani su Dakota gli fece venir voglia di colpire qualcosa.

"Sono pronta," gli gridò Dakota in risposta al colpo alla porta. "Entra pure."

Slade girò il pomello della porta ed entrò nella roulotte, piccola ma accogliente. Come alloggio non era certo all'altezza di vincere dei premi stellati, ma per quel paesino era quasi una reggia.

"Ti ho tenuto un pezzo di ciambella," gli disse Dakota, un po' timidamente.

Se Slade non fosse già stato mezzo innamorato di lei, sarebbe bastato quel gesto a mandarlo in estasi. Lui sapeva bene quanto Dakota ci tenesse alle paste con glassa d'acero... il padre era stato chiarissimo: nessuno toccava le ciambelle di Dakota. "Grazie, mangiala pure tu, tesoro. Chissà quanto tempo è passato dall'ultima volta che ti sei concessa un piccolo strappo."

Dakota lo guardò a lungo, tanto da fargli pensare che avrebbe commentato il vezzeggiativo con cui l'aveva chiamata, oppure che si sarebbe rifiutata di mangiare la pasta, anche se si vedeva chiaramente dallo sguardo che lei la voleva mangiare; ma finalmente lei alzò una spalla e gli fece un sorrisetto.

"Grazie. Comunque, per la cronaca, te l'avrei lasciata mangiare, ma sono più contenta di mangiarmela tutta io."

Slade ridacchiò. "Lo vedo." Infatti glielo si leggeva negli occhi verdi, che luccicavano nella penombra della roulotte; in un lampo Dakota allungò la mano nella bustina per afferrare il resto della ciambella appiccicosa.

"Sei pronta a parlare?" le chiese, tirando fuori una sedia da sotto il tavolino quadrato, vicino alla cucina condivisa. "Il ristorante è bello pieno."

"Sì, la gente si mette in viaggio presto, da queste parti. Almeno i turisti. Per quanto voglia bene a Pat e a Connie, sono delle grandi chiacchierone. Immagino sia perché da queste parti non c'è molto da fare o molto da vedere," disse Dakota con spirito pratico, per poi accomodarsi sulla sedia che Slade le aveva preparato.

Chiacchierarono del più e del meno mentre lei finiva di mangiare e si leccava la glassa d'acero dalle dita, costringendolo a spostarsi sulla sedia per darsi una sistemata nelle mutande. Gli era diventato duro già vedendola soddisfatta per aver finito la ciambella, ma quando l'aveva vista usare la lingua per catturare ogni granello residuo di guarnizione zuccherina, era quasi venuto nelle mutande.

"Prima hai detto qualcosa che mi ha fatto pensare," gli disse Dakota tranquillamente, interrompendo ogni pensiero a sfondo sessuale, del tutto fuori luogo.

"Che cosa?"

"Hai detto che Aziz era straniero; tunisino. Cosa intendevi dire?"

Slade rimase perplesso per un momento. "Cosa intendi dire, con *cosa intendevi dire*? Intendevo dire esattamente ciò che ho detto."

"Ma è americano," gli disse Dakota.

"Aziz Fourati è il leader della fazione tunisina del

gruppo terroristico Ansar al-Shari'a," affermò deciso Slade.

Dakota aggrottò le sopracciglia confusa: "Va bene, allora chi era il tipo all'aeroporto?"

"Aspetta un secondo, facciamo un passo indietro," disse Slade, che poi si alzò per andare al lavandino; prese un tovagliolino di carta e lo inumidì sotto al rubinetto, poi proseguì: "Faccio parte di una *task force* top secret, ho l'incarico di scoprire tutto ciò che sai su Fourati e di fermarlo. Si sta facendo molti seguaci online. Fa molto alla svelta. Ti ho detto che sta cercando di replicare l'attentato esplosivo di Los Angeles organizzando molti attacchi simultanei in tutto il paese. Nessuno sa dove prenda i soldi per finanziare questa operazione, ma al momento è un dettaglio meno importante. È un tipo subdolo, è bravo a non farsi trovare, la realtà è che il governo non ci riesce, a trovarlo, in parte perché non esiste una sola fotografia di quell'uomo. Zero assoluto."

Slade strinse il tovagliolino di carta e tornò al tavolo. Poi andò avanti col discorso, prendendo le mani di Dakota e pulendole dolcemente dallo sciroppo appiccicoso lasciato dalla ciambella.

"Parte della mia missione, oltre che garantire la tua sicurezza, è riuscire a produrre una descrizione di quell'uomo, anche solo un ritratto abbozzato, in modo che il governo sappia chi sta cercando e possa inserire lo schizzo nei programmi di riconoscimento facciale. Così, se mai mettesse di nuovo piede in un aeroporto, si potrà fermarlo."

Dakota mise le mani su quelle di Slade, fermandole. Poi lo guardò negli occhi. "Quel tipo, quello che ha finto di essere un ostaggio e poi si è messo a predicare tutto arrabbiato per venti minuti, prima di ordinare all'altro tipo di farsi saltare in aria, quello è americano, Slade."

Slade intrecciò le dita con quelle di Dakota: "Ne sei sicura?"

Lei annuì: "Decisamente. Aveva gli occhi azzurri e i capelli biondi; aveva anche un accento, direi di New York. So che c'è gente che può fingere un accento diverso, cambiare aspetto, ma io non ho *mai* sospettato che potesse essere altro che americano, quando gli stavo vicino."

"Si è mai fatto chiamare Aziz?"

"No. Non conoscevo il suo nome finché non me l'hai detto tu, ti ricordi?"

"Allora potrebbe non essere lo stesso tipo," disse Slade, più a se stesso che a Dakota. "Parlami di quanto è successo a Los Angeles," le chiese con tono morbido.

"Ero in fila per fare i controlli di sicurezza, insieme a tutti gli altri. Ho sentito urlare e sbraitare, mi sono girata per vedere che succedeva. C'erano due uomini che sventagliavano i fucili gridando. Poi hanno mirato verso alcuni di noi che eravamo in fila e ci hanno ordinato di seguirli. Ci hanno fatti raggruppare e ci hanno costretti ad entrare da una porta, c'era un cartello 'porta di servizio', immagino che uno dei due avesse il codice, o la tessera magnetica da strisciare per aprire quella porta. Non ne ho idea. Comunque, ci hanno fatto marciare per un corridoio e abbiamo attraversato un'altra porta, ci siamo ritrovati in una sala. Forse era una sala ristoro per i dipendenti, qualcosa del genere."

"Eravamo tutti spaventati, qualcuno piangeva. Uno

di quei due aveva degli esplosivi attaccati al petto, ha passato una pistola a quel tipo, Aziz, che mi ha fatto inginocchiare tirandomi per i capelli e mi ha puntato la pistola alla testa, quindi si è messo a parlare. Mi teneva un braccio intorno al petto e la canna della pistola puntata alla tempia. Ha detto che l'America era fallita, che nessuno capiva più il significato della spiritualità, che la risposta era il Corano. ha detto che serviva un atto plateale perché ognuno facesse i conti con la morte e si rivolgesse alla rivelazione di Dio secondo il Corano."

Ormai Dakota stava sussurrando; da un lato Slade odiava vederla impaurita, nel ricordare l'esperienza terribile che aveva vissuto in quell'aeroporto, ma le sarebbe servito sfogarsi e raccontare tutto, per superare il trauma.

"C'era anche un ostaggio più giovane, mi dispiace, non mi ricordo nemmeno come si chiamava, si è alzato in piedi e ha sfidato quel tipo, adesso so che si chiama Aziz, e quello gli ha sparato. Ha tolto la pistola dalla mia tempia, ha sparato a quel ragazzo, che era in piedi proprio di fianco a me, poi l'ha rimessa dov'era, premendola contro la mia testa. La canna era ancora calda, tanto da far male. Si sono messi tutti a urlare e sbraitare ancor più forte, mentre il ragazzo giaceva a terra e sanguinava. È morto così, e ad Aziz non importava. Ha cominciato a dire che a ogni leader serviva una donna al fianco, una donna che lo sostenesse. Una donna che gli desse dei figli per perpetuare la dinastia."

Slade non ne poteva più. Spinse indietro la sedia di qualche centimetro, poi prese la mano di Dakota, la fece alzare e la fece sedere sulle proprie gambe. Lei si accoccolò contro di lui, come se avessero compiuto lo stesso gesto già centinaia di volte. Slade era alto quasi due metri, spesso le sedie erano troppo piccole per lui, ma in quel momento non gli interessava minimamente di stare comodo. Poteva starsene così, seduto con Dakota in braccio, per tutto il tempo di cui lei aveva bisogno.

Le mise una mano dietro la testa e la tenne stretta, mentre lei proseguiva il racconto.

"Ho capito che stava parlando di me, che non si sarebbe fatto ammazzare per la causa, come pensavo all'inizio. Ha farneticato ancora un po', continuava a guardare l'orologio da polso, sembrava che dovesse aspettare che passasse un certo lasso di tempo. Poi ha fatto un cenno al tipo con gli esplosivi, ha sparato in aria, penso volesse spaventare tutti, sai, per quello che stava per succedere, poi mi ha tirato perché lo seguissi, ce ne siamo andati alla svelta. Sapevo di dovergli scappare, perché altrimenti avrebbe fatto di me la sua schiava, mi avrebbe imprigionata, solo per avermi. Quindi appena siamo usciti da quella stanza io l'ho attaccato."

"Brava, così si fa," mormorò Slade, interrompendo per la prima volta il racconto di Dakota.

"Non proprio," gli rispose con un'espressione che lui sperava fosse divertita. "Gli ho dato un calcio, lui è caduto a terra, ma non sono riuscita a metterlo fuori gioco. Ho cominciato a correre verso la porta che collegava al terminal, ma lui mi ha beccata e mi ha fatta cadere. Poi si è inginocchiato davanti a me e mi ha sussurrato: 'È bello sapere che la mia futura moglie è coraggiosa. Ne avrai bisogno.' Poi si è abbassato su di me, come se volesse baciarmi, ma a quel punto è scoppiata la bomba. Non so se sia stato o meno l'altro tipo a farsi esplodere troppo presto, ma ho visto che il tipo che avevo davanti ha cambiato espressione, prima sorpreso, poi arrabbiato; alla fine il soffitto ci è caduto in testa."

"Il suo corpo ti ha protetto dal crollo," immaginò Slade.

Lei gli annuì addosso. "In gran parte, sì. Lui ci è rimasto sotto di colpo. Qualcosa mi ha colpito al braccio, rompendolo. Mi sono spaventata troppo, il tipo era su di me a peso morto, ma sono riuscita a divincolarmi; speravo fosse morto, me ne sono andata via dal terminal. Intorno a me c'era il caos, nessuno si è accorto di me che uscivo proprio dalla stanza in cui erano entrati gli uomini armati. Ero solo una delle tante persone nel panico che cercavano di andarsene dall'edificio. Mi sono confusa bene con gli altri."

Dakota rimase in silenzio e Slade la lasciò riposare per un momento. Dopo un paio di minuti e un paio di respiri profondi, Dakota proseguì: "Pensavo di essermela cavata, che fosse finita. Invece ho scoperto ben presto che non era morto."

"Come hai fatto a scoprirlo?" le chiese Slade.

"L'ho scoperto una settimana dopo, circa, quando sono tornata al lavoro; ho cominciato a ricevere in ufficio dei regali. Erano anonimi, ma io ho capito. Su ognuno c'era scritto 'Per la mia futura moglie'. Nessun altro mi avrebbe mai scritto così, non sono certo il tipo di donna con degli ammiratori segreti. Mi sono licenziata il giorno in cui una studentessa di seconda mi ha portato una scatolina con un nastrino rosso, dicendomi che gliel'aveva data un signore fuori dall'entrata della scuola, con l'incarico di portarmela."

"Cosa c'era dentro?" la incitò Slade, dato che lei non proseguiva.

"Una bomba a mano finta, di plastica," gli rispose Dakota, mettendosi meglio a sedere sulle gambe di Slade. "Quel bastardo non minacciava più solo me, ma anche i miei studenti. Ho chiamato la polizia, la minaccia è stata presa sul serio, ma non c'era molto altro da fare. Non sono state trovate impronte digitali, la ragazzina non è riuscita a descrivere per bene l'uomo che le aveva dato la scatola."

"Quindi ti sei licenziata."

"Mi sono licenziata," confermò lei, "anche se non volevo, ma che altro potevo fare? Sapevo che non mi avrebbe lasciato in pace. Cavolo, me l'ha pure *detto*. Ma poi la situazione è peggiorata. Il palazzo dove abitavo è bruciato, raso al suolo. So che è stato lui; voleva spaventarmi a morte, senza un posto dove rifugiarmi, per convincermi ad accettare tutto ciò che voleva lui."

"Ma tu sei troppo tosta."

Allora lei ridacchiò, con un suono triste, che sembrava senza speranze: "Non lo so se sono tosta; sono andata dal papà, gli ho detto addio e mi sono raccomandata che facesse attenzione, che non si fidasse di nessuno, chiunque si presentasse, poi me ne sono andata. All'inizio pensavo di attraversare il paese e raggiungere la costa est, per allontanarmi il più possibile dalla California, ma sono arrivata solo a Las Vegas e adesso sono qui."

"Perché proprio a Rachel?" le chiese Slade sinceramente incuriosito.

"Non avevo intenzione di rimanere qui. Ho incontrato delle persone che mi hanno parlato di questa zona, di quanto era forte. Ho pensato fosse un bel posto dove rintanarsi per un po', per capire cosa fare dopo. Ma non ho fatto bene i conti, non sapevo che qui non c'è un benzinaio, non avevo abbastanza carburante per proseguire." Dakota si chiuse nelle spalle.

La risatina di Slade cominciò timidamente, ma quando Dakota lo guardò negli occhi, accennando lei stessa un sorriso, lui non riuscì più a trattenersi: lasciò andare la testa all'indietro e rise a crepapelle. Anche lei si mise a ridere con lui, per i casi della vita.

Tra una risata e l'altra, Dakota gli spiegò: "Quel problema l'ho risolto alla svelta, ma più ci pensavo e più arrivavo alla conclusione che Rachel fosse un ottimo posto per nascondersi. Mi pagano in contanti e posso risparmiare, non devo usare la carta di credito e non ci passano tante persone, quindi posso sempre tener d'occhio molto facilmente chi viene e chi va."

Slade finalmente riprese il controllo e disse: "Penso che fermarti qui sia stata una buona idea. È come nasconderti su un palcoscenico."

"Immagino."

"Mi dispiace che hai perso le tue cose nell'incendio."

"Non importa, sono solo oggetti. Mio papà ha delle foto di mia mamma, quindi non mi dispiace nemmeno più di tanto di aver perso le mie. È andata molto peggio alle famiglie e agli altri residenti, che hanno perso tutto solo perché un bastardo pensa di poter prendere tutto ciò che vuole. Se vuoi sapere come la penso, non è un terrorista, è un bambinone."

"Puoi descrivermelo?"

"È alto circa come me, sul metro e settantacinque. Capelli biondi e corti, almeno erano corti qualche mese fa. Occhi azzurri, pelle chiara. In aeroporto era vestito molto bene... pantaloni, una polo, aveva una valigetta. Non so se fosse una valigetta vera o qualcos'altro. Era piuttosto giovane, a naso direi tra i venticinque e i trenta. Era ben piazzato, a dire il vero sembrava un qualunque impiegato che andava a una riunione." Dakota raddrizzò la schiena e guardò Slade negli occhi.

"Slade, sembrava il tipico ragazzo della porta accanto; un aspetto del tutto innocuo, per questo è stato tutto così spaventoso. Quando era dietro di me e mi guardava, te lo giuro, negli occhi non aveva altro che odio, non penso che la religione gli interessasse davvero. Voleva solo ammazzare. Penso che lo trovi eccitante."

Slade chiuse gli occhi, un po' per il sollievo, perché Dakota era riuscita a scappare, un po' per frustrazione, perché la caccia al terrorista era appena diventata più difficile. Un uomo con un aspetto come quello poteva passare inosservato ovunque, in America.

"Non riuscirai a trovarlo, vero?" gli chiese Dakota, chiaramente in grado di leggergli nella mente più di quanto lui si aspettasse.

Slade riaprì gli occhi e la guardò imprecando: "Lo troveremo."

"Ma come? Lui..."

"Tesoro, tu non dovrai mai più preoccuparti per questo tipo, mai più. Conosco qualcuno che conosce qualcuno, che a sua volta conosce qualcuno. Lo troveranno. Possiamo cambiare argomento per un secondo?"

"Ah... beh... sì, immagino di sì," gli rispose incerta, anche se chiaramente non voleva davvero abbandonare l'argomento Aziz.

Slade le strinse le braccia intorno alla vita e le chiese: "Lo senti questo?"

Lei esitò per un momento, poi annuì timidamente, senza chiedergli cosa intendesse.

"Sì. Ti ho incontrata da meno di dodici ore e posso dirti senza dubbio che sei la cosa più preziosa nella mia vita. Ho alcuni nipoti e voglio molto bene ai miei parenti. Ma *nessuno* mi ha mai fatto sentire come mi sento in questo preciso momento, tenendoti tra le braccia."

"Non ci conosciamo nemmeno," protestò Dakota.

"Lo so."

"E siamo troppo vecchi per questo tipo di colpo di fulmine."

"Parla per te," le rispose Slade sorridendo. "Avrò anche quarantotto anni, ma non sono mica morto, tesoro. Sono stato sposato per quattro anni, non mi sono mai sentito così, mai una sola volta, con lei"

"Così in che senso?"

"Nel senso che se smetto di guardarti mi sembra di perdere qualcosa di prezioso. Nel senso che voglio tenerti stretta tra le braccia fino a dimenticare come mi sento a non averti tra le braccia. Nel senso che se non ti bacio in questo preciso istante, mi sembra di morire."

Slade trattenne il fiato, sperava di non averla spaventata.

Invece di rispondergli, o di ridere a quelle parole, Dakota si abbassò lentamente su di lui. Poi gli guardò le labbra. A quel punto, l'erezione che Slade aveva tenuto sotto controllo con tutta l'ostinazione possibile tornò a farsi sentire, per il desiderio che le si leggeva nello sguardo.

Dakota alzò una mano e gliela appoggiò sul lato del collo. Con le dita gli sfiorò la pelle sensibile dietro l'orecchio, mentre il pollice gli accarezzava la barba sulla guancia.

"Non ho mai baciato prima un uomo con la barba."

"Allora penso che sia ora che tu lo faccia," le disse Slade, senza muoversi di un millimetro. Voleva che fosse lei a prendersi ciò che voleva. Voleva essere sicuro che anche *lei* lo desiderasse.

Dakota lo tirò a sé e lo baciò.

Lei baciò *lui*.

Nell'attimo in cui le labbra si toccarono, Slade prese l'iniziativa. Gli bastava averle lasciato fare la prima mossa, non poté più trattenersi: inclinò la testa, le mise le mani ai lati del viso e la divorò. Non fu un primo bacio impacciato, fu una vera rivendicazione.

Slade spinse la lingua tra le labbra di Dakota, appena aperte; doveva entrare dentro di lei, altrimenti gli sembrava di morire. Si baciarono intrecciando le lingue. Quando Dakota si staccò per prendere fiato, Slade la seguì, concedendole una pausa di appena un secondo, prima di tornare a rivendicare quella bocca.

Per quelle che sembrarono delle lunghe ore, Slade la

assaporò fino ad assorbirne l'essenza: aveva il gusto dello zucchero alla menta piperita, un sapore che lui avrebbe desiderato per tutta la vita, Slade lo sapeva. Dakota gli fece sentire che le piaceva baciare con grande trasporto, per poi sciogliersi in lui, appena le mordicchiò le labbra, succhiandogliele. Poi Slade le sfiorò la guancia con la propria, sorridendo quando la sentì mugolare dal profondo della gola, per la barba che le si strofinava sulla pelle morbida.

A un certo punto, nel bacio, Dakota si girò verso di lui mettendosi a cavalcioni sulla sedia. Ormai l'uccello di Slade puntava dritto in mezzo alle gambe di Dakota, che gli si strofinava contro con lo stesso ritmo con cui lui le succhiava la lingua.

Quando finalmente le lasciò il tempo di respirare, Slade appoggiò la fronte su quella di Dakota, tenendole i fianchi abbassati contro di lui, mentre entrambi riprendevano fiato.

"Penso di poter dire tranquillamente che anche tu mi piaci," gli disse con un sorrisetto malizioso.

Al che lui sentì uno scatto ai fianchi, ma rimase molto serio nel dirle: "Bene."

"Pensavo che avessi la barba ispida, invece è morbida. Mi piace."

"Son contento che non ti dia fastidio. Ormai mi ci sono abituato."

"Non mi dà fastidio," gli disse con decisione. Rimasero seduti, immobili per un momento, poi Dakota gli chiese sottovoce: "Dovrei sentirmi in imbarazzo, per questo?" Gli fece un cenno con la testa verso le gambe di entrambi.

"In imbarazzo perché posso sentire quanto sei calda e bagnata, al solo contatto delle nostre bocche? Col cazzo. Puoi vedere e sentire quanto è piaciuto anche *a me*."

A quelle parole, lei abbassò di nuovo i fianchi per andargli a toccare l'uccello, duro come la pietra, facendolo sorridere.

"Questo è il nostro inizio," le disse Slade con convinzione. "non mi interessa cosa ci riserva il futuro. Non ho intenzione di rinunciare. Non voglio rinunciare *a te*."

"Sarà l'effetto del pericolo," gli rispose Dakota, "poi vedrai che quando è tutto finito ti passa."

"Scommettiamo?" le chiese.

"Cosa?"

"Scommettiamo. Io scommetto cinquanta caffè alla menta piperita con tanto di ciambelle alla glassa d'acero che quando Fourati sarà morto ti vorrò ancora come in questo momento, se non di più."

"Ah... ehm... va bene. E se fosse solo la situazione, il momento?"

"Non è così."

"Ma non è una scommessa, se nessuno scommette anche contro, Slade."

Lui reagì con un grande sorriso. "D'accordo. Quando Fourati sarà tolto di mezzo una volta per tutte, se non provo le stesse sensazioni che provo adesso, se non voglio essere dentro di te più di quanto non senta il bisogno di respirare, allora ti prenderò abbastanza abbonamenti a caffè e paste da andare avanti per tutta la vita. Naturalmente, ti consegnerò personalmente caffè e ciambelle nel nostro letto ogni mattina, per il resto delle nostre vite."

Dakota aprì la bocca per dire qualcosa... ma Slade gliela coprì subito con la mano.

Era come se gli fosse scattato qualcosa dentro; perse il modo di fare rilassato e provocante di quando parlavano della scommessa, per tornare in un istante all'istinto professionale.

"Shhh," le disse con una certa urgenza, poi l'aiutò ad alzarsi insieme a lui.

Dakota annuì e lui le tolse la mano dalla bocca, facendole scorrere il pollice sulle labbra per scusarsi di quanto era stato impulsivo, mentre con gli occhi perlustrava l'interno di quel piccolo ambiente.

Si sentì di nuovo un rumore debole provenire dall'altra porta della roulotte.

Slade non perse tempo: la sospinse nella stanzetta in cui si era fatta la doccia, raccomandandole di prendere anche lo zainetto, la seguì e chiuse la porta a chiave, poi si girò verso di lei e le fece infilare lo zainetto sulle spalle, senza dirle una parola.

Si avvicinò lentamente alla finestra e spostò leggermente le tende per poter guardare fuori. Non vedendo nulla di allarmante, tirò lentamente la cordicella per aprire le tendine e aprì la finestra con una spinta. Per fortuna non c'erano le zanzariere.

Porse una mano a Dakota e le disse sottovoce: "Dobbiamo andar via, tesoro, sembra che il nostro tempo sia scaduto."

"Aziz?" gli chiese Dakota in un sussurro.

"O uno dei suoi scagnozzi, ma non resteremo certo qui per scoprirlo."

Slade fu contento di vederla determinata, piuttosto che spaventata; le prese una mano e gliela strinse: "Esco prima io, poi ti aiuto. Ti serve nulla dalla macchina, che non sia nello zainetto?"

Dakota scosse la testa sussurrando: "Tengo tutta la mia roba con me, il più possibile. Ho sempre un paio di ricambi, vestiti e oggetti personali. Non si sa mai."

"Ottimo. La mia moto è parcheggiata di fianco al ristorante. Ho già fatto il pieno ieri sera con la benzina che mi ero portato dietro, quindi siamo pronti a partire. Ce n'è abbastanza per tornare al mondo civilizzato. Ma da qui alla moto saremo allo scoperto, quindi dobbiamo correre. Sei pronta?"

Lei annuì, ma quando lui fece per uscire dalla finestra, lei gli tirò la mano: "Slade, io non sono mai stata in moto."

Lui si prese alcuni secondi preziosi, pur non certo di averli, per abbassarsi verso di lei e baciarla con trasporto sulla bocca: "Non devi fare altro che tenerti stretta, tesoro. Ci penso io, non ti succederà nulla. Fidati di me."

"Va bene."

"Ottimo. Allora andiamocene via di qua." Slade le lasciò andare la mano e uscì rapidamente dalla finestra. Era molto alto, quindi toccò terra con i piedi prima ancora di uscire del tutto. Poi afferrò Dakota che stava uscendo e in pochi secondi anche lei fu in piedi al suo fianco.

Senza più lasciarle andare la mano, Slade si spostò in

silenzio lungo il fianco della roulotte e fece capolino dall'angolo. In piedi davanti alla porta c'era un uomo mediorientale che armeggiava con la serratura. Ovviamente non era Fourati, se la descrizione di Dakota era corretta, ma di certo uno dei suoi. Slade si chiese per un attimo come avesse fatto quell'uomo a trovarli, ma non c'era il tempo di elaborare; comunque non era importante. Quel tipo poteva aver fatto il giro di tutte le roulotte, o forse quella era la prima che controllava, ma in un modo o nell'altro li aveva raggiunti, quindi era ora di *andarsene*.

Slade si voltò verso Dakota e la fece indietreggiare, tornando da dove erano arrivati. Poi, con estrema cautela, fece capolino dall'altra parte della roulotte, ma non vide nessuno. "Cambio di programma. Lo vedi quel veicolo?" Le indicò il rottame arrugginito di quella che doveva essere stata una macchina, abbandonato a circa sei metri dalla roulotte.

Lei annuì.

"Vai a nasconderti dietro quel rottame. Non uscire, per nessun motivo, a prescindere da cosa senti. Capito?"

"Ma..."

"Dakota. Sono stato un SEAL. Ci penso io. Ma ho bisogno del tuo aiuto. Se sono preoccupato per te, non riesco a fare ciò che devo fare. Per favore. Devi nasconderti. Stai giù, accovacciata, aspetta che torni da te."

"Va bene, ma non rimanerci secco," gli sussurrò intimorita.

Lui accennò un sorriso. La trovava divertente anche quando non cercava di esserlo. "Non ci rimango secco. Adesso vai, mi sentirai, quando arrivo, tieniti pronta."

"Dovrei anche saltare sulla sella della moto in corsa, come fanno nei film i *cow boy* sui cavalli, nel Far West?"

A quel punto Slade non trattenne un sorriso. Divertente. "No, furbetta, mi fermo e se c'è tempo ti metti anche il casco che ti ho comprato."

"Mi hai comprato un casco?"

Slade alzò gli occhi al cielo. "Ma sì! Adesso vai."

Senza più esitare, Dakota si mise in punta di piedi, lo baciò, poi scattò di corsa per il rottame arrugginito. Slade sentì le labbra prudergli dove l'aveva baciato, le leccò mentre la vedeva sparire dietro la dubbia sicurezza di un catorcio di ruggine.

Poi si costrinse a muoversi, tornò verso la parte anteriore della roulotte, attese che l'intruso fosse entrato per muoversi. Non aveva idea se quel tipo fosse da solo (improbabile) quindi non poteva prenderla troppo per le lunghe.

Si guardò intorno per assicurarsi che nessuno lo vedesse entrare nella roulotte, non notò nessuno nei paraggi. Allora scivolò in silenzio nella roulotte, dietro all'intruso. Slade doveva portare Dakota fuori da quel paesino, ma non intendeva certo lasciare che quello stronzo potesse aggirarsi libero di fare ciò che voleva. Sarebbe stato un peso sulla coscienza, se poi il Little A'Le'Inn fosse saltato in aria, o se qualcuno fosse stato ucciso dal tipo che cercava Dakota.

Cinque minuti dopo, l'intruso era nella roulotte privo di sensi, legato, mentre Slade si dirigeva verso il bar. Doveva avvertire Pat e Connie che altri terroristi potevano presentarsi a spiare in giro, bisognava chiamare la polizia. Probabilmente sarebbe passato del tempo, prima che arrivassero le autorità, ma almeno lo stronzo nella roulotte non avrebbe più fatto male a nessuno.

Slade immaginava che quell'intruso avesse da qualche parte un partner, forse più di uno, ma non poteva perdere altro tempo per cercarli. Avrebbe avvertito i proprietari perché si proteggessero per bene, poi se la sarebbe svignata.

Nel momento stesso in cui gli altri terroristi avessero capito che la loro missione era stata compromessa, si sarebbero messi di gran lena sulle tracce di Slade e Dakota. Per poter scappare, serviva un certo vantaggio. Non potevano certo sparire in quella cittadina e c'era solo una strada che portava via da Rachel, una strada in cui non era possibile mettersi al riparo, in alcun modo. Anche se a lui non piaceva, in quel momento la soluzione migliore era scappare come un fulmine, non mettersi alla ricerca di chissà quanti terroristi.

Fece un'altra breve fermata, prima di affrettarsi alla moto. Era necessario allontanarsi parecchio, prima che chi li cercava (uno o più di uno) capisse da che parte erano andati. Ogni gesto poteva far guadagnare tempo, anche se Slade aveva la sensazione che il bello stesse per venire.

CAPITOLO SEI

Dakota sentì Slade prima ancora di vederlo. Si era ficcata il più possibile sotto il rottame arrugginito, nella speranza di non essere vista dall'altra parte.

Il cuore le batteva all'impazzata e doveva sforzarsi continuamente di rimanere dov'era e non curiosare, facendo capolino dal catorcio per cercare Slade. Le aveva detto che l'avrebbe raggiunta, quindi lei doveva solo stare ferma e aspettare.

Era stata una mattinata intensa, senza alcun dubbio. Ma per quanto strano fosse il legame che sentiva nei confronti di Slade, era chiaramente ricambiato. Non si era mai sentita così attratta da un uomo come con lui. Aveva paura da troppo tempo, sapere che qualcuno si interessava a lei, che a qualcuno importava sapere se fosse viva o morta, la faceva stare bene.

Oltre all'attrazione fisica che chiaramente era scattata tra lei e Slade, c'era anche dell'altro. Qualcosa di più spirituale. Era come se l'avesse riconosciuto con l'anima nel momento stesso in cui l'aveva guardato negli occhi.

Dakota era una donna romantica e lo sapeva, non cercava nemmeno di nasconderlo. Leggeva romanzi rosa, guardava film strappalacrime, piangeva ogni volta che guardava *Cenerentola*. Ma non aveva mai vissuto un momento così rivelatorio, l'illuminazione di sapere che l'uomo che aveva incontrato era l'uomo che il destino le aveva riservato. A quarantatré anni, ormai pensava non le sarebbe più successo. In tutta la vita, aveva partecipato a sessantasette cerimonie di nozze. Sessantasette, cacchio! Quando i docenti della scuola si sposavano, ovviamente la invitavano e lei accettava. Accettava con tutti. Ogni volta le sembrava di essere trafitta al cuore, mentre guardava gli amici e i colleghi che si legavano per sempre alle rispettive anime gemelle. Sapere che a lei non sarebbe mai capitato le faceva davvero male.

Invece eccola, in fuga da un terrorista che voleva farla diventare una schiava sessuale; era in pericolo, non sapeva cosa le avrebbe riservato il futuro; eppure era successo. Slade Cutsinger era entrato dalla porta del bar la sera prima e lei aveva capito al primo sguardo di appartenergli.

Ma la meraviglia massima era che lui sembrava provare la stessa sensazione. Ma lui era in pericolo, mentre lei si nascondeva come una vigliacca. All'improvviso rimanere ferma dov'era non le sembrò più la scelta migliore.

Si mise a sedere e cominciò a togliersi la sabbia dalle gambe, determinata a fare qualcosa di più, per non sentirsi una codarda, ma in quel momento sentì il rombo di un motore avvicinarsi.

Dakota trattenne il fiato, poi sospirò sollevata quando Slade accostò vicino a lei con la sua Harley.

"Salta su, tesoro. Adesso non c'è il tempo di metterti il casco. Ci fermiamo tra poco per sistemarti. Guarda, metti il piede sinistro sul poggiapiedi lì in basso, poi fai girare la gamba destra sulla sella. Ottimo. Attenta al motore, si scalda parecchio, non toccarlo con il polpaccio. Se no ti ustiona la gamba, fa un male cane. Aspetta. No... tieniti *stretta*. Ottimo. Dai che andiamo."

Finito il corso accelerato di motociclismo, Slade diede gas al motore e le gomme sputarono sabbia; il posteriore della moto oscillò per qualche metro, poi Slade prese il controllo del potente veicolo che aveva tra le gambe, sfrecciando via.

Dakota strinse gli occhi e si tenne stretta a Slade come aggrappandosi alla vita stessa. Immaginò di avere le dita bianche, tanta era la pressione con cui si stringeva alla pancia di Slade. Aveva il petto completamente appoggiato alla sua schiena, il vento le faceva svolazzare i capelli da ogni parte. Lo chignon in cui si era raccolta i capelli dopo la doccia fu distrutto in poco tempo, mentre la moto saettava lungo la strada a una velocità che le sembrava folle.

Dakota tenne gli occhi chiusi mentre Slade sfrecciava via da Rachel. Lei non aveva idea della direzione che avevano preso, ma in quel momento non le importava. Ci avrebbe pensato lui... senza dubbio.

Le sembrò passassero delle ore, anche se probabilmente furono solo una quindicina di minuti, quando sentì la moto che rallentava. Aspettò che fosse completamente ferma prima di aprire gli occhi. Slade si era voltato per guardarla.

"Tutto bene?"

Lei annuì tremando.

Le mise una mano sulle dita, che lei gli teneva ancora incrociate sulla pancia. "Dai, tesoro, non possiamo stare fermi per troppo tempo, ma devo pensare a te prima di andare avanti. Lascia andare la presa."

Dakota si sforzò di lasciare andare le dita e si sorprese di quanto fossero intirizzite e fredde.

"Ecco un paio di guanti per le tue mani. Mi dispiace averti fatto aspettare così tanto prima di venirti a prendere. Sarei arrivato anche prima, ma dovevo fare qualcosa."

"Fare qualcosa?" gli chiese lei inclinando la testa di lato.

"In tutta coscienza, non potevo lasciare che quel bastardo, quello che si è intrufolato nella roulotte, sfogasse la propria frustrazione sui residenti di Rachel, dopo aver scoperto che eri fuggita."

"Lo hai ammazzato?"

"No. Ma di sicuro non avrà molta voglia di muoversi, per un bel po'. Andiamo, alzati in piedi, così puoi vestirti per bene."

Vestirsi per bene includeva una giacca in pelle della taglia di Dakota, un paio di guanti e un casco. "Scusa, ma il tuo zaino non ci sta nelle borse. Ce la fai a indossarlo?"

"Ma certo, non è un problema," gli rispose. "Eri proprio sicuro di trovarmi!"

"In che senso?"

"Mi hai preso una giacca... tra l'altro mi calza alla perfezione. Un paio di guanti della mia taglia, il casco..."

Slade le mise le mani sulle spalle e la fece girare per tenerla di schiena. Poi cominciò a pettinarle dolcemente i lunghi capelli scompigliati: "Ero così sicuro di trovarti," le confermò, "perché non mi sarei mai fermato, se non dopo averti tratta in salvo."

Dakota deglutì a fatica, sentendo le mani di Slade tra i capelli, poi gli disse semplicemente: "Va bene."

"Va bene," ripeté Slade, che cominciò a intrecciarle i capelli.

"Come mai mi fai la treccia?" gli chiese sottovoce.

"Perché dobbiamo viaggiare per un po' e se non ti faccio la treccia i capelli continueranno a scompigliarsi, saranno pieni di nodi. Poi..." Si fermò con una certa enfasi e le si appoggiò alla schiena: "Mi dà una buona scusa per metterti le mani nei capelli."

Lei ridacchiò e non protestò. Slade terminò alla svelta una treccia semplice e gliela legò con un elastico. Poi la fece girare fino a trovarsi fronte a fronte e le prese il casco. Glielo infilò in testa dolcemente e lo fece oscillare un poco: "Come te lo senti? Troppo stretto? Troppo largo?"

"No, mi sembra a posto. Del resto io non so come dovrebbe stare un casco per la moto."

"Quando partiamo, avvertimi se ti gratta da qualche parte." Al che, Slade le chiuse la fibbia sotto al mento e la fissò negli occhi a lungo.

"Che c'è?" gli chiese Dakota, un po' nervosa. "Sembro una stupida?"

"No, Dakota, non sembri una stupida. Ti sta benissimo. *Tu* stai benissimo. Non ci credo ancora, che sei qui con me, in sella alla mia moto. So che ci troviamo in una situazione schifosa, ma non riesco a dispiacermene, perché sono troppo felice di essere qui con te."

"Anch'io sono contenta di essere qui con te," gli rispose sottovoce.

Poi Slade le diede un colpetto sul naso con un dito e le sorrise, provocandola: "Dobbiamo darci una mossa. Però cerca di tenere gli occhi aperti." Poi scavalcò la moto e si accomodò in sella, guardandola in attesa.

Ignorando la frecciatina sul tenere aperti gli occhi, Dakota gli disse: "Sei sicuro che non ci seguano?" Poi si accomodò sulla sella, dietro di lui, avvolgendolo timidamente con le braccia intorno alla vita. La moto era ferma e lei non sapeva bene dove doveva mettere le mani.

Senza alcuna esitazione, Slade le prese le mani e le strinse bene intorno alla propria vita, facendole intrecciare le dita e spingendosele contro la pancia, quasi a darle un ordine silenzioso di tenerle lì.

Lei si trovò di nuovo schiacciata contro di lui, però indossava una giacca di pelle e aveva meno freddo, così riusciva a sentire con le mani e col petto il movimento dei muscoli di Slade.

Lui avviò la moto e si voltò per farsi sentire, nonostante il rumore del motore. "Il tipo che ho messo fuori gioco di sicuro non ci segue. Non so se aveva dei complici. Ma mi sono fermato per forare il serbatoio dell'unica macchina che non era nel parcheggio quando siamo entrati nella roulotte," le disse con un tono di voce molto pragmatico. "Se quel tipo non era da solo, i suoi compari non andranno molto in là, in quella macchina merdosa. Così avremo più tempo per tornare a San Diego prima di loro."

Dakota strinse le braccia senza volere. "Torniamo in California? Ma, sarà una buona idea?"

Slade la guardò negli occhi con un'espressione rassicurante che la fece rilassare anche senza dire una parola. "Voglio portarti nel mio territorio. In California ho dei contatti, qualcuno che ci proteggerà. Posso comunicare col mio amico Tex, che ci darà delle altre informazioni, ci aggiornerà su Fourati. So che hai paura, ma in California posso porre fine a questa storia più rapidamente."

"Non hai intenzione di usarmi come esca, vero?" gli chiese tranquillamente Dakota, con un tono di voce appena udibile, sul rombo del motore. Era una delle preoccupazioni che la attanagliava. Le venne il dubbio di essere una codarda, ma del resto lei non aveva certo il carattere del soldato Jane. Era solo la preside di una scuola elementare, santo cielo. L'ultima cosa che voleva era rivedere di nuovo Aziz Fourati, anche se Slade la proteggeva, con gli altri suoi amici. Il solo pensiero bastava a spaventarla a morte.

"Col cazzo," sbottò Slade scuotendo la testa. "Non esiste al mondo che io ti metta in pericolo in quel modo. Se c'è anche solo l'uno per cento di rischio che qualcosa vada storto, non lo permetterò. È evidente che questo Fourati è del tutto fuori di melone, quindi è impossibile prevedere cosa ti farebbe, se ti avesse tra le mani. Quindi no, col cazzo che farai da esca."

Dakota pensò fosse in qualche modo divertente, più

Slade si agitava e più usava la parola con la C. Con l'intenzione di farlo calmare, Dakota gli mosse le mani sulla pancia, su e giù: "Va bene, Slade. Ottimo."

"Ottimo," ripeté lui, che poi si girò di nuovo in avanti.

Ma prima di impugnare il manubrio, allungò una mano per prendere la mano destra di Dakota, ne baciò il palmo e se la mise di nuovo sulla pancia.

A quel gesto così dolce, Dakota avvertì lo stomaco stringersi; non poteva sentire le labbra di Slade, per via dei guanti che indossava, ma percepì comunque il calore trapelare e raggiungere la mano.

Appena partiti, Dakota si accorse di non sapere ancora in che direzione stessero andando, anche se immaginò fossero diretti a nord. Potevano prendere la Route 95 fino a Goldfield per raggiungere Las Vegas, poi incanalarsi nella superstrada interstatale 15. In quel momento, comunque, non le importava. Era seduta sulla sella di una moto, dietro a un uomo di cui si fidava fino al midollo; con lui si sentiva più al sicuro di quanto non si fosse sentita da tantissimo tempo.

Dopo dieci minuti, Dakota sentì che la moto rallentava. Era ancora mattina presto, ma il sole era già alto nel cielo e aveva scaldato l'aria, che non era più fredda come prima. Il calore del corpo di Slade, la giacca di pelle e il casco avevano contribuito a tenerla ben calda.

"Perché ci fermiamo?" gli chiese a voce alta, per farsi sentire sul rombo del motore.

Slade era concentrato su un piccolo apparecchio elettronico e non le rispose subito.

Dakota gli lasciò il tempo che gli serviva e si guardò

attorno. Davanti a loro, in distanza, si vedeva una catena montuosa. Era impossibile per lei capire quanto fosse lontana, perché il deserto distorce la percezione delle distanze. Potevano essere a due o tre chilometri, ma anche a trenta. La capacità di visualizzare gli spazi non era la sua specialità.

In cielo si vedevano grandi nuvole ovattate, sarebbe stato un bel paesaggio, a parte il fatto che stavano cercando di scappare dagli scagnozzi che volevano farle del male.

"Come te la passi?" le chiese Slade.

"Tutto bene," gli rispose subito Dakota.

"No. Come te la passi?" le ripeté Slade con decisione.

Lei aggrottò le sopracciglia confusa: "Non capisco in che senso me lo chiedi."

"Non eri mai stata prima su una moto. Fa freddo. Sei stata tesa per tutto il viaggio. È stata una mattina stressante e mi piacerebbe fare tutto il possibile per ridurre al minimo lo stress, per quanto posso. Di sicuro comincerai a sentire le gambe indolenzite, per via della sella e delle vibrazioni della moto. Ti chiedo come ti senti per poter decidere che strada fare, per raggiungere Tonopah."

"Che scelta abbiamo?" gli chiese Dakota, ignorando la descrizione incredibilmente dettagliata di quella mattina. Più tardi si sarebbe sentita indolenzita, non aveva dubbi. La Harley di Slade era grossa... anche lui era grosso, in fondo. All'inizio le vibrazioni le erano piaciute, come un enorme massaggio erotico, ma col passare del tempo avevano cominciato a irritarla. Le sembrava che i denti stessero ancora tremando, anche se in realtà non si muovevano. Figuriamoci quanto erano indolenzite le sue parti intime, ormai erano intorpidite.

Ma Dakota stava cominciando a comprendere un po' meglio Slade. Era pazzesco, non lo conosceva certo da tanto tempo, ma aveva capito senza ombra di dubbio che la metteva al primo posto... a costo di non prendere la decisione tatticamente migliore. Lei non era certo la donna più forte al mondo, ma si rifiutava di diventare un peso.

"Possiamo continuare sulla strada asfaltata. Mancheranno circa sessanta chilometri a Tonopah. La strada va verso nord, poi svolta verso ovest, dritta verso il paesino. È tutta dritta e non c'è alcun riparo."

Dakota capì il motivo della preoccupazione di Slade. Il deserto era bello, ma se lei poteva guardarsi attorno e vedere a chilometri di distanza, altrettanto poteva fare chi li seguiva. Qualora gli inseguitori riuscissero a raggiungerli, loro non avrebbero avuto alcun posto dove nascondersi.

"Qual è l'altra opzione?" gli chiese, apprezzando di non essere trattata da bambina.

Lui le spiegò, indicando verso sinistra: "Questo sentiero sterrato porta all'aeroporto di Tonopah Test Range, poi prosegue verso il paesino. È una strada brulla. *Molto* brulla. Non possiamo percorrerla ad alta velocità, probabilmente, per le condizioni in cui si trova."

"Però è più sicura," concluse Dakota.

"Sì, senz'altro. È impossibile che qualcuno possa

seguirci… non con un'auto qualunque. Chi ci segue sarebbe costretto a fare il giro largo," le spiegò Slade.

"Però possono andare più veloci, arrivare a Tonopah prima di noi?"

"È possibile," concordò Slade, "ma non saranno in grado di riparare il serbatoio, ci ho fatto un bel buco. Però se riuscissero a prendere un altro veicolo potrebbero viaggiare all'impazzata e arrivare prima di noi. Certo che sarà molto più facile nasconderci, se ne avremo bisogno, appena arriviamo alla statale novantacinque. Ci sono paesini sparsi lungo tutto il percorso fino a Las Vegas."

"Prendiamo lo sterrato," disse Dakota con sicurezza, "è più sicuro, dobbiamo farcela."

Slade si voltò per vederla meglio e la avvertì: "Non sarà affatto comoda, c'è tanta polvere e ti garantisco che dopo una trentina di chilometri di questa cagata che chiamano strada rimpiangerai di non essere rimasta sull'asfalto."

"È probabile," concordò Dakota, "ma ho avuto un sacco di rimpianti negli ultimi mesi. Sarebbe stato meglio svegliarsi tardi e non arrivare in tempo in aeroporto. Sarebbe stato meglio trovare una coda più lunga al *check-in*, per non trovarmi nel posto sbagliato al momento sbagliato, dove Aziz mi ha vista. Sarebbe stato meglio controllare che fosse morto, prima di scappare. Prendere una scorciatoia, a questo punto, mi sembra una decisione obbligata. L'ultima cosa che voglio è che ci becchino proprio in mezzo al deserto, dove non abbiamo vie di fuga, non abbiamo modo di proteggerci."

"Non ho mai detto di non poterti proteggere, Dakota," disse Slade tranquillamente, "ti proteggerò sempre."

Lei deglutì a fatica e gli disse: "La prendo un po' come un'avventura. Non sono mai stata in moto, questa è la mia occasione. Proprio come non ho mai baciato prima un uomo con la barba... e mi è andata bene."

"Solo bene?" le chiese Slade sorridendo.

"Forse un po' più che bene. Mi servono maggiori informazioni per farmi un'idea precisa," lo provocò.

Lui sorrise a quella risposta, poi si abbassò verso di lei. "Se vuoi fare una sosta, non esitare ad avvertirmi. Abbiamo tempo, possiamo fermarci. Per fare due passi."

"Me la caverò," gli rispose Dakota, che non era del tutto sicura di farcela, ma cercava di essere forte. "Slade?"

"Sì, tesoro?"

"Pensi che potremmo trovare un albergo con la vasca idromassaggio? Se sarò indolenzita, un bel bagno bollente sarebbe bello."

"Vedrò di accontentarti," si ripromise Slade.

Chissà come, lei sapeva che l'avrebbe accontentata. Anche se erano in mezzo al nulla, nel Nevada, in qualche modo Slade avrebbe trovato un albergo con la vasca idromassaggio in cui lei avrebbe potuto immergere i muscoli indolenziti.

"Ecco," le disse Slade, distogliendola dai suoi pensieri, "avvolgiti questo intorno alla faccia. Ti servirà a evitare che la sabbia ti entri nel naso o nella bocca." Le passò un fazzoletto.

Dakota si chiese da dove l'avesse tirato fuori, ma non importava. Si slacciò la fibbia del casco e si legò il fazzoletto intorno al viso. Aveva un buon odore. Quello di Slade. Anche se si sentiva scomoda e avvilita, almeno aveva l'odore di Slade nelle narici. Le poteva bastare. Mentre si riallacciava il casco, Dakota notò che anche Slade si era legato un fazzoletto intorno al viso; non poteva più vedergli la bocca, ma capì che stava sorridendo dalle rughe intorno agli occhi.

"Ti ho già trasformata in una motociclista provetta," la provocò, poi le passò sulla guancia le dita coperte dal guanto e alla fine tornò a voltarsi in avanti. "Pronta?"

"Sì," rispose Dakota allegramente, cercando di nascondere la trepidazione. "Parti pure, campione."

Slade si fece di nuovo abbracciare forte, si prese ancora il tempo per un bacio, si coprì col fazzoletto e la baciò sul palmo della mano. Lei non poteva ancora sentire le labbra, per via del guanto, ma quel gesto dolce le fece comunque venire i brividi.

"Dai che si parte," le disse mandando il motore su di giri. "Tieniti stretta."

Dopo un'ora, pensava di morire, ma teneva duro, decisa a non fare la figura della mammola. Slade l'aveva avvertita, le aveva detto che sarebbe stato un percorso difficile. Lei credeva di potercela fare, ma dopo dieci minuti di sterrato aveva capito di aver sopravvalutato la sua capacità di "farcela".

Non voleva apparire debole, non voleva che Slade la considerasse una donna patetica. Ma la corsa in moto era davvero scomoda, terribile. Voleva scendere. A quel punto, era disposta persino a camminare, tornando a San Diego a piedi, pur di non avere più a che fare con quel bestione.

L'interno coscia le faceva male, a forza di stringersi alla sella. La testa le faceva male, per il rombo del motore. Le dita delle mani le facevano male, a forza di tenerle strette. Le braccia erano indolenzite, a forza di stringere i fianchi di Slade. Infine, persino gli occhi le facevano male, a forza di strizzarli per cercare di non farci entrare la sabbia e il vento.

Stava malissimo, tanto che si sarebbe fatta trovare volentieri da Aziz per lasciargli fare ciò che voleva, pur di porre fine alla sofferenza di quel momento.

Dakota non si accorse nemmeno che Slade stava rallentando, se non quanto lo sentì spegnere il motore; il silenzio del deserto la inondò. Alzò la testa dalla spalla di Slade, dove l'aveva appoggiata qualche chilometro prima, sbatté le palpebre e si guardò intorno confusa.

"Siamo arrivati?"

"No, tesoro, ma hai bisogno di fare una pausa."

"Ma dobbiamo procedere."

Lui scese dalla moto, si slacciò il casco e si tolse il fazzoletto dalla faccia. Poi, mentre l'aiutava a fare altrettanto, le disse: "Hai tenuto duro alla grande, ma se vogliamo arrivare a Goldfield entro sera dovrai fare due passi. Facciamo una pausa."

"Posso continuare," protestò lei, anche se il solo pensiero di proseguire la spaventava.

Slade le abbassò il fazzoletto intorno al collo e attaccò il casco vicino al proprio, sul manubrio della moto, poi si abbassò su di lei: "Ho la sensazione che potresti fare tutto ciò che ti metti in testa di fare, ma non devi mentirmi. Anzi, preferirei che non lo facessi.

Apprezzo la tua ostinazione, ma sono sicuro che hai bisogno di una piccola pausa, senza dubbio."

"Come?" Dakota odiava essere così facile da leggere.

"Ti ho sentita sobbalzare dopo ogni buca; ti tenevi così stretta a me che avrai tutti i muscoli indolenziti, ti faranno un male cane... anche se non siamo nemmeno a metà della strada per Tonopah. Stai facendo una mezza smorfia, è chiaro che ti fa male la testa, ti tremano le gambe anche solo rimanendo ferma seduta."

"Cacchio," mormorò Dakota, guardandosi le gambe. Ma certo, le gambe le tremavano anche se i piedi erano appoggiati ai poggiapiedi posteriori della moto.

"Scavalca la moto con la gamba destra, girala sul davanti, verso di me. Poi puoi scendere dalla sella, appoggia i piedi per terra allo stesso tempo. Tieniti a me. Non ti lascerò cadere."

"Non sarà una passeggiata, vero?" chiese Dakota retoricamente con un filo di voce, mentre eseguiva le istruzioni di Slade. Stava per scappare lontano dalla sella, ma Slade la fermò mettendole le mani sui lati del collo e facendole alzare lo sguardo.

"Sono fiero di te, tesoro."

"Perché? Perché non posso andare in moto per più di un'ora senza che mi venga voglia di piangere come una neonata? Perché mi sento così debole che so già che non riuscirò a stare in piedi da sola? Oppure perché il pensiero di dover tornare su questo mostro e di proseguire mi fa venir voglia di sdraiarmi per terra e mettermi a piangere?"

"Perché provi tutte queste sensazioni, ma non

lascerai che ti fermino. Non sei l'unica a salire su una moto per la prima volta e sentirsi indolenzita, ma oserei dire che non capita a tanti di dover scappare da dei terroristi bastardi o di essere costretti a percorrere per un'ora il peggiore sentiero sterrato che abbia mai visto. Non devi preoccuparti di rimanere in piedi da sola, perché ci sono io e non ti lascio cadere. Anche se non vuoi tornare sulla moto, ci tornerai: ecco perché mi è bastato guardare la tua foto una volta sola per capire che ti volevo."

Sentendosi agitata e accaldata, Dakota scherzò: "Che mi dici del pianto?"

"Piangi pure, anche subito," le disse Slade, "non ho affatto paura di qualche lacrima. Mi darebbe fastidio se ti trattenessi, perché è chiaro che stai male; se piangere ti aiuta a sfogare le tue emozioni, ben venga."

Dakota strinse gli occhi e respirò a fondo qualche volta. In quel momento non si sentiva molto forte, ma Slade la pensava forte e quel pensiero la fece stare molto meglio.

Poi Slade le spostò le mani dal collo alla vita e la alzò dolcemente dalla sella per metterla in piedi davanti a sé. Appena Dakota toccò il terreno sabbioso con i piedi, le ginocchia le cedettero. Sarebbe caduta, se lui non l'avesse sostenuta.

"Piano, Dakota, rimani così per un momento. Lascia che il sangue torni a circolare anche nei piedi."

"Non riesco a credere che tu vada in moto per divertimento," sbottò lei, sentendo le gambe intorpidite dal maggiore afflusso di sangue ai piedi.

Lui le ridacchiò nell'orecchio: "Non direi che andare

con l'Harley su stradine come questa sia divertente. Sarebbe meglio usare la mia moto fuoristrada."

"Santo cielo, non me lo dire: hai un garage pieno di moto, a casa tua?"

"No."

"Meno male!"

"Vivo in un appartamento. Le moto sono nel garage di un mio amico," le disse Slade, con un gran sorriso.

"Tremendo," gli rispose, rilassandosi un poco e cercando di stare in piedi da sola.

"Dai, forza," le disse Slade, girandole un braccio intorno alla vita e mettendosi di fianco a lei, "camminare ti farà bene. Così pompi più sangue e i muscoli tornano a funzionare."

"Penso che sarebbe meglio sedermi, o magari sdraiarmi e non muovermi mai più," gli rispose Dakota, arricciando il naso per il dolore, appena cercò di muoversi. Sentiva le gambe tutte storte, ma Slade non disse nulla, nemmeno per prenderla un po' in giro. Almeno quella era una vittoria che lei avrebbe registrato nei suoi annali.

Slade la aiutò a camminare su una collinetta. Mentre ci saliva, a Dakota sembrava una montagna, ma quando arrivò in cima si accorse che era appena una leggera altura, rispetto alle catene montuose che la circondavano.

Slade la aiutò a sedersi, poi si accomodò dietro di lei, facendole appoggiare la schiena sul proprio petto e sostenendola di peso. Dakota piegò le gambe e mise le piante dei piedi per terra davanti a sé, rilassandosi e appoggiandosi a lui.

Slade le indicò le montagne: "La cima più alta è Kawich Peak. Sarà alto sui duemilanovecento metri."

"Qualcuno ci sale?" chiese Dakota; non era molto interessata, ma aveva bisogno di parlare per distogliere la mente dai dolori che sentiva in tutto il corpo.

"Non credo. Del resto, è *solo* una montagna in mezzo al nulla," disse con tono impassibile.

Dakota ridacchiò. "Vero."

"Ma soprattutto, la vedi quella macchia di arbusti laggiù?"

Lei annuì.

"Ho sentito dire che gli arbusti diventano impossibili, salendo. Arrivi a un punto in cui proseguire diventa persino fastidioso."

"Hai parlato con qualcuno che ci è salito?" gli chiese Dakota sorpresa.

"No, ma prima di venire da queste parti ho fatto delle ricerche su questa zona. Volevo conoscere le varie opzioni, nel caso dovessimo nasconderci."

Lei allungò il collo, si voltò e lo guardò incredula: "Avevi intenzione di farmi scalare quella montagna?"

Lui le sorrise: "Non ho detto che sarebbe stato divertente, ma sarei un idiota se ti cercassi in mezzo al nulla senza un piano, nel caso succedesse qualcosa."

"Quindi sapevi che c'era questo stradino sterrato."

"Sapevo che c'era questo stradino sterrato," confermò lui, che poi la tirò a sé di nuovo per farla appoggiare.

Lei si rilassò guardando il meraviglioso panorama che aveva davanti. "Ti fa sentire come se non ci fossero altre persone al mondo. È talmente tranquillo, pacifico."

"Eh sì," confermò Slade.

"Sai che di notte le stelle qui sono molto più luminose? Non ho mai visto nulla di così affascinante in vita mia."

"Sono d'accordo, anche se sono stato in alcuni luoghi molto lontani."

"Di notte, quando non c'era freddo, spesso mi sdraiavo sul tetto della mia macchina e guardavo le stelle, mi meravigliava il fatto che sembrano così minuscole. Sono piccolissime. Ma soprattutto mi confortava sapere che mio papà poteva guardare nel cielo nello stesso tempo e vedere le stesse stelle che vedevo io. Così lo sentivo più vicino."

"L'ho fatto anch'io," ammise Slade. "Quando ero con la mia squadra in pieno deserto in Medio Oriente, guardavo le stelle nel cielo e mi chiedevo chi le stesse guardando nello stesso momento. Nessuno sapeva dove ci trovassimo, solo il governo, quelle stelle chissà come non mi facevano sentire troppo solo."

"Sì, proprio così," confermò Dakota, "anche se si trovano a milioni di chilometri di distanza, mi tengono comunque più vicina a mio padre, alla mia vecchia vita."

Slade la baciò sulla testa dopo averla ascoltata.

Passò qualche minuto, poi Dakota gli chiese sottovoce: "Cosa succederà quando arriveremo a casa? Non ho un posto dove andare. Posso contare solo sui vestiti che ho addosso e su quanto ho nello zaino. Niente da mangiare. Diamine, ora non ho più nemmeno la mia macchina. Mi sento persa, Slade."

Lui la strinse appena, poi le sfiorò le braccia con le mani, facendole andare su e giù. "Ma l'hai detto tu stessa... gli oggetti si possono sostituire. Al momento, il mio piano è rimanere dal mio amico Wolf. Anche lui è un SEAL della marina, vive con la moglie, non hanno figli, a casa loro c'è un seminterrato che è un vero e proprio appartamento, è una sistemazione molto riservata."

"Mi chiamerai per farmi sapere cosa succede?" gli chiese Dakota, stranamente delusa perché Slade non la portava a casa sua, con sé.

"Pensi davvero che ti possa portare a casa di un estraneo per poi lasciarti lì e andarmene per i fatti miei?" sbottò Slade.

"Ma, veramente io..."

"Dakota, mi fermo anch'io con te. Ti porterei a casa mia in un baleno, ma la mia identità è stata compromessa. Dopo quanto è successo stamattina, chi ti segue sa che non sei da sola e che qualcuno ti aiuta, qualcuno che sa il fatto suo. Non sarà un problema scoprire chi sono e dove vivo."

"Vero," mormorò Dakota.

"Non c'è niente che io desideri di più di farti entrare nel mio spazio personale. Vederti cucinare nella mia cucina, mangiare con me al mio tavolo, dormire nel mio letto. Guardare le onde insieme, mentre siamo seduti sul mio balcone. Ma non posso metterti in pericolo. Ne abbiamo parlato, non farai da esca; se ti porto a casa mia, è esattamente quello che saresti, un'esca. Caroline e Wolf saranno felici di accoglierci, possiamo accamparci da loro."

"Ma così non metteremo loro in pericolo?" gli chiese.

"No."

"Perché no?"

"Perché Wolf comanda una squadra di SEAL, una delle squadre migliori che io conosca. A prescindere dal pericolo, lui proteggerà sempre sua moglie e io proteggerò te."

Dakota chiuse gli occhi e fece un respiro profondo. Sentì il vento che faceva frusciare i cespugli tutto intorno, ma nient'altro. Nei paraggi non c'era proprio nulla, solo la natura e il cielo.

"Mi sembra di diventare un peso per tutti quelli che incontro."

"Non sei un peso."

Slade le rispose con molta sicurezza, così lei gli chiese: "Cosa faresti in questo preciso momento, se non fossi qui con me?"

"Me ne starei seduto alla mia scrivania, alla base navale, a leggere dei rapporti noiosissimi cercando di far tornare i conti delle spese del governo. A fine giornata me ne tornerei a casa, mi preparerei la cena e me la mangerei da solo. Forse mi guarderei un film, oppure me ne starei seduto per un po' sul balcone a guardare i surfisti, o le stelle. Alla fine me ne andrei a dormire da solo nel mio lettone. Se la serata tira così, potrei anche pensare alla donna che magari è là fuori che mi cerca e mi sfogherei per conto mio. Poi mi laverei e andrei a dormire. Il mattino dopo, mi alzerei e incomincerei tutto daccapo. Non mi lamento della mia vita, va tutto bene, ma da quando non vado più in missione è diventata molto noiosa. All'inizio era bello, ma ora, francamente, mi sento solo."

Dakota cercò di ignorare la scossa di piacere che le aveva attraversato il corpo, all'immagine di Slade sdraiato sul letto che si masturbava fino a esplodere… anche se faceva fatica a ignorarla, specialmente perché gli era quasi seduta in braccio. "Però sei stato sposato, vero?"

"Se vuoi chiamarlo così, sì. Ho incontrato Cynthia al supermercato, l'ultimo di tutti i posti immaginabili, andavamo d'accordo, ma lei non poteva sopportare in alcun modo il mio lavoro."

"Cosa intendi?" gli chiese Dakota. "Sapeva che facevi il SEAL, quando vi siete sposati, giusto?"

"Sì, lo sapeva, ma non significa che capisse davvero cosa significava sposarne uno. Penso le piacesse *l'idea* più che la realtà. Andavo spesso in missione e non potevo mai parlarne con lei. Molte delle missioni a cui partecipavo erano top secret. Immagino pensasse di potersi vantare con le amiche, dicendo che andavo in missione per salvare il mondo, qualcosa del genere; invece poteva dire solo che mi trovavo chissà dove per chissà quanto tempo a fare qualcosa di top secret."

"Com'è finita? Se non ti dispiace dirmelo."

"Non mi dispiace affatto. Anzi, mi fa molto piacere che tu mi chieda di me. In realtà non è successo niente di particolarmente drammatico. Un giorno sono tornato a casa da una missione e ho scoperto che aveva fatto i bagagli, si è presa tutte le sue schifezze e mi ha detto che non mi amava più e che se ne andava."

"Ahi," disse Dakota quasi sobbalzando, "che stronza."

"Ma no, è solo che non eravamo compatibili," rispose Slade, che non sembrava affatto turbato per come si era comportata la sua ex moglie. "Io ormai non l'amavo più da anni. Siamo andati avanti per inerzia. Lei ha sposato nel giro di un anno un tipo che lavora all'università, settore informatico. L'ultima che ho sentito è che si sono trasferiti a Seattle e hanno due figli."

"Ti manca?"

"Non mi manca lei, mi manca avere qualcuno con cui parlare, mi manca la semplice gioia di preparare da mangiare con un altro essere umano, sedermi sul divano mano nella mano a guardare la TV."

"Infatti," disse Dakota, che lo capiva perfettamente.

"E tu invece?" le chiese Slade.

"Io invece che cosa?"

"Tu non sei mai stata sposata, vero?"

"No." Dakota non era sicura di volerne parlare. Ma era giusto farlo: "Sono uscita con alcuni che pensavo potessero rendermi felice, ma ho finito per decidere che non era quello che volevo."

"Essere felice?" le chiese Slade.

"No, accontentarmi," gli rispose. "Mi piaceva stare con il mio compagno, ma non sentivo il bisogno interiore di rivederlo. Non lo pensavo durante il giorno. Ho sempre desiderato un rapporto come quello dei miei genitori. Anche se a volte mi dava fastidio tutta quella mielosità, mio papà e mia mamma si abbracciavano e si baciavano di continuo. Ovunque andavano, si tenevano per mano. Sempre. Non avevano paura di dirsi 'ti amo'."

"Cos'è successo alla tua mamma?"

Dakota fece spallucce: "Cancro. Quando gliel'hanno trovato era già troppo tardi, non c'era più nulla da fare, le hanno solo fatto delle cure palliative, sai, farmaci contro il dolore. Dalla prima diagnosi, è morta nel giro di quattro mesi. Ormai sono passati circa dieci anni."

"Mi dispiace, tesoro."

Lei deglutì a fatica: "Dispiace anche a me, ma mi dispiace di più per mio papà. Ha perso l'amore della sua vita, la sua anima gemella. Una volta, non molto tempo dopo la morte di mia mamma, il papà mi ha detto che erano convinti di essersi messi insieme anche in una vita precedente."

"Tuo papà crede nella reincarnazione?" chiese Slade.

"Immagino di sì, credo. Io stessa non posso dire di non crederci. È incredibile quanto si conoscessero già, fin dal primo incontro. La mamma a volte diceva qualcosa su di lui, così, all'improvviso, cose che non poteva sapere. Erano davvero forti. Da quando mamma è morta, mio padre si è fatto forza, ma io lo so che è come se gli mancasse una parte di lui. Ogni giorno è una lotta." Poi Dakota si voltò tra le braccia di Slade e lo guardò negli occhi. "È questo, che voglio, ma non ho mai provato nulla del genere con gli uomini che ho frequentato in passato. Non mi sono mai voluta accontentare."

"Non dovresti accontentarti," le disse Slade sottovoce, passandole le dita sulla guancia, con un tocco leggero. "I miei genitori sono ancora insieme; anche se so che si amano, non penso che vivano con la stessa passione che hai descritto, la stessa dei tuoi genitori."

"È un caso raro, non lo trovano in tanti, anzi."

Gli occhi di Slade sembravano penetrarla nell'anima, mentre la fissava. "Ho visto la stessa passione nei miei amici, con le loro mogli. La voglio anch'io. Sono disposto a mollare tutto ciò che ho, pur di averla. Combatterei, ucciderei.”

“Slade,” sussurrò Dakota, scossa dalla verità che gli leggeva negli occhi.

Lui ignorò quella supplica silenziosa e proseguì: “Dakota, con te io vedo e sento la stessa passione. Non so cosa succederà domani, ma nemmeno questa sera. Però so senza dubbio che il tempo è prezioso. Ogni secondo che passo con te è un secondo in cui sono un uomo migliore, proprio perché sto con te. Sentire le tue braccia intorno a me, mentre percorriamo questa schifo di stradina, ecco cosa mi manda avanti. La voglia di trovare Fourati e di far cessare la minaccia nei tuoi confronti, ecco la mia motivazione. Non l'amor di patria. Non di tenere un estraneo qualunque al sicuro. Sono uno che vive intensamente, lo capisco, ma non ho aspettato quasi mezzo secolo per incontrarti e poi sprecare del tempo.”

Smise di parlare, senza mai smettere di guardarla negli occhi, con un'espressione sia tenera che determinata. Dakota capì senza ombra di dubbio che le stava dicendo la verità, con convinzione. Non c'erano parole che potessero spiegargli come la faceva sentire, quindi Dakota decise di mostrarglielo.

Si leccò le labbra nervosamente, si mise in ginocchio con qualche difficoltà e si voltò verso di lui. Il terreno era sabbioso, i sassolini si facevano sentire sulla pelle nonostante i jeans, ma lei ignorò ogni dolore. Si avvicinò a lui allontanando un gemito per lo sforzo ai muscoli e lo baciò.

Slade le avvolse subito le braccia intorno alla vita e la

trascinò su di sé, poi si abbassò lentamente all'indietro fin quasi a trovarsi con la schiena per terra, sotto di lei. Dakota poté sentire ogni movimento, ogni muscolo flettersi sotto di sé, mentre si sistemava su di lui. Slade divaricò le gambe, mentre lei le lasciò cadere a terra. Si sentiva circondata e protetta.

Lo baciò con tutta la forza della passione che aveva represso nell'anima. La passione che non aveva mai sentito per un altro uomo si riversò fuori dal suo corpo, come se avesse aperto un rubinetto al massimo. Il sapore di quel bacio non le bastava mai, voleva assaggiargli la bocca, sentire la sua barba sulla pelle morbida e liscia delle guance. Voleva inalarlo e rifugiarsi nel suo petto allo stesso tempo.

Slade le lasciò prendere il controllo del bacio; rimase fermo, sdraiato sotto di lei, che gli faceva scorrere le mani sul petto, mordendogli il labbro inferiore, poi il collo, fino a succhiargli la pelle morbida. Solo quando lei cominciò a muovere le mani verso il basso, puntando al bottone dei jeans di Slade, lui si mosse.

Le afferrò le mani per fermarla, poi si mise a sedere, facendola muovere fino a mettersela cavalcioni sulle gambe. Le mise le mani dietro al sedere e la tirò più vicina fino ad annullare qualunque distanza. Poi spostò le mani più in alto, sotto la giacca che Dakota indossava, sotto la maglia, fino a toccarle la pelle calda con le dita fredde, intorno alla vita.

Non si fermò, quando la sentì ridacchiare e sussultare per il contatto con le mani fredde, né si fermò quando lei inspirò di scatto, proprio mentre le tastava la pelle sotto ai seni. Le tenne una mano sul petto, afferrandole un seno, mentre con l'altra mano le fece pressione sul dorso, incoraggiandola a spingersi su di lui inarcando la schiena.

Dakota cercò di prendere fiato, ma le riusciva difficile. Non riusciva a staccare gli occhi da quelli di Slade. Sentiva che le accarezzava il capezzolo con un tocco morbido e dolce, così si spinse verso di lui, il bacino e il seno allo stesso tempo. Lo voleva di più, ne aveva bisogno.

"Mi venisse un colpo, quanto sei bella," le disse Slade sottovoce, "lo sapevo che saresti stata così."

Dakota chiuse gli occhi, persa nella gioia di sentirsi addosso le mani di Slade.

"Mi hai marchiato?" le chiese.

Lei spalancò gli occhi. "Come dici?"

"Mi hai marchiato?" le chiese di nuovo, con calma. "Quando mi hai succhiato il collo, mi hai lasciato un succhiotto?"

Dakota ridacchiò e guardò giù, vicino al colletto della maglia di Slade. Ma certo, sul lato del collo c'era una piccola macchia livida, proprio in un punto in cui la potevano vedere tutti. "No," gli rispose, con un tono che lui avrebbe saputo interpretare come una bugia.

Slade le sorrise e spostò più in basso la mano che le teneva sul torace, fino ad appoggiargliela all'altezza della vita. Lui abbassò la testa e le fece scorrere il naso sul lato del collo. Dakota inclinò la testa per lasciargli più spazio. "Che buon profumo che hai," le disse, poi si attaccò con la bocca al suo collo succhiando... forte.

A quella sensazione, Dakota gemette, poi ridacchiò per quello che le stava facendo. Avrebbe dovuto scandalizzarsi, perché si comportavano da ragazzini, ma non poteva negare di volere il marchio di Slade tanto quanto aveva voluto marchiare lui. Mentre lui la succhiava, con la lingua le accarezzava la pelle, facendole venire la pelle d'oca. Quando finalmente si staccò, lei alzò gli occhi al cielo per lo sguardo compiaciuto con cui la guardava.

Dakota arricciò il naso: "È grosso, vero?"

"Sì," le rispose subito, con un'espressione in volto tra il compiaciuto e l'orgoglioso.

"Non posso credere a quello che abbiamo appena fatto."

Lui spostò la mano che le teneva dietro la schiena, facendola salire per accarezzarle dolcemente la testa. "Io sì. Spero anche che faremo di più, stasera, una volta arrivati a Goldfield."

Quell'accenno alla distanza che ancora dovevano percorrere la fece gemere.

"Senti, che ne dici," le disse Slade, "se come incentivo quando arriviamo a Tonopah ti do un altro bacio? Quando arriviamo a Goldfield, ti potrai godere di nuovo le mie mani."

Gli occhi di Dakota brillarono, finalmente un po' di gioia. Slade era un ottimo incentivo, di sicuro. "E quando arriviamo a San Diego?" gli chiese.

"Allora avrai tutto ciò che vuoi," le rispose.

"Voglio tutto," gli sussurrò. "Ho paura, ma voglio tutto."

"È tuo," le disse, senza più alcuna traccia di malizia nella voce. "Tutto ciò che vuoi. Tutto ciò che ho. Tutto tuo."

"Adesso sono pronta a proseguire," gli disse Dakota, sempre sussurrando.

"Va bene." Ma invece di alzarsi in piedi, Slade la avvolse con le braccia e la tirò a sé. Rimasero seduti per terra per qualche momento, assorbendo ogni traccia di passione, ogni sensazione di rispetto e fiducia che si erano costruiti nel poco tempo trascorso insieme.

Alla fine, Slade si staccò, le baciò le labbra con passione e si alzò. Poi aiutò Dakota ad alzarsi sulle gambe incerte, infine si incamminarono mano nella mano per il dolce declivio, tornando alla moto.

Quando ripartirono, Dakota sentiva appena gli scossoni e i dolori ai muscoli. Aveva preso una decisione, su quella collinetta in mezzo al nulla, in Nevada: avrebbe dato una possibilità al rapporto con Slade Cutsinger. La possibilità più importante della sua vita. Se avessero sventato i piani malefici che Aziz aveva in serbo per lei, forse come ricompensa lei avrebbe trovato l'amore che avevano provato i suoi genitori.

Continuò a sorridere fino a Goldfield.

CAPITOLO SETTE

"Non mi sembra un gran che," disse Slade a Dakota in tutta onestà. Erano in piedi davanti al vecchio Goldfield Hotel in centro a Goldfield, Nevada. Lui credeva che quella cittadina fosse un po' più grande. Invece c'era letteralmente solo un posto in cui alloggiare, il Santa Fe Motel & Saloon. Per un attimo pensò anche di tornare indietro a Tonopah, ma sapeva che Dakota era sfinita.

Dopo la breve sosta, lei aveva tenuto duro, più di quanto lui si aspettasse. Avevano fatto una tirata fino a Tonopah, dove avevano mangiato qualcosa al volo. Poi lei gli aveva detto che voleva ricevere la ricompensa, una volta raggiunta Goldfield.

Mentre attraversavano la famigerata cittadina mineraria, Slade non aveva visto alcuna traccia di persone sospette. Intendeva telefonare a Tex appena sistemati per la notte. Sia pur con cautela, era ottimista, forse per un po' potevano starsene tranquilli.

Dakota gli stava parlando nell'orecchio da circa una mezz'ora del Goldfield Hotel, un posto infestato. Lui non sapeva nemmeno che esistesse, ma grazie a Dakota era diventato un esperto.

"Dai, andiamo dentro a dare un'occhiata," lo incitò Dakota, tirandolo per la mano.

Slade aveva parcheggiato la sua Harley dietro l'angolo, voleva cercare di passare inosservato il più possibile. Mentre si lasciava "accompagnare" da Dakota verso le grandi vetrate della facciata del palazzo, Slade sorrise: non era tanto lei che lo accompagnava, quanto lui che la sosteneva, nel camminare.

Dakota camminava in modo strano, ogni passo sembrava provocarle un dolore molto brutto, ma aveva comunque un bel sorriso in volto e faceva del suo meglio per fingere che fosse tutto a posto. Forse non si credeva una donna tosta, ma Slade la vedeva diversamente. Più tempo passava con lei e più gli ricordava Caroline. Era bella, ma non in modo sfrontato, pensava sempre prima agli altri, una spina dorsale indistruttibile.

Slade era stato in moltissime missioni, nella sua carriera, spesso le donne che i SEAL andavano a salvare crollavano completamente, al minimo indizio di pericolo. Altre erano così traumatizzate che non riuscivano nemmeno a camminare. Certo, non era giusto fare paragoni tra le situazioni che lui aveva vissuto in servizio e la situazione di Dakota, ma lui era sicuro: senza dubbio, nei momenti di maggiore difficoltà, Dakota sapeva reggere e cavarsela, tirando fuori le unghie.

Si fermarono davanti a una delle grandi vetrate della facciata dell'edificio, Dakota lasciò andare la mano di Slade e si avvicinò barcollando al vetro, poi si mise le mani a visiera per guardare all'interno. Con voce flebile, riferì con trepidazione ciò che vedeva.

"Cavolo, Slade, ma è meraviglioso! È come se il tempo si fosse fermato. Ci sono due specie di divani rotondi in pelle nera. Me l'immagino le persone sedute tutto intorno che aspettano i loro cari. La reception è ancora intatta. Dietro il bancone ci sono le cassette per i messaggi, immagino che ci mettessero anche le chiavi. Oh! C'è anche la scala con il tappeto rosso, porta su. Non riesco a vedere cosa c'è di sopra. Ci sono anche due porte doppie, sul vetro mi sembra ci siano incisi degli ananas. Sì, c'è tanta polvere, ma sembra tutto pronto perché le porte si aprano di getto per far entrare un fiume di persone."

Poi alzò la testa e gli sorrise: "Vuoi dare un'occhiata?"

"Sì, tesoro, certo," le disse Slade, che poi si avvicinò a lei e abbassò la testa, chiudendola tra sé e la vetrata. Slade poteva sentire ogni centimetro del corpo di Dakota contro il proprio, mentre sbirciava all'interno. A lui sembrava solo un ambiente vecchio, fatiscente e abbandonato, ma non voleva disilludere l'immaginazione di Dakota.

Quando si tirò indietro, lei gli prese di nuovo la mano e lo accompagnò lungo il marciapiede verso un'altra vetrata. Poi riprese la stessa routine, sbirciò dentro e gli fece una bella descrizione di ciò che vedeva. Però aggiunse anche delle altre informazioni.

"Il proprietario non permette a nessuno di entrare, ha paura che i fantasmi siano pericolosi. La *troupe* di *Cacciatori di fantasmi* c'è entrata nel duemilasette, o forse duemilaotto, qualcuno si è preso un mattone in testa! L'hanno anche filmato. Da brividi, ma fortissimo. Mamma cara, quanto vorrei entrarci!"

"Stai scherzando, vero?" le chiese Slade.

"Come? No! Sarebbe meraviglioso!" Dakota sprizzava entusiasmo da tutti i pori. "Dovrebbe esserci anche il fantasma di una donna di nome Elizabeth, era stata ammanettata a un termosifone e lì ha partorito, il padre del bambino li ha uccisi entrambi. Poi ci sono stati anche dei suicidi e sembra che i loro spiriti siano rimasti a infestare le stanze."

"Solo tu puoi voler affrontare dei fantasmi, quando sei in fuga dai terroristi," le disse Slade scuotendo la testa.

Dakota si voltò verso di lui con le mani sui fianchi e gli ordinò: "Guardami negli occhi e dimmi che non sarebbe affascinante vedere coi propri occhi dei fantasmi in azione."

Slade si abbassò verso di lei, fino a farle fare un passo indietro e intrappolarla contro la vetrata. Poi le prese la testa tra le mani e si avvicinò tanto che i loro nasi quasi si sfioravano: "Ne ho già visti abbastanza di fantasmi in azione, tesoro. Non posso certo definirle delle esperienze entusiasmanti."

"Hai visto i fantasmi?" gli chiese con un filo di voce, spalancando gli occhi. Si aggrappò ai fianchi di Slade: "Sul serio?"

"Sì, purtroppo. È impossibile andare così tanto all'estero senza incontrarli. Però quelli che ho visto io erano soprattutto donne e bambini. Non so come siano stati uccisi, se siano stati i mariti, o forse le bombe. Non importa. Vederli vagare per le strade alle tre e zero minuti, persi, mentre chiamano i loro cari, è un'esperienza che non dimenticherò mai e che non voglio ripetere mai più."

"Wow, ci credo," gli disse Dakota, accarezzandogli i fianchi senza accorgersene.

"Ne hai visto abbastanza? Sei pronta per andare all'hotel, fare il check in, riposare un poco e poi mangiare qualcosina?"

Lei fece una smorfia e annuì: "Grazie per avermi assecondato. Volevo visitare questo posto da quando ho visto in TV Zak e Nick che riprendevano il mattone volante nel salone. Sai, magari possiamo rivedere insieme quell'episodio, quando torniamo a casa... ehm... un giorno."

Slade si voltò e le mise un braccio intorno alla vita, sostenendola mentre camminavano verso la moto, poi le disse sorridendo: "Mi farebbe molto piacere rivedere insieme quell'episodio, quando arriviamo a casa." Usò di proposito il termine *casa*, amava il pensiero di essere a casa con Dakota.

Tornarono all'Harley senza incontrare alcuno spettro, con gran delusione di Dakota e sollievo per Slade; a lui piaceva tanto passare il tempo con lei, ma gli dispiaceva molto vedere le smorfie di dolore sul suo viso, mentre coraggiosa risaliva in sella: doveva prendersi cura di lei.

"Resisti, tesoro. Appena posso ti preparo una bella vasca da bagno piena di acqua calda."

Lei lo abbracciò in vita tenendosi stretta e Slade sorrise, mentre percorreva con la moto la breve distanza verso il motel. Gli sarebbe mancato avere sempre le braccia di Dakota intorno al corpo, una volta arrivati a San Diego e parcheggiata la moto per prendere la macchina. Era meraviglioso essersi abituato così presto al peso e al calore del corpo di Dakota, mentre lei gli teneva le braccia intorno alla vita.

Nel motel c'erano otto stanze, niente di particolarmente impressionante, un po' come le roulotte che c'erano a Rachel, però almeno erano pulite e c'era la vasca da bagno, l'esigenza più impellente di Slade, che voleva regalare il prima possibile a Dakota un bel bagno caldo. Era stata brava a tener duro, più di quanto lui si aspettasse, ma i dolori c'erano comunque.

Slade chiese la camera più lontana e parcheggiò la sua Harley dietro l'angolo, in modo che fosse difficile da individuare dalla strada. Arrivati alla stanza, aprì la porta e ci guardò dentro, controllando che fosse tutto a posto, per poi fare cenno a Dakota di entrare.

"Perché mai l'hai fatto?" gli chiese.

"Fatto cosa?"

"Perché hai guardato nella stanza. Per un attimo ho pensato che mi spingessi da parte perché volevi entrare per primo," lo provocò.

Slade non accennò nemmeno a sorridere, chiuse la porta e si voltò verso Dakota: "So che ormai tutti si sono abituati a pensare che sia una galanteria, aprire la porta e lasciar entrare prima una donna, ma il mio mondo non gira così."

"Ma è *vero* che è una galanteria, non è così?" gli chiese Dakota, mentre faceva cadere lo zaino sul letto e lo osservava perplessa.

"Sarà anche una galanteria, ma non è sicuro," le rispose Slade. "Se ci fosse qualcuno in camera che ci aspetta, io non vorrei assolutamente che fossi *tu* la prima a entrare. Io devo sempre controllare la stanza, per assicurarmi che sia sicuro farti entrare. In missione, mi è capitato fin troppe volte di vedere uomini che spingevano donne e bambini ad attraversare delle porte, prima di seguirli. Se c'era un pericolo, li usavano come scudi, se qualcuno sparava, loro scappavano. Quindi no, tesoro, non mi interessa se così non sono galante: non ti lascerò andare avanti per prima in una situazione in cui c'è anche il minimo rischio che ti faccia del male o che ti trovi sotto fuoco incrociato, per così dire."

"Non ci avevo mai pensato da questo punto di vista," disse Dakota camminando a fatica verso di lui; poi lo avvolse con le braccia e lo strinse... forte.

Slade ricambiò l'abbraccio quasi d'istinto e mentre erano così, in piedi in quello stanzino del motel, le chiese: "Questo per cos'è?"

"Per tutte le donne e tutti i bambini che hai visto farsi del male," gli disse sottovoce, "mi dispiace."

Slade sentì un groppo alla gola e strinse le labbra con forza. Tutto ciò che aveva visto e fatto all'estero per la patria era ormai passato, aveva elaborato e superato ogni trauma parlando con lo psicologo, da quando aveva smesso di andare in missione non ci aveva più pensato. Ma di sicuro gli faceva piacere ricevere la solidarietà di Dakota, che molto dolcemente si preoccupava per lui; gli avrebbe fatto molto bene anche quando tornava dalle missioni, alcune erano state proprio orribili. "Grazie," le sussurrò finalmente con voce rotta.

Rimasero lì in piedi a lungo, poi Dakota gli disse: "Se non mi muovo, mi addormento qui sui due piedi."

Slade apprezzò quel tentativo di alleggerire l'atmosfera e ridacchiò, poi si allontanò, sempre tenendole le mani sui fianchi per sostenerla. "Dai, andiamo, ti preparo la vasca. Poi vado a prendere della pizza, sembra che al bar abbiano solo pizza; quando finisci possiamo mangiare, va bene?"

"Un piano perfetto. Pensi che in questo posto ci sia l'acqua calda?" scherzò Dakota.

"Se non c'è, torniamo indietro fino a Tonopah," replicò subito Slade.

"Stavo solo scherzando."

"Io no," ribatté lui. "Ti ho promesso la vasca idromassaggio, ma se sarò costretto a rimangiarmi la parola, sarò irremovibile sul bagno caldo. Ne hai bisogno. Domani sarà un'altra lunga giornata di moto, voglio essere sicuro che tu ce la faccia."

"Ce la farò," gli disse Dakota con ostinazione.

Slade le passò le mani nei capelli e le disse dolcemente: "Allora lascia che mi spieghi meglio. Voglio essere sicuro che tu ce la faccia con meno problemi possibile. Il che sarà più facile se stasera puoi mettere i muscoli in ammollo. Nella mia borsa ho degli antidolorifici, insieme all'acqua calda dovrebbero rimetterti in sesto per domani. Quindi se qui non hanno l'acqua calda ti trasloco d'ufficio a Tonopah in uno degli hotel, quelle catene alberghiere hanno sempre l'acqua calda."

Slade vide negli occhi di Dakota le lacrime che si stavano formando, così le chiese: "Cosa ho detto, per farti piangere?"

"Nulla. È solo che... è passato un sacco di tempo da quando qualcuno si è preoccupato per me in questo modo. Quando mi ammalo, mi devo arrangiare. Una volta sono inciampata nel mio appartamento e ho battuto la testa contro un mobile, sono svenuta e mi sono risvegliata dopo un quarto d'ora, sotto la testa c'era una chiazza di sangue. È solo che... è bello non sentirmi sola."

Al pensiero di Dakota a terra priva di sensi e sanguinante, senza che nessuno sapesse che si era infortunata, Slade digrignò i denti. Fece un respiro profondo dal naso e le baciò la fronte. "Dovrai abituartici," le disse, poi l'aiutò a sedersi sul bordo del letto.

Andò nel bagnetto e aprì i rubinetti: per fortuna l'acqua calda cominciò subito a riempire la vasca. Slade cercò di regolare la temperatura, voleva che l'acqua fosse caldissima, al limite del sopportabile; poi tornò in camera e trovò Dakota sdraiata supina sul letto. Aveva le gambe ancora a penzoloni e sembrava dormisse.

"Sei sveglia?"

"Sì," gli rispose.

Slade aveva preso una camera con due letti, non voleva essere impertinente, anche se Dakota non aveva nemmeno commentato la scelta di una camera sola, o il numero di letti. Lui era pronto a discutere, sostenendo che non potevano dormire in camere diverse, perché era pericoloso, ma scoprì che non ce n'era bisogno. Lei aveva accettato la sistemazione come se non le importasse. Era chiaro che non le dispiaceva.

"Dai, forza, tirati su," le disse prendendole la mano e aiutandola a rimettersi seduta.

Dakota si lamentò e piegò la testa avanti e indietro, come per sciogliersi i muscoli, poi gli chiese: "Ne deduco che c'è l'acqua calda?"

"Sì. Pronta che ti aspetta."

"È il rumore dell'acqua, che sento? Pensavo che il ronzio che sentivo fosse l'acqua che mi prendeva in giro perché oggi ho esagerato."

Slade ridacchiò ma non le rispose; non fece altro che sostenerla mentre si alzava e l'aiutò ad andare in bagno. Lei si sedette sulla tazza, lui tornò in camera a prenderle lo zaino. Quando tornò da lei, Dakota non si era mossa minimamente, così le chiese: "Ti serve aiuto?"

Lei lo guardò negli occhi e gli chiese con falso imbarazzo: "A togliermi i vestiti? Magari."

Lui sorrise a quella provocazione, ma le disse con tono serio: "Non dovresti provocarmi in questo modo."

"Chi ha detto che era una provocazione?" gli rispose sottovoce.

Dopo un altro respiro profondo, ultimamente ne faceva parecchi, Slade le disse: "Se pensassi che ne hai voglia, ti spoglierei e di metterei sotto in un batter d'occhio. Ma per quanto mi piacerebbe vederti e abbracciarti senza vestiti, in questo momento hai più bisogno dell'acqua calda. Anche di mangiare qualcosa. Io invece devo telefonare al mio amico, scoprire cos'è successo mentre eravamo offline."

Dakota annuì. "Hai ragione."

"Certo che ho ragione."

"Guarda però che non mi sono dimenticata quello che mi hai promesso, se resistevo fino a Goldfield," gli disse con un gran sorriso.

"Allora cosa ti vuoi prendere, come ricompensa?" le chiese Slade, incapace di trattenersi.

"Voglio dormire con te."

Slade quasi si strozzò, ma lei si affrettò a terminare, come temendo che lui protestasse.

"Lo so che ci sono due letti, un'attenzione molto dolce, ma la ricompensa che voglio è dormire al tuo fianco. È tantissimo tempo che non mi sento sicura quanto lo sono stata oggi con te. Non sto dicendo che voglio fare sesso con te... ma ti sono stata attaccata tutto il giorno, quindi... voglio solo starti attaccata anche stanotte."

"Allora così sia," le rispose Slade, sapendo che lo aspettava una notte intera di tortura. Stare sdraiato vicino a Dakota, tenendola tra le braccia, l'avrebbe ucciso. Ma era anche l'inferno più dolce che potesse immaginarsi. "Bagno. Torno con la pizza. Prenditi tutto il tempo che vuoi. Telefono a Tex dopo mangiato."

"Perché non approfitti adesso per chiamarlo, senza di me? Di sicuro vorrai stare tranquillo."

"Non ho niente da nasconderti, Dakota," le disse Slade, "hai lo stesso diritto di sapere cosa sta succedendo... anche più di me. Tra l'altro, voglio anche presentartelo."

"Hai intenzione di dirgli di noi?"

"Vuoi dire se ho intenzione di dirgli che per me sei importante e che vorrei instaurare una relazione con te, appena la minaccia nei tuoi confronti sarà neutralizzata? La risposta è sì."

"Ah... ehm... va bene."

Che carina che era, quando era confusa. Slade si

abbassò e la baciò sulla bocca, poi si tirò su: "Controlla la temperatura prima di entrare, non voglio che ti ustioni." Poi si voltò e uscì dal bagnetto prima di cambiare idea, accettando l'offerta di aiutarla a togliersi i vestiti. Chiuse la porta e si diresse all'uscita, per cercare di procurare qualcosa per cena.

CAPITOLO OTTO

Era passata un'ora e mezza. Slade era sdraiato sul letto e Dakota si era accoccolata contro di lui, gli aveva appoggiato la testa sulla spalla, un braccio sulla pancia, l'altro piegato sul proprio corpo, giocherellava con la manica della sua maglietta. Si era rilassata nella vasca fino a diventare una prugna (parole sue) poi aveva indossato un paio di pantaloni comodi e una maglietta. Avevano mangiato una pizza con la salsiccia, l'unica che Slade aveva trovato nel piccolo bar/ristorante del motel; era ora di parlare con Tex.

"Sei sicuro che la linea sia protetta?" gli chiese Dakota mentre lui prendeva il telefono.

"Cosa ne sai dei cellulari cifrati?" le chiese Slade con un guizzo provocante negli occhi.

Dakota alzò gli occhi al cielo: "Siamo nel ventunesimo secolo, Slade, basta guardare la TV o andare al cinema per sapere che ci sono linee sicure e altre no."

Lui ridacchiò: "Vero. Comunque, per risponderti, sì: il mio cellulare è sicuro, senza dubbio. È un cellulare della marina e ti garantisco che le linee di Tex sono più che sicure."

"Posso farti una domanda?"

"Ma certo."

"Come fa una linea a essere sicura? Cioè, io so cosa significa, in teoria, ma non so come funziona."

"Una linea sicura è una linea cifrata, il segnale è codificato. La protezione impedisce a chiunque di intercettare la linea e ascoltare. Basta che entrambi gli interlocutori usino una linea sicura, da capo a capo, così quello che si dice rimane segreto."

"Ah, quindi è un po' come parlare in codice. Le parole vengono strapazzate mentre parli, poi de-strapazzate così l'ascoltatore le può capire."

"Sì, in pratica è così," le rispose Slade, sorridendo per il modo curioso in cui lei l'aveva spiegato.

"Forte."

"Eh sì. Adesso, hai delle altre domande o posso telefonare a Tex?"

Lei arrossì e gli disse semplicemente: "Ho finito... per ora."

Slade fece un gran sorriso; gli piaceva molto la curiosità di Dakota, più di quanto potesse esprimere. Il fatto che non si fosse raggomitolata sul letto per la paura la diceva lunga sulla sua forza interiore. A lui piaceva.

Slade si abbassò e la baciò sulla fronte per rassicurarla, poi digitò il numero di Tex, cliccando sul pulsante dello speaker per mettere la chiamata in vivavoce, così Dakota poteva ascoltare la conversazione. Era stato sincero nel dirle che non aveva nulla da nasconderle.

"Ciao, Tex."

"Cutter. Ma dove diavolo sei stato?" esclamò Tex bruscamente.

"Ti ho detto dove stavo andando," gli rispose Slade senza alcun problema. "Purtroppo non ho previsto che non ci fosse il segnale del cellulare, in mezzo al deserto."

"L'hai trovata? Dimmi che l'hai trovata."

"L'ho trovata."

"Grazie al cielo."

C'era qualcosa di strano nel tono di voce di Tex, Slade lo percepì: "Perché? Cos'è successo?"

"Fourati sa dov'è. Devi andartene, subito."

"Ce ne siamo già andati, comunque sia, abbiamo capito che l'avevano trovata quando uno degli scagnozzi di Fourati si è intrufolato nella roulotte in cui stavamo. Ma quel che mi interessa scoprire è *come* l'hanno trovata. Tex, si era nascosta in mezzo al nulla. Non c'era segnale per i cellulari, a Rachel, ci vivono solo una cinquantina di persone. Come diamine ha fatto Fourati a rintracciarla? Sono stato io? Li ho portati io da lei?"

"Non ne sono sicuro," gli rispose Tex, "non ha un cellulare?"

"No."

"La sua macchina? Forse hanno rintracciato la macchina?"

"Non mi sembra probabile, ormai era arrivata da un po'. Se fosse stata la macchina, sarebbero venuti prima a cercare di rapirla."

"Comunicazioni via radio? Ha usato la carta di credito? Ha spedito delle lettere a qualcuno, a casa?"

Slade sentì sulla spalla Dakota che scuoteva la testa: "Dice di no."

Ci fu una pausa, poi Tex chiese: "È lì con te, adesso?"

"Sono qui," rispose Dakota con voce sottile, "piacere di conoscerti, Tex. Slade mi ha parlato benissimo di te."

"Beh, merda, allora è un bugiardo," ribatté subito Tex con un guizzo di umorismo. "Stai bene, cara?"

Slade accennò un sorriso; era tipico di Tex, interrompersi nel bel mezzo di un interrogatorio per chiedere a una signora se stava bene.

"Sto bene, grazie, anche se penso che la Harley di Slade stia cercando di uccidermi."

Tex ridacchiò: "Datti tempo, in men che non si dica ti verranno le gambe da motociclista."

"Senza offesa, ma non penso di *volere* delle gambe da motociclista," gli rispose Dakota.

"Ti trovi bene con Cutter?" le chiese Tex.

"Se Cutter è Slade, allora sì, mi trovo bene," gli rispose Dakota arrossendo.

Slade fece un ampio sorriso; quanto gli piaceva sentirla ammettere spudoratamente a Tex che le piaceva; un conto era dirlo a lui, il diretto interessato, ma dirlo a qualcun altro era tutt'altra storia.

"Cutter è Slade," confermò Tex, che poi proseguì: "Allora ti verranno le gambe da motociclista. Adesso... hai parlato con qualcuno a casa, mentre ti nascondevi a Rachel, Dakota? Hai telefonato a qualcuno? Hai scritto delle lettere?"

"Non proprio. Ho inviato delle cartoline al mio papà, ma le davo a dei turisti perché le spedissero da casa loro, quando ci tornavano."

"È così che ho scoperto di dover cominciare la mia ricerca da Las Vegas," intervenne Slade, "due persone non hanno aspettato di tornare a casa e le hanno spedite da là.”

“Ah. Suo padre ti ha detto se aveva ricevuto altre visite?”

“Un paio di persone, dicevano di lavorare per il governo, ma lui li ha rimandati per la loro strada senza dir nulla. Anche con me ha fatto estrema attenzione, non mi ha detto nulla di Dakota se non dopo essere stato sicuro della mia identità”

“Allora la domanda è: che informazioni ha Fourati? Ha mandato qualcuno a Las Vegas per dei mesi, per cercarla? È riuscito chissà come a trovare la stessa pista per Rachel che hai trovato tu, Cutter? O è arrivato da suo padre dopo di te? Può darsi che qualcuno ti abbia seguito? Forse uno dei suoi scagnozzi ti ha visto a Las Vegas e ti ha pedinato.”

“Dannazione... ci sono troppe incognite,” disse Slade scuotendo la testa.

La conversazione fu sospesa per un momento, mentre ognuno rifletteva su quel mistero.

“Sinceramente non penso che sappiano di me,” ragionò Slade, “ho ricevuto da poco tempo l’incarico da Lambert. Fourati non aveva ragione di tenermi sott’occhio prima, non c’è niente che possa collegarmi a Dakota.”

“Può darsi che non sia tu,” continuò Tex, “magari non ha mai smesso di seguire le sue tracce. È possibile che prima avesse altre incombenze di cui occuparsi, nella sua organizzazione, prima di essere pronto a farla sua. Una volta sistemate le altre faccende, è venuto il momento di mandare qualcuno per prenderla.”

"Pat e Connie, i proprietari del Little A'Le'Inn, hanno il wi-fi," disse Dakota interrompendo quell'attimo di silenzio. "Ieri sera non l'ho usato perché non avevo accesso al computer, ma in passato l'ho usato; ho fatto delle ricerche sulle notizie riguardanti San Diego, o anche aggiornamenti sull'attentato. Può darsi che mi abbia rintracciata per questo?"

"È possibile," ragionò Tex, "a meno che non ti abbia messo addosso un dispositivo di tracciamento, comunque sia sa bene che da San Diego potevi andare solo a nord o a ovest. Potevi anche andare in Messico, ma era una possibilità remota. Quindi avrà sicuramente tenuto gli occhi aperti monitorando l'utilizzo delle carte di credito e altre attività sospette su internet. Immagino che le tue ricerche potrebbero essere state un indizio, avrà rintracciato l'indirizzo IP che lo ha portato a Rachel. Può darsi che ci abbia messo due mesi per trovare riscontro delle tue ricerche e individuare dov'eri. Per fortuna."

"Mi dispiace," sussurrò Dakota, "non pensavo davvero che potesse trovarmi, anche solo facendo delle ricerche generiche sui siti di notizie. È vero che mi sono fermata troppo a lungo, volevo solo risparmiare un po' di soldi prima di scappare ancora."

"Non è colpa tua," le disse Tex, prima ancora che Slade potesse rinfrancarla. "Non hai usato le carte di credito, hai fatto tutto in contanti, è stata un'ottima precauzione."

"Ora immagino di aver capito cosa non devo fare, la prossima volta," disse lei sottovoce.

"Non ci sarà *alcuna* prossima volta," disse Slade con

decisione, stringendole le spalle. Poi la guardò negli occhi per convincerla a credergli, a fidarsi di lui, che l'avrebbe tenuta al sicuro.

"Adesso che intenzioni hai, Cutter?" chiese Tex, interrompendo quel momento carico di emozioni.

"Voglio raggiungere San Diego il prima possibile," rispose Slade.

"Dakota, ce la farai a stare in moto così a lungo?" chiese Tex.

Prima ancora che Dakota potesse rispondere, Slade brontolò: "Pensi che la costringerei a fare di più di quanto può sopportare, Tex?"

"Va bene, io penso..."

Tex la interruppe: "Volevo solo essere sicuro di aver capito bene."

"Tutto sotto controllo," spiegò Slade al suo amico.

"Ottimo. Poi, quando siete a casa, che si fa?"

Slade sentiva su di sé lo sguardo fisso di Dakota, ma per il momento lo ignorò: "Stasera telefono a Wolf. Spero che accetti di farci accampare nel suo scantinato. Non voglio tornare a casa mia, sai, nel caso che quel bastardo mi *abbia* sgamato."

"Pensi di spiegare a Wolf tutto quel che sta succedendo?"

"Sì. Non dovrei, ma me ne fotto. Ha il diritto di sapere, dato che mi serve il suo aiuto per proteggere Dakota," spiegò Slade.

"Vedrai che vi aiuterà."

Anche Slade ci contava. Ecco perché non aveva esitato a decidere di andare da Wolf per un po', intanto che saltava fuori il modo di arrivare a Fourati.

"Che mi dite di mio padre? È al sicuro?" chiese Dakota.

"Parlerò con Wolf, vediamo se possiamo fargli la guardia. Se necessario, lo nasconderemo finché Fourati non sarà fuori gioco," le disse Slade.

Lei lo guardò con gli occhi spalancati: "Davvero potete farlo?"

"Tuo padre è importante per te, quindi certo che possiamo. Non ho intenzione di starmene seduto e lasciare che gli facciano del male, perché se fanno del male a lui, fanno del male anche *a te*. Quindi sì, Dakota, farò tutto ciò che posso per tenerlo al sicuro."

"Grazie," gli sussurrò, chiaramente sopraffatta dalle emozioni.

"Mi fai sapere cosa scopri?" chiese Slade a Tex, tenendo sempre gli occhi su Dakota.

"Ma certo. Domani avrai il telefono con te?"

"Sì, però saremo in moto, quindi non riuscirò a rispondere."

"Se serve, ti lascio un messaggio," lo rassicurò Tex. "Fate attenzione mentre siete in giro. Non ho alcuna informazione sui tipi che si sono presentati per portare Dakota al loro capo, vedrò cosa posso fare su di loro, ma se Fourati è un minimo ferrato di tecnologia, come sembra essere, non sarà così semplice come vorrei."

"Faremo attenzione. L'ultimo che ho incontrato, in questo momento lo staranno portando in galera, almeno finché qualcuno non gli paga la cauzione, gli altri sono rimasti a piedi a Rachel, ma potrebbero sempre aver rubato un'auto, non ci metterei la mano sul fuoco."

"Senz'altro si saranno adattati," disse Tex un po'

cinicamente. "Dakota, mi ha fatto molto piacere conoscerti. Per la cronaca, non potevi trovare uomo migliore. Cutter mi ha salvato la vita più volte di quante ne possa ammettere. Se mia moglie e le mie figlie avessero dei problemi, non chiederei ad altri se non a lui di proteggerle."

"Va bene," gli sussurrò.

"Ci sentiamo," concluse Tex, che poi chiuse la chiamata.

Slade spense il telefono e abbracciò Dakota. "Non preoccuparti della questione del wi-fi. Hai fatto tante di quelle mosse azzeccate, negli ultimi mesi, che sono impressionato da come sei riuscita a rimanere sotto traccia."

Lei sospirò: "Sapevo che prima o poi mi avrebbero trovata. Però sono contenta che sia successo quando c'eri tu. Altrimenti mi avrebbero presa."

"Guardami, tesoro." Slade aspettò che lo guardasse negli occhi, prima di continuare: "Se per qualche motivo la situazione diventa un CSR, voglio che tu..."

"Un CSR?" gli chiese senza lasciarlo concludere.

"Scusa, mi dimentico sempre che non sei un'esperta di lessico militare. Casino Senza Rimedio, CSR."

Lei ridacchiò, ma gli fece cenno di continuare.

"Se succede qualcosa e per qualunque motivo ti ritrovi con Fourati, non arrenderti mai, dico mai, in nessuna circostanza. Non mi interessa cosa ti fa o cosa succede. Tu... non... arrenderti. Non fargli resistenza fino al punto di farti far del male. Non esporti a rischi inutili, non fare follie cercando di scappare. Perché sappi che io arriverò a prenderti. Smuoverò tutta la marina degli Stati Uniti, per venirti a trovare, se ci sarà bisogno. Ma bisogna che tu resista, devi fare tutto ciò che puoi per rimanere viva fino al mio arrivo. Hai capito?"

Dakota si morse le labbra: "Non sono una molto coraggiosa."

"Cazzate," sbottò subito Slade, "sei una delle donne più coraggiose che io conosca. Quando è successo tutto il casino non te ne sei stata a casa a girarti i pollici, non ti sei nascosta a casa del papà a piangere, non sei rimasta sul posto di lavoro, sapendo che i tuoi studenti potevano essere in pericolo. Pur non avendo alcuna esperienza, sei riuscita a non farti prendere per un tempo lunghissimo."

"Io scappo, non è coraggio," insisté Dakota.

"Col cavolo che non è coraggio. A volte scappare è la scelta più intelligente da fare. Sei sfuggita alla situazione in cui ti trovavi e hai guadagnato tempo. Altrimenti dove pensi che saresti, a quest'ora?"

"Probabilmente incatenata a un letto in uno scantinato, costretta a fare le zozzerie che quel faccia di culo voleva farmi fare," mormorò Dakota.

"Esatto." Poi Slade addolcì il tono: "Ti ho fatto una promessa, farò tutto ciò che posso per tenerti al sicuro; ho tutte le intenzioni di tenere fede alla mia promessa. Ma può sempre succedere un casino. Purtroppo, lo so meglio di chiunque altro. Ti chiedo solo questo: se il casino succede *a te*, cerca di stare tranquilla. Non cercare di contrastare Fourati direttamente, ma non diventare nemmeno uno zerbino. Qualunque cosa succeda, tu resisti con tutta te stessa finché arrivo io a tirarti fuori dalla merda. Ci siamo capiti?”

“Ho capito. Ma tu... tu farai alla svelta, vero? Per un po’ posso anche fingere di essere coraggiosa, ma prima o poi cederò.”

“Farò tutto ciò che posso per raggiungerti il prima possibile, non un secondo di più.”

Dakota annuì, poi gli guardò il petto, dove cominciò a muovere un dito in cerchio, infine gli chiese: “Allora... Cutter?”

Lui fece un gran sorriso e decise di raccontarle la spiegazione edulcorata del soprannome; Dakota non doveva per forza sapere quanto era stato bravo a tagliare gole: “Per via del mio cognome.”

“Ah, capisco la logica,” gli rispose.

Slade rilassò i muscoli, non si era nemmeno accorto di averli tesi, quando la sentì sciogliersi di nuovo su di lui: “Adesso telefono a Wolf, ti va?”

“Certo.”

Slade digitò il numero di Wolf e sentì la linea che si collegava.

“Pronto?”

“Ciao Wolf. Sono Cutter.”

“Quando torni?” gli chiese l’altro SEAL senza troppe formalità.

“Perché? Ti manco?” lo provocò Slade.

“Sì, col cazzo. Il tipo che ha preso il tuo posto in ufficio è lento più di una lumaca. Te lo giuro, ho dovuto spiegargli come si cambiano i margini su un documento Word, proprio oggi. Come diamine ha fatto a farsi assumere come impiegato per il governo? Proprio mi sfugge.

Per favore, dimmi che tornerai. Ma dove diavolo sei, in ogni caso? Ho sentito che sei andato a Las Vegas?"

Slade poteva sentire sulla spalla il sorriso di Dakota. Wolf sembrava davvero indispettito; era divertente da farsela addosso. "Spero di tornare in città per domani sera."

"Grazie al cazzo."

"Ma non torno subito in ufficio. Sono ancora in ballo con il motivo per cui ho preso un permesso."

"Dannazione."

A quel punto, Dakota ridacchiò.

"Non è un buon momento per parlare?" gli chiese Wolf; chiaramente aveva sentito quella risatina tranquilla.

Sentendo che l'amico cercava di essere nel contempo professionale e anche un po' ficcanaso, Slade accennò un sorriso: "Niente affatto. Dakota, ti presento Wolf. Wolf, lei è Dakota."

"Ciao," disse Dakota sottovoce. "Piacere di conoscerti, più o meno."

"Piacere mio, cara," le disse Wolf. "Come mai ho la sensazione che prima che tu torni in ufficio passerà molto più tempo di quanto vorrei io, Cutter?"

"Ho bisogno di un favore," gli disse Slade senza rispondere alla domanda dell'amico.

"Sputa il rospo," gli rispose subito Wolf.

"Mi serve un posto dove accamparmi con Dakota per qualche giorno."

"A posto."

"Non so per quanto tempo avremo bisogno di fermarci," specificò Slade.

"Potete stare giù da me per tutto il tempo che vi serve," confermò Wolf.

"Grazie. Lo apprezzo."

"Lo sai che puoi contare su di me per qualunque motivo. Però devo chiedertelo... la questione in cui sei coinvolto, qualunque essa sia, può avere conseguenze su mia moglie?"

Slade esitò. Avrebbe tanto voluto poter dire di no, ma in ultima analisi c'era quel rischio. Finché Tex non scopriva altre informazioni su come Fourati era riuscito ad arrivare a Dakota, non c'era alcuna certezza. "Possiamo andare in albergo," disse Slade a Wolf.

"Non è questo che intendevo e tu lo sai, Cutter," disse Wolf con un tono più profondo e deciso, molto diverso dal tono amichevole con cui aveva parlato fino a quel momento. "Non me ne frega se hai Osama Bin Laden alle calcagna, a casa mia sei sempre il benvenuto."

"Ma non era morto?" sussurrò Dakota, quando Wolf fece una pausa.

Slade non accennò nemmeno a sorridere, anche se Dakota era tremendamente carina.

"Oddio mio!" esclamò Wolf, "ma è lei, vero?"

Slade lo capì al volo. Lui e Wolf ne avevano parlato in qualche occasione: nel momento in cui Caroline gli aveva salvato la vita, Wolf aveva capito subito di voler passare con lei il resto della vita, anche se all'inizio lui aveva cercato di negarlo. Wolf spesso aveva aggiunto che l'età di Slade non era importante... che anche lui avrebbe capito subito di aver trovato la donna giusta.

"Sì."

"Cazzo, son proprio contento per te, Cutter," disse

Wolf all'amico. "Comunque, per rispondere alla tua domanda, Dakota, Bin Laden *è* morto, una squadra di SEAL della marina gli ha fatto il culo. Ma anche se uscisse dalla tomba sotto forma di fantasma per dare la caccia a Cutter, l'uomo al tuo fianco sarebbe sempre il benvenuto a casa mia. Mi basta saperlo."

"Mi sembra giusto," mormorò Dakota con un filo di voce, poi disse: "Scommetto che Wolf non ha paura dei fantasmi e che verrebbe con me a esplorare il Goldfield Hotel."

"Tesoro, io non ho paura dei fantasmi, solo che preferirei non farmi tirare un mattone in testa," le disse Slade, mentre la stringeva a sé.

La sentì sorridere sul petto, poi si schiarì la voce e spiegò all'amico cosa stava succedendo: "Ti ricordi l'attentato a Los Angeles, la bomba? Sembra che non sia stato un attacco isolato."

"Lo so già, Cutter."

"Dakota era presente e potrebbe identificare Aziz Fourati."

Wolf fece un fischio lungo e profondo: "Lui sa dove trovarla?"

"Non si sa."

"Va bene. Parlo anche con gli altri. Dovremo istituire dei turni di guardia intorno alla casa. Manderò Caroline a casa di Cheyenne, tanto ha bisogno di tempo con la piccola Taylor."

Slade deglutì a fatica e chiuse gli occhi, cercando di mantenere la massima compostezza. Wolf era sempre stato un caro amico; a volte si erano confrontati su alcuni aspetti delle missioni non coperti da segreto militare, Slade aveva sempre offerto qualche consiglio utile, ogni volta che Wolf glielo chiedeva. Ma Wolf non solo aveva accettato senza esitare di accogliere lui e Dakota per farli nascondere a casa propria, ma si era offerto di chiamare i suoi amici SEAL per fare dei turni di guardia, mandando via la moglie senza nemmeno fiatare: era quasi troppo. Slade sapeva già che gli mancava far parte di una squadra, ma fino a quel preciso momento non aveva compreso *quanto* gli mancasse.

"Grazie, Wolf, se ti può consolare, anche Tex è coinvolto. Non voglio che questa situazione si trascini. Vedremo di portarci a missione compiuta il prima possibile."

"Basta che riporti il culo sulla sedia dietro la scrivania dell'ufficio, per questo ti aiuto al cento per cento," scherzò Wolf. "Non potrei sopportare un giorno di troppo il tuo sostituto."

"Ti avverto quando stiamo per arrivare," gli disse Slade.

"Ottimo. Quando mi chiami ti do il codice per disinserire l'allarme."

"Wolf?" intervenne Dakota.

"Si, cara?"

"Grazie."

"Non vedo l'ora di conoscerti. Quando sarà tutto sistemato, so che mia moglie e le sue amiche ti assalteranno in massa. Te lo dico da amico, per avvertirti."

"Non vedo l'ora."

"Eh, adesso dici così. Intanto prenditi cura di Cutter anche per me. L'ufficio non va avanti, senza di lui. A dopo." Proprio come aveva fatto Tex, anche Wolf chiuse la conversazione senza nemmeno aspettare che Slade lo salutasse.

"Pensi che i tuoi amici ti vogliano bene?" chiese Dakota a Slade, che nel frattempo si era allungato per posare il cellulare sul comodino.

Slade fece spallucce.

"Ma tu cosa fai in ufficio di così importante, che Wolf non può fare a meno di te?"

"Scartoffie."

"Ma dai, ci sarà dell'altro," insisté Dakota, "non sopporta quello che ha preso il tuo posto."

"Sono bravo nel mio lavoro," le spiegò Slade senza false modestie, "ho un talento particolare. Forse è per via degli anni che ho passato in servizio attivo, con le squadre, o forse è perché non mi faccio prendere in giro da nessuno. Non lascio le cose in sospeso, in un modo o nell'altro ci arrivo in fondo."

"Capisco perché sei così importante."

"Ecco, ora possiamo smettere di parlare del mio lavoro? Hai bisogno di dormire un poco. Domani sarà una lunga giornata."

"Posso dire solo un'ultima cosa?"

Slade sospirò, fingendosi esasperato, ma la strinse per farle capire che stava solo scherzando.

"Mi piace sapere che hai degli amici che ti parano il culo."

"Tu non ne hai." Non glielo stava chiedendo. Slade lo sapeva, Dakota altrimenti si sarebbe rivolta agli amici.

"Non proprio. Cioè, sono in buoni rapporti con il personale della scuola, alcuni dei docenti mi invitano e a volte usciamo insieme a cena o a bere qualcosa. Ma sono rapporti di lavoro, più che altro, sai cosa intendo."

"So cosa intendi," le confermò Slade.

"Immagino che anche tu e quei tuoi amici abbiate un rapporto di lavoro, ma è diverso."

Era proprio così. Mettere la propria vita nelle mani gli uni degli altri formava dei legami molto diversi. Legami indistruttibili. Le numerose situazioni in cui la vita stessa era in gioco determinavano amicizie che duravano per tutta la vita. "Sì," le rispose sottovoce.

"Sono contenta, meno male che mi hai trovata," gli disse Dakota con un filo di voce, "meno male che eri tu."

"Anch'io son contento. Adesso chiudi gli occhi e dormi," la invitò Slade.

"Non ti dispiace se dormo così?" gli chiese lei, stringendo le braccia che gli teneva sulla pancia per farsi sentire vicina.

"Col cacchio. Ti voglio proprio qui. Stamattina, quando ero seduto nella tua macchina e non potevo sfiorarti, ho fatto una fatica... Eri proprio scomoda su quel sedile, si vedeva."

"Per quanto tempo sei rimasto lì seduto, prima che me ne accorgessi?" gli chiese Dakota."

"Due ore."

Al che lei alzò la testa che gli teneva sulla spalla e lo guardò incredula. "Due ore? Come diavolo ho fatto a non svegliarmi, quando hai chiuso la portiera? Sei rimasto lì tutto quel tempo?"

"Ovviamente eri stanca. Comunque sia, sì, per due ore," le confermò Slade.

"A fare che cosa?"

"A guardarti dormire." Lui non finse nemmeno di non capirla: "Sono rimasto seduto due ore a guardarti respirare, avrei tanto voluto poterti prendere tra le braccia. Ma intanto stavo anche elaborando un piano per metterti in salvo."

"Wow," gli disse, poi abbassò di nuovo la testa appoggiandogliela sulla spalla. "Non ne avevo idea."

"Se fossi stato un pericolo per te, te ne saresti accorta," le disse Slade convinto, "ma siccome non costituivo una minaccia, il tuo corpo ti ha lasciato dormire."

"Penso che tu mi stia dando dei meriti che non ho," gli disse Dakota, "non sono così intuitiva. Probabilmente avrei dormito anche se Aziz avesse fatto esplodere una bomba per arrivare a prendermi."

"Invece secondo me sei intuitiva. Sei in fuga da mesi e ti sei fidata di me fin dal principio."

"È vero," confermò lei.

"Ora... ti va di chiudere gli occhi per dormire un poco?"

"Se mi addormento, tu rimani qui sdraiato a guardarmi?"

Slade le fece un gran sorriso; lo sorprendeva sempre con quell'umorismo tutto suo. "Forse."

"Vabbè. Ma domani devi guidare la moto, magari dovrai anche sparare a qualcuno, se ci trovano. Sarà meglio che ti riposi anche tu."

Slade sapeva che Dakota stava scherzando, anche se lui sarebbe stato disposto a far fuoco senza alcun rimorso, per proteggerla, se fosse stato costretto. "Shhhhh," le mormorò, passandole la mano dietro la testa, con delle carezze dolci. Quando lei sospirò contenta, rifugiandosi meglio sulla sua spalla, lui la accarezzò di nuovo.

"Mi piace," gli sussurrò, "nessuno mi ha più accarezzato così i capelli, da quando mia mamma è morta."

Quelle parole lo colpirono al cuore, così Slade continuò ad accarezzarla, da sopra la testa fino in fondo ai capelli, con un movimento costante.

Nel giro di pochi minuti, Dakota si rilassò addosso a lui completamente. Completamente staccata dal mondo, al sicuro, tra le sue braccia.

Slade rimase sdraiato sotto a Dakota, accarezzandola, cercando di rilassarsi abbastanza per addormentarsi. Gli sembrava di avere i cinque sensi potenziati, proprio come quando era in servizio, in missione con una squadra. In effetti *era* in missione, la missione più importante della sua vita.

Era come se tutte le occasioni in cui era stato inviato all'estero per il suo paese fossero state delle prove generali per quel momento. Slade pensava a tutti gli sviluppi possibili, pensava a ciò che poteva accadere nei pochi giorni successivi. Ogni singola ipotesi finiva con la morte di Aziz Fourati, mentre Dakota ne usciva libera di vivere la propria vita senza paura... con lui.

CAPITOLO NOVE

"Stai a posto?" domandò Slade, forse per la centesima volta, quel giorno.

Dakota *non* stava affatto bene, erano otto ore che stava dietro a Slade, sulla moto, ormai era più che pronta a scendere da quel maledetto affare. Aveva perso ogni sensibilità all'interno cosce e sentiva formicolio ai piedi da almeno un'ora. L'unico aspetto favorevole era il tempo: non faceva freddo quanto sulle alture del Nevada, quindi stava benino, con indosso la giacca di pelle che Slade le aveva comprato.

Quel mattino si era svegliata tutta indolenzita e rigida oltre ogni limite, ma anche estremamente a suo agio. Lei e Slade si erano spostati durante la notte, il mattino si era ritrovata al suo fianco, le si era appallottolato addosso. Le aveva messo un braccio intorno alla vita e muovendosi Dakota poteva sentire dietro al sedere la sua imponente erezione mattutina.

"Buondì," le aveva borbottato, mentre la stringeva col braccio, tirandola più vicino.

Lei non aveva detto una parola, era ancora immersa in uno stato di dormiveglia. Ma a Slade non importava che non gli restituisse il saluto del mattino. Le aveva spostato la mano dalla vita, muovendola sotto la maglietta, poi le aveva accarezzato la pancia, che lei aveva cercato di tirare in dentro, ma si era dimenticata subito di ogni problema di peso quando lui aveva portato la mano verso i seni.

Poi lui si era spostato dietro di lei, tirando su la testa e appoggiandola alla mano libera. La luce del mattino trapelava dalle tende, conferendo alla stanza una tonalità di uno strano arancione. Quando le dita di Slade avevano toccato il seno nudo di Dakota, lei aveva inspirato velocemente, andando a premere il petto contro quella mano vagabonda.

Approfittandone, lui le aveva sfiorato leggermente un capezzolo. Dakota lo aveva sentito subito irrigidirsi, quasi implorando il tocco di Slade, che non l'aveva delusa: aveva quasi tastato il peso del seno con la mano, per un momento, poi era tornato con le dita a giocherellare stancamente con il capezzolo, ormai duro come la roccia.

Aveva continuato così per diversi momenti, poi alla fine Dakota lo aveva chiamato con voce stridula: "Slade?"

"Shhhh, niente paura. Non ho intenzione di andare oltre," le aveva detto sottovoce. "Ho solo bisogno di toccarti, ma se ti mette a disagio mi fermo. Basta che tu me lo dica."

Dakota aveva scosso la testa, non le andava proprio di staccarsi da lui. "No no, mi va bene, va più che bene."

Poteva sentire l'erezione ormai completa che le spingeva dietro al sedere; poi quando lui le aveva pizzicato il capezzolo lei non aveva resistito e si era spinta indietro. Slade si muoveva in modo erotico, quasi troppo erotico.

"Ti piace," le aveva detto, ripetendo lo stesso gesto, ma sull'altro capezzolo.

Lei aveva annuito, incapace di parlare, in quel momento.

Poi lui si era allontanato e quando lei stava per aprir bocca, per protestare per quel distacco, lui l'aveva invitata a girarsi, facendola sdraiare supina al proprio fianco. Aveva avvicinato la faccia a quella di Kenna e le aveva mormorato di nuovo: "Buongiorno." Poi aveva abbassato la testa e aveva cominciato a darle il miglior buongiorno di tutta una vita.

Le aveva baciato la fronte, poi il naso. Aveva saltato la bocca e le aveva assaggiato il lobo di un'orecchia. Nel frattempo era tornato con le dita a tormentarle i seni, molto più accessibili in quella posizione, con lei supina.

Dakota non sapeva bene che fare con le mani, così aveva afferrato il lenzuolo all'altezza dei fianchi, aggrappandosi con forza. Solo quando Slade si era mosso verso il petto, succhiandole un capezzolo e prendendolo in bocca, con tanto di tessuto della maglia, solo allora lei ritrovò la voce.

"Slade, santo cielo, che bello. Non mi sono mai sentita così, prima. Proprio mai."

Poi aveva alzato una mano appoggiandogliela dietro la testa e aveva cercato di spingerlo giù, di nuovo sul seno, quando lui aveva alzato la testa mormorando:

"Neanche io, tesoro. Te lo giuro, potrei venire anche solo succhiando queste bellezze."

"Anch'io," gli aveva risposto un po' disorientata, ma sorridente.

Lui le aveva baciato un capezzolo, ormai chiaramente visibile dalla stoffa bagnata della maglia, poi aveva commentato: "Ho dormito come un ghiro."

"Come?" La mente di Dakota ci aveva messo un po' per capire il significato di quelle parole. Era ancora persa nelle sensazioni provocatele dalla bocca e dalle dita di Slade.

"Non dormivo così bene da chissà quanto tempo. Di solito mi sveglio un paio di volte, la notte... ho dei brutti ricordi, delle cose che ho visto nella vita. Invece questa notte non mi sono svegliato una sola volta. Ho dormito come un innocente. Tutta la notte."

Le stava tenendo ancora la mano sotto la maglia e col pollice la stava massaggiando avanti e indietro sotto un seno. Il mattino era cominciato in modo molto erotico, trasformandosi in un dolce clima intimo. Lei non aveva mai provato nulla del genere, aveva capito che da quel momento in poi l'avrebbe sempre desiderato.

Dakota gli aveva messo una mano sul viso, sfiorandogli appena la barba con le dita. Non per tanto tempo, nemmeno per poco. Il tempo giusto. Poi nella mente le era passato il pensiero di come sarebbe stata quella barba sulla pelle sensibile del suo interno coscia, ma lì si era fermata, non voleva andare oltre nemmeno con la mente. Il pensiero di quella barba tra le gambe, mentre lui la deliziava, era troppo, per il momento.

"La notte scorsa è stata la prima in cui non ho sognato Aziz, dopo l'attentato," gli aveva detto sottovoce.

"Che cosa sogni?" le aveva chiesto Slade.

"Che cosa *non* sogno?" aveva precisato Dakota. "Sogno che mi violenta, che mi mette la lingua in gola, che ride come un matto mentre spara a un bambino, proprio davanti a me; sogno che mi deride, dicendomi che nessuno mi troverà, che darò alla luce i suoi bambini, che lui crescerà pieni di odio nei confronti delle donne, che diventeranno dei killer."

"Gesù," aveva reagito Slade con un filo di voce, poi aveva abbassato la testa e le aveva messo il naso dietro l'orecchio."

"Ma questa notte non ho sognato *lui*."

"Cos'hai sognato questa notte?" le aveva chiesto Slade, con voce roca.

"Te. Noi. Così." Erano state tre parole semplici, ma con un significato molto profondo, tanto che Slade aveva inspirato con forza.

"Ti voglio," le aveva detto rialzando la testa. "Nella mia vita, nel mio letto, voglio essere il motivo per cui ti senti al sicuro, nei tuoi sogni."

"È una follia, ma lo voglio anch'io," gli aveva sussurrato lei, spaventata, ma allo stesso tempo più certa che in qualunque altra occasione nella vita.

Si erano fissati per un lungo momento, poi Dakota pensava che stessero per fare il gran passo, che stessero per fare l'amore, quando Slade le aveva detto: "Dobbiamo andare."

A quel punto lei doveva aver fatto un rumore un po' patetico, perché lui le aveva sorriso rassegnato. "Lo so, tesoro. Non c'è niente che io voglia di più, in questo momento, che tirarti via la maglia e fare la festa alle tue belle tette. Beh, a dire il vero c'è qualcosa, voglio assaggiare il tuo gusto più intimo. Voglio inalarti e farmi prendere. Mi farai passare la voglia di stare con qualunque altra e io non vedo l'ora. *Voglio* che tu mi faccia passare ogni altra voglia. Ma stasera dobbiamo arrivare da Wolf. Quello è il posto più sicuro dove stare e non voglio fare nulla che ti metta più in pericolo di quanto tu non sia già. Per questo motivo, invece di stare qui con te, in questo letto, invece di penetrarti fino in fondo fino a diventare una cosa sola, un corpo solo, devo farti prendere degli antidolorifici e poi dobbiamo partire, direzione sud."

A Dakota erano piaciute le parole di Slade, tutte. Ne aveva sentito il piacere proprio tra le gambe. Si era bagnata fradicia, per lui, voleva su di sé la bocca e le mani di Slade. Voleva guardarlo, sentirlo che si svuotava dentro di lei... ma lui aveva ragione. Non si sapeva dove fossero gli uomini che l'avevano rintracciata a Rachel, né si sapeva se Aziz ne avesse mandati altri per dare la caccia a lei e a Slade.

"Va bene, Slade. Però magari potremmo..." si era interrotta improvvisamente, non sicura di ciò che stava per chiedere. Forse era troppo presto.

"Cosa? Puoi chiedermi ciò che vuoi. Tu chiedi e avrai risposta," le aveva detto Slade sottovoce.

"Puoi anche dire di no, oppure puoi pensarci, ma

pensi che... quando questa follia sarà terminata... potremmo tornare qui? Magari potremmo passare un po' di tempo a Rachel, solo noi due? Poi potremmo tornare a Goldfield e ricominciare da dove ci stiamo fermando adesso, ma senza il bisogno di fare una corsa pazza verso casa?"

"Assolutamente," le aveva risposto Slade con un gran sorriso. "Ci prendiamo una settimana o due, magari ci informiamo sui cercatori satellitari, sai le cacce al tesoro. Faremo l'amore prima di andare a dormire, poi ti sveglierò con la mia lingua sul clitoride e ogni mattina faremo qualcosa di più di due coccole. Farò in modo che tu sia completamente soddisfatta prima ancora di alzarmi e di trovarti un caffè alla menta piperita con la ciambella all'acero."

Dakota l'aveva fissato per un momento, sentendo quasi fisicamente il desiderio per l'immagine che le aveva appena descritto. Poi aveva sentito il bisogno di stemperare la voglia che sentiva nel corpo, ma anche il clima diventato troppo intimo, così lo aveva provocato: "Pensi che Wolf ti concederà un po' di vacanze? Non sono sicura che sarà d'accordo che tu ti prenda degli altri permessi, appena torni in ufficio."

Slade aveva ridacchiato, poi aveva spostato la mano che le aveva tenuto sul seno, portandola prima sulla pancia, poi verso il fianco, accarezzandole l'anca. "Wolf non è il mio capo, tesoro, poi ho accumulato una montagna di ferie arretrate." Aveva fatto spallucce. "Non ho mai avuto voglia di andare via, di sfruttarle."

"Allora va bene."

"Allora va bene," le aveva fatto eco. Poi si era abbassato su di lei e l'aveva baciata con dolcezza sulla bocca, infine si era tirato indietro e le aveva detto: "Ti darei un bacio come si deve per il buongiorno, ma ho paura che mi puzzi l'alito. Dai, fatti una bella doccia. Io intanto vedrò se posso racimolare qualcosa da mangiare. Tu potrai mangiare mentre io mi faccio la doccia, poi si parte."

"Ottima idea."

"Non ti abituare troppo a farti la doccia da sola," le aveva detto con fermezza, con una luce di malizia negli occhi. "Quando saremo il 'noi' che voglio essere con te, spero presto, voglio cominciare la giornata con te, nuda e bagnata che ti agiti tra le mie braccia."

Dakota a quel punto tremava dalla testa ai piedi, per la carnalità di quelle parole. Sì, lo voleva anche lei. Non era riuscita a trovare parole per rispondergli.

"Forza, non dimenticare di prendere gli antidolorifici prima della doccia. Purtroppo ne avrai bisogno ancora, prima di sera." Al che, Slade l'aveva stretta in vita ed era sceso dal letto.

Dakota lo aveva fissato mentre se ne andava allegramente alla sedia a cui aveva appeso la sera prima i vestiti. I muscoli delle gambe lunghe si flettevano mentre camminava. Indossava un paio di boxer, che non gli nascondevano affatto i muscoli del sedere agli occhi di Dakota.

Lei aveva continuato a fissarlo, mentre Slade indossava i jeans. Poi lui si era voltato verso di lei, con i pantaloni ancora non abbottonati e l'erezione ben visibile contro il tessuto denim. "Dakota? Davvero, dobbiamo proprio darci una mossa."

"Va bene, vado, vado," gli aveva risposto borbottando, sempre senza togliergli gli occhi di dosso. Slade aveva quasi cinquant'anni, ma era davvero l'uomo più sexy che lei avesse mai visto. Era ancora in forma, per via di tutti gli anni di allenamento come SEAL. Probabilmente faceva ancora allenamenti regolari, così pensava lei, perché i muscoli del petto e delle braccia erano belli sodi e si ingrossavano bene, quando si muoveva.

Lui aveva ridacchiato e si era abbassato per prendere la sua maglietta. Poi Dakota aveva nascosto un sospiro, guardandolo mentre la indossava.

"Adesso vado. Adoro avere i tuoi occhi su di me, amore, ma il mio uccello non si rilasserà mai abbastanza per salire in moto, se non la smetti di mangiarmi con gli occhi."

Dakota aveva sbattuto le palpebre e poi era arrossita, aveva distolto lo sguardo e gli aveva detto: "Lasciami perdere, vai pure, trovami del caffè zuccherato. Quando torni sarò pronta."

Lo aveva sentito tornare verso il letto, che si era abbassato quando lui ci si era appoggiato di peso con le mani. "Mi piace tanto," le aveva detto, senza lasciarle il tempo di chiedere cosa. "Mi piace tanto che non riesci a togliermi gli occhi di dosso. Non mi è mai successo. La mia ex non ha mai nutrito nei miei confronti un interesse tale da guardarmi come mi guardi tu. Sembra quasi che mi stai scopando con gli occhi. Comunque sappilo, che la voglia è ricambiata.

L'unico motivo che mi impedisce di scopare con te fino a sfinirci entrambi è che ho uno strano presentimento: quelli stronzi che ci inseguono non aspettano altro che io faccia una cazzata. Invece non succederà. Doccia. Torno subito." Poi le aveva dato un bacio tosto sulle labbra, a stampo, infine era uscito dalla stanza.

Il ricordo di quella mattina l'aveva tenuta occupata quasi sempre, durante il lungo viaggio in moto per uscire dal Nevada. Stare su quella sella le aveva fatto venire paura, quando avevano incontrato il traffico di Las Vegas, ma Slade era come riuscito a sentirla nervosa e aveva allungato una mano, dandole qualche colpetto sulla coscia e urlandole: "Ci penso io, amore, chiudi gli occhi e fidati di me."

Così lei si era fidata.

Ma il lungo tratto di superstrada tra il confine con la California e la cittadina militare di Barstow era stato brutale. Non c'era molto da vedere, Dakota continuava a immaginarsi gli sgherri di Aziz che arrivavano da dietro per attaccarli.

Quando stavano scendendo dal passo del Cajon verso San Bernardino, Dakota ormai era assai stanca della moto. Voleva solo sdraiarsi e stiracchiarsi, per sgranchire ogni muscolo intirizzito. Non avrebbe mai più provato alcun interesse nemmeno per le poltrone con funzione massaggio. Aveva il cervello in pappa, le sembrava stesse tremando da giorni, non da qualche ora.

"Dakota, tutto a posto?" le chiese Slade mentre attraversavano la città di Escondido.

Lei sospirò e gli urlò: "A posto!" Le parole le uscirono di bocca con un tono più irritato di quanto volesse, ma insomma, ormai non poteva più rimangiarsele.

"Venti minuti, massimo," le disse stringendole le mani che lei gli teneva sulla pancia.

Dakota annuì, anche se sapeva che Slade stava mentendo di sicuro, per cercare di farle passar via meglio l'ultima parte del viaggio. Lei sapeva che Escondido distava circa una cinquantina di chilometri da San Diego. Appoggiò la testa con tanto di casco sulla schiena di Slade e chiuse gli occhi, lasciando libera la mente di vagare, mentre percorrevano gli ultimi chilometri per arrivare a casa di Wolf.

Avrebbe dovuto sentirsi nervosa, perché stava tornando nella stessa città in cui il suo palazzo era stato bruciato, in cui era stata minacciata da Aziz; ma in quel momento non poteva pensare ad altro che a Slade.

Cercava di analizzare i motivi per cui si era innamorata di lui tanto alla svelta. Probabilmente trovarsi in pericolo aveva un suo peso... anche se, quando lo aveva visto per la prima volta, lei non si sentiva *più* in pericolo, perché era a Rachel da tanto tempo e ormai faceva appena attenzione alla gente che entrava nel ristorantino bar, nessuno la spaventava più davvero.

Oppure forse un motivo era l'astinenza, perché non faceva sesso da tantissimo... da anni. Ma lei non credeva fosse quello il motivo per innamorarsi di Slade. A lei piaceva fare sesso, ma non che ne avesse *bisogno*. Prima che le andasse a fuoco la casa, riducendo in cenere ogni suo avere, teneva nel comodino un bel vibratore e lo usava regolarmente. Non le dava la stessa intimità di un uomo, ma a lei andava bene. Quindi, sì, non pensava di essere attratta da Slade solo perché era un figo.

C'era qualcosa in lui, qualcosa che la faceva sentire... stabile. Sì, con lui si sentiva al sicuro. Certo, lo desiderava, lo voleva; ma c'era di più. Dakota sapeva che non esisteva un uomo perfetto: Slade aveva quasi mezzo secolo, di sicuro aveva anche lui manie, idiosincrasie, modi di fare che probabilmente l'avrebbero fatta impazzire, ma del resto lo stesso si poteva dire di lei. Eppure lei era disposta a non badare alle manie, purché la contentezza che provava accanto a lui durasse.

Era matta, solo perché immaginava già di passare con lui il resto della vita? Solo perché sapeva, dopo appena due giorni, che *voleva* passare il resto della sua vita con lui? Probabilmente sì. Le venne un gran sorriso. Ma che importanza aveva? Non aveva certo intenzione di sposarselo a breve. Lei era sempre stata molto attenta, nella vita; era giunto il momento di vivere spontaneamente, di ascoltare il cuore, non solo la testa. Se lei era matta, per questo, lo era anche Slade. Essere matti insieme le sembrava comunque molto meglio che essere matta da sola per tutta la vita.

Quei pensieri furono interrotti bruscamente quando Dakota sentì il rombo del motore tra le gambe che scemava, mentre la moto rallentava. Aprì gli occhi e sollevò la testa per guardarsi attorno. Vide che erano arrivati in un quartiere con delle casette carine. Slade entrò finalmente nel vialetto di una casa grigia con un piccolo porticato anteriore. Davanti alla casa c'erano già due macchine parcheggiate. Lui fermò la Harley e spense il motore.

Dakota sospirò di sollievo. Se Slade le avesse chiesto ancora di andare su quel bestione, almeno lei avrebbe richiesto dei tappi per le orecchie.

Slade fece come aveva sempre fatto, quando si erano fermati: saltò giù subito dalla moto e si girò verso di lei. Si era slacciato il casco e la stava aiutando col suo. Dakota se lo lasciò togliere; aveva già cercato di spiegargli che era perfettamente in grado di arrangiarsi, ma lui le aveva risposto con un sorriso: "Lo so, ma mi fa piacere aiutarti a togliertelo." Come poteva dirgli di no, se le diceva parole così dolci?

Slade le slacciò il casco e lo appese insieme al proprio da una parte del manubrio. Poi le massaggiò dolcemente la testa, raggiungendo con quel tocco magico i punti in cui la plastica le aveva scavato la pelle. Quel mattino le aveva fatto di nuovo le trecce, prima di partire, così lei si era convinta che Slade avesse delle dita magiche.

"Sei pronta?"

Dakota sapeva cosa intendeva, le chiedeva se fosse pronta a scendere dalla moto. Lei non era pronta, perché sapeva che le avrebbe fatto male, proprio come ogni volta che si erano fermati, quando l'aveva sempre fatta camminare un poco. Ma lei si limitò ad annuire, cercando di nascondergli il disagio e l'ansia.

Chiaramente non ci riuscì per nulla, perciò lui sospirò e le disse: "Mi dispiace, tesoro, so che ti fa male, ma oggi hai fatto un lavoro fantastico. Sono fiero di te. Se non ti conoscessi, direi che vai in moto da una vita."

"Eh sì, beh, magari mi sono dimenticata di dirti che mio papà faceva parte dell'Hell's Angels e che sono andata in moto con la gang quando ero piccola? Che scema."

Lui accennò un sorriso, ma senza ridere del tutto. "Grazie per la battuta, so che stai cercando di farmi sentire meglio. Ma non funzionerà: sto malissimo per averti provocato dolore."

Dakota vide che Slade ci stava male davvero e sentì il cuore che le si scioglieva ancor di più. Dopo i genitori, nessuno si era interessato così tanto a lei... mai. Così gli appoggiò una mano sul braccio e gli disse sottovoce: "Non sei tu che mi hai provocato dolore, Slade. Sto bene. Certo, sono indolenzita, ma del resto non avevamo scelta. Mi stai aiutando e non lo dimenticherò mai. Davvero."

"Non faccio tutto questo per essere ringraziato," sbottò Slade.

"Lo so che non vuoi essere ringraziato," gli rispose, "ma la devi smettere di prendertela ogni volta che ti ringrazio. So benissimo cos'ha in mente Aziz, anche perché me l'ha spiegato nei minimi dettagli. Non smetterò mai di esserti grata per il tuo aiuto, quindi prendertela con me non fa bene a nessuno dei due. Ma solo perché sono grata, non significa che non provi anche molto di più nei tuoi confronti. Non sono saltata in sella con nessun altro tipo che passava da Rachel, e credimi che ne sono passati tanti. Sono salita in moto *con te*. Quindi abbassiamo la temperatura di queste cagate da macho e se ti dico *grazie* tu manda giù il rospo e rispondi *prego*."

Probabilmente non avrebbe reagito così di scatto, se non fosse stata stanchissima e tutta indolenzita, ma erano stati due giorni molto lunghi e Dakota non voleva altro che darsi una ripulita e dormire. Esattamente in quell'ordine. Non era affatto dell'umore adatto per gestire Slade e le sue stupidaggini.

"Hai ragione, scusami," le rispose lui immediatamente, "allora *prego*."

Dakota sbatté le palpebre. Beh, allora va bene. Stava già progettando mentalmente un attacco verso quell'uomo, che non voleva farsi ringraziare, ma dovette annullare tutto, perché lui si era scusato subito, senza alcuna difficoltà.

"Bene."

"Ora... sei pronta a tirarti su?"

Dakota fece una smorfia: "No." Ma slanciò la gamba sulla moto e si preparò lo stesso a scendere.

Come avevano fatto in ogni altra occasione, Slade le mise le mani sui fianchi e l'aiutò a stare in equilibrio. Le servirono alcuni momenti per sentirsi stabile, come sempre, rimase immobile tra le braccia di Slade finché non si sentì pronta a camminare da sola.

"Sono pronta," gli disse dopo svariati minuti, ma lui non si fece indietro come faceva di solito.

"Cazzo se sei bella," le disse con un filo di voce.

Dakota rise dal naso: "Sono sudata, sporca, coi capelli sparati, cammino come se avessi un palo infilato su per di dietro. Secondo me devi farti un esame alla vista."

"Sei sudata, sporca, coi capelli sparati e cammini sghemba, ma io ci vedo benissimo, tesoro. Ci vedo e ti vedo, sei una donna che non se la tira, nel bel mezzo di una situazione di merda, non hai nulla se non ciò che tieni nel tuo zainetto sgualcito, ma sempre pronta ad affrontare nuove avventure, aperta a un rapporto con un vecchio marinaio scemo in pensione, una donna che non si lamenta ogni momento di star male, nemmeno dopo otto ore di moto."

"Ah... va beh, come ti pare."

"Adesso sei *tu* che devi imparare ad accettare i complimenti," le disse Slade con un gran sorriso.

Quel sorrise le fece effetto, Dakota se lo sentì dentro: le piaceva moltissimo vederlo sorridere, era un effetto rigenerante, specialmente perché stava sorridendo *a lei*.

"Il mio vecchio marinaio scemo in pensione mi aiuterà prima o poi a camminare, così andiamo dentro e posso finalmente farmi una bella doccia?" gli chiese provocandolo.

In tutta risposta, Slade si abbassò per baciarla. Fu un bacio non breve, ma nemmeno lungo. Le passò la lingua sul labbro inferiore, quando lei aprì la bocca per accoglierlo, lui andò ad assaggiarla, leccandola una volta sola, per poi uscire. Dakota ondeggiò verso di lui e sbatté le palpebre, quando lui si tirò indietro.

"Andiamo, tesoro, dai che ti presento Wolf: ci avrà spiato negli ultimi cinque minuti, lui e chiunque altro ci sia in casa.

"Santo cielo, sta aspettando che entriamo?" gli chiese Dakota, facendosi seria. "Che maleducati che siamo."

Slade non le rispose, ma l'aiutò a voltarsi fino ad averla attaccata al fianco, un pensiero gentile, dato che lei non era sicura di poter camminare da sola; poi si avviarono insieme verso la porta sul lato della casa.

Pronta o non pronta, era arrivato il momento di incontrare gli amici di Slade. Dakota guardò il cielo di sfuggita per inviare una preghierina: *Ti prego, fa' che questa follia esca presto dalla mia vita. Voglio davvero passare il tempo con quest'uomo, senza la minaccia di un terrorista che mi sta col fiato sul collo.*

CAPITOLO DIECI

Dopo un'ora, Dakota si era fatta una doccia, aveva preso altre pillole contro il dolore e finalmente si era seduta contro il fianco di Slade, sul divano di Wolf, mentre si discuteva della sua situazione.

"Allora Fourati è americano?" chiese Wolf.

"Sì, ne sono quasi certa," disse Dakota.

"Dannazione!" imprecò il SEAL, passandosi una mano tra i capelli. "Ecco perché nessuno riusciva a trovarlo. Certo, tutti i rapporti parlavano di uno straniero. Così diventa molto più difficile rintracciarlo."

"Lo so," concordò Slade.

"Tu come ci sei entrato in questa storia?" chiese Cookie a Slade. Cookie era un altro SEAL della squadra di Wolf, Slade ci lavorava spesso. Anche lui si era presentato, su richiesta di Wolf, per discutere di come tenere al sicuro Dakota. Gli altri della squadra si sarebbero aggiunti più avanti, bastava convocarli, ma per il momento a parlare c'erano solo tre uomini, con Dakota.

"Non posso spiegarlo," gli rispose Slade, "ma alla fine

della fiera è una questione di sicurezza nazionale, bisogna eliminare Fourati. Non solo perché sta dando la caccia a Dakota, anche se questa è la mia motivazione più forte, al momento."

"Come mai nessun notiziario ha riferito che eri l'unica sopravvissuta all'esplosione?" le chiese Cookie, saltando rapidamente da un argomento all'altro. "Nessuno lo trova strano?"

"Non è strano," intervenne Dakota, "avevo paura, anche se speravo che Aziz fosse morto in realtà non ne ero sicura. Volevo un giorno o due per farmi visitare il braccio, per sicurezza. Poi avevo ancora fresche nella mente le sue parole, quando ha detto che sarei diventata la madre dei suoi futuri figli e che li avrebbe cresciuti come terroristi. All'aeroporto c'è stato il caos assoluto, sia dentro che fuori, volevo solo tornarmene a casa. Non ho detto a nessuno che ero là, quindi la stampa semplicemente non lo sapeva."

Slade strinse la presa su Dakota e fissò Cookie; non gli era piaciuta quella domanda, l'aveva fatta innervosire.

"Mi sembra logico... ma tu lo sapevi che lei era presente all'attentato, vero?" chiese Wolf guardando Slade.

"Sì, ma l'ho saputo solo da poco. Il mio... contatto mi ha parlato di lei, mi ha detto che ci sono dei video online, video di reclutamento che parlano di lei, da quel giorno ho anche una sua fotografia," spiegò Slade agli amici; gli dava molto fastidio sentire Dakota che si irrigidiva ancor di più, a quel racconto.

"Quindi tutti quelli in contatto con lui sanno di Dakota," concluse Wolf.

"Sembra di sì," confermò Slade.

"Allora dobbiamo trovare questo tipo, Fourati, toglierlo di mezzo prima che la situazione possa andare oltre," aggiunse Cookie.

"No," lo interruppe Slade, "*io* devo trovare questo tipo, Fourati, per eliminarlo. Wolf, tu e gli altri della tua squadra non avete nulla a che fare con questa storia. Questa non è una missione ufficiale, voi *non* sarete coinvolti, a parte proteggerla mentre io risolvo la faccenda. Io non sono più in servizio attivo ed è proprio per questo che mi è stato chiesto di occuparmi di questa situazione."

"Sono solo cazzate e tu lo sai," brontolò Wolf, "i SEAL non lavorano da soli. Impossibile, cazzo, siamo una squadra."

"No, non siete autorizzati. Però posso dirvi questo, che l'incarico mi arriva da altissimi livelli governativi. Voi non potete essere coinvolti."

"Ma noi *siamo* di già coinvolti," ribatté Cookie.

"Forse dovrei solo andarmene," disse Dakota. "Se voi ragazzi vi mettete nei guai, forse è meglio che io me ne vada."

"Tu non vai da nessuna parte," le disse Wolf.

Allo stesso tempo, anche Slade e Cookie le dissero: "No."

Slade mise un dito sotto al mento di Dakota, costringendola a guardarlo negli occhi. Gli dava molto fastidio vederla incerta, impaurita. "Ci penso io a risolvere questa situazione, tesoro. Penso io a eliminare

Fourati, non ti farà mai più del male. Ben presto questa diventerà solo un'altra storia da raccontare agli amici e ai parenti, quando saremo dei vecchi bacucchi. Capito?"

"Ma..."

"No. Niente ma. Non vai da nessuna parte."

Lo sguardo prima impaurito si fece irritato. "Sei davvero noioso."

"Lo so, ma sono quel vecchio scemo noioso della marina che ti darà la sicurezza necessaria per ripartire con la tua vita... si spera al mio fianco in ogni momento futuro."

"D'accordo."

"D'accordo," le fece eco. Poi Slade si voltò verso Wolf e Cookie: "In tutto questo, voi avrete il compito di tenere gli occhi aperti e ben fissi su Dakota quando non ci sarò io."

"Questo l'avremmo fatto comunque," gli rispose Wolf, "ma tu devi..."

"Niente offesa, ma no. Non voglio coinvolgervi più di quanto non siate già coinvolti. Se vi fa sentire meglio, però, posso dirvi che anche Tex è coinvolto."

"Cazzo, perché non l'hai detto subito?" gli chiese Cookie. "Se Tex è coinvolto, questo Fourati è già bello che fritto. La prossima settimana tu e Dakota siete invitati a cena da me e Fiona." Fece un ampio sorriso, con quella baldanza tipica di un uomo che era sicuro fino al midollo del successo dell'amico.

"Affare fatto."

Slade poté sentire la testa di Dakota che si girava ora verso di lui ora verso gli altri, lo fece sorridere. I SEAL potevano essere rozzi, a volte sguaiati, ma gli uomini in quella stanza avevano il cuore d'oro: "Caroline si è sistemata a casa di Dude?"

Wolf annuì: "Sì."

Al che Slade chiese a Wolf: "Ma voi non avete ancora deciso di avere dei figli? Eppure lei ha sempre molta voglia di passare del tempo con la figlia di Dude."

Wolf scosse la testa: "Caroline vuole molto bene ai bambini, ma né io né lei ne vogliamo di nostri." Fece spallucce. "È difficile da spiegare."

"Non c'è bisogno," lo rassicurò Slade, "una volta, tanto tempo fa, anch'io volevo una casa piena di pargoletti, ma dentro di me sapevo che Cynthia non era la persona giusta con cui averli." Ora fu lui a chiudersi nelle spalle. "Adesso sono troppo vecchio persino per pensarci." Fece un sussulto volutamente esagerato. "Se faccio un figlio adesso, ora che mi arriva alle superiori avrò quasi settant'anni. Ma te l'immagini?"

Gli occhi di Wolf sbirciarono la donna di fianco a Slade, che si irrigidì. Merda, l'aveva offesa? Dakota voleva dei figli? Non si conoscevano da molto tempo, infatti non avevano nemmeno fatto sesso insieme, figuriamoci parlare di figli. Aveva mandato tutto all'aria?

Si voltò per guardarla e la trovò che fissava nel vuoto, con un'espressione melanconica in viso.

"Stai bene, tesoro? Spero di non aver detto qualcosa che ti farà cambiare idea, sul passare il resto della vita con me," le chiese un po' nervoso.

Lei accennò un sorriso: "No, Slade, stai tranquillo. Anch'io non sono proprio una giovinetta. Una ventina di anni fa ho parlato con la mia mamma proprio di questo argomento. Ero single, stavo pensando all'inseminazione artificiale, la mia vita era a un punto in cui pensavo di dover decidere, avere subito un figlio o lasciar perdere per sempre." Si voltò dall'altra parte e poi continuò.

"Ma dopo aver parlato con lei, sentendo tutte le difficoltà che aveva vissuto con me, tutto ciò a cui aveva rinunciato, ho deciso che fare la mamma single non era un mio desiderio. Amavo il mio lavoro e a volte mi fermavo in ufficio anche fino a sera inoltrata. Non sarebbe stato giusto nei confronti di un figlio, lavorare così tanto tempo, ma non sarebbe stato giusto rinunciare al mio lavoro per poter stare a casa a fare la mamma. Cioè, intendiamoci, mia mamma non era dispiaciuta che la sua vita fosse completamente cambiata, dopo che sono nata, ma sono arrivata a un punto di capire che la mia vita sarebbe completamente cambiata, con un figlio; non ero sicura di volerlo."

Poi tornò a guardare Slade. "Quindi rilassati pure, non mi sono offesa e non mi aspetto certo che tu faccia il papà a cinquant'anni."

"Meno male," disse Slade con un filo di voce, poi si abbassò verso di lei e la baciò in fronte.

"Ma non mi dispiacerebbe affatto godermi i figli di qualcun altro," proseguì guardando Wolf. "I tuoi amici hanno figli?"

"Sì," le rispose Wolf, "Jessyka si innamorerà pazzamente di te, se ti piacciono i suoi figli. Ne ha in abbondanza e cerca sempre qualche fesso... cioè... qualche baby-sitter."

Alla battuta benevola di Wolf, risero tutti.

"A proposito... devo parlare con Tex e Dakota è sfinita," disse Slade agli amici. "Sei pronta a farti una bella dormita, tesoro?"

Lei annuì: "Senz'altro."

"Ti dispiace se parlo ancora un po' coi miei amici?" le chiese Slade, che non voleva avere segreti con Dakota, ma che non voleva nemmeno farla preoccupare. Doveva programmare un po', condividere con Wolf e Cookie i prossimi passi, far sapere loro quanto sarebbe stato lontano da casa.

"Certo che no," gli rispose Dakota. "Poi però... ehm," Dakota arrossì e concluse di getto: "poi scendi... vero?"

Slade si abbassò e le appoggiò il naso sulla pelle dietro l'orecchio sussurrando: "Sì, tesoro, poi scendo. Lasciami un po' di posto nel letto, va bene?"

Lei annuì e diventò rossa paonazza.

Wolf e Cookie furono molto discreti e si voltarono da un'altra parte, mentre Slade e Dakota parlavano. Ma Slade li vide sorridere e capì che in realtà avevano sentito tutto.

Slade aiutò Dakota ad alzarsi, sapendo che da sola non ce l'avrebbe fatta, o almeno avrebbe fatto fatica. Aveva già preso i bagagli dalla moto e li aveva messi nello scantinato insieme allo zaino di Dakota. Doveva solo andare a fare un salto nel proprio appartamento a prendere qualche vestito, poi fare un po' di spesa. Ma per una notte se la sarebbero cavata.

Slade aiutò Dakota a scendere le scale (lentamente, perché ovviamente lei aveva tutti i muscoli delle gambe indolenziti) e poi la baciò a lungo e con grande trasporto, prima di tornare di sopra, dagli amici.

Passarono un'altra ora a discutere degli aspetti logistici legati alla sicurezza di Dakota in quella casa, parlarono degli spostamenti di Slade per i prossimi giorni. Quando finirono, Slade cercò ancora di ringraziare gli amici: "Lo apprezzo davvero. Potrei anche trascinarmi Dakota in giro, ma penso sia meglio tenerla lontana da sguardi indiscreti. Se Fourati ancora non sa che è tornata in città (è sempre possibile, anche se improbabile) allora è meglio che stia nascosta."

"Adesso smettila, se no mi arrabbio," gli disse Wolf con decisione, "se succedesse una cosa del genere a Caroline, Alabama, Fiona, o a un'altra delle nostre amiche, tu ci aiuteresti senza batter ciglio."

"Ci puoi giurare," confermò Slade.

"Ci aiutiamo tra noi," intervenne Cookie, "anche se non abbiamo combattuto insieme in missione, Cutter, ci siamo dentro insieme."

"Grazie," disse Slade, "dico davvero."

"Ancora, non c'è di che. Prima riusciamo a farti tornare in ufficio, meglio è," brontolò Wolf.

"Il tipo nuovo ancora non ci arriva?" chiese Slade.

"È un idiota. Oggi non aveva idea di come impostare un browser in modalità sicura. Mi ci sono dovuto mettere io, alla sua scrivania, lui stava cercando risposte su Google, cazzo. Pensavo che Hurt stesse per scoppiare. Lo ha mandato a casa prima e gli ha detto di non tornare nemmeno in ufficio se non si dava una bella svegliata."

Slade fece un gran sorriso. Il comandante Hurt era un tipo alla mano, ma quando si trattava degli uomini e delle squadre di cui era responsabile pretendeva il massimo, niente meno della perfezione. Da lui dipendeva letteralmente la vita degli altri SEAL. Anche se Greg Lambert aveva senz'altro le migliori intenzioni, era ovvio che aveva mandato un rimpiazzo senza sapere che quel tipo era completamente ignaro delle questioni amministrative legate all'impiego in quell'ufficio. Doveva prepararsi alla prossima occasione in cui avrebbe parlato con Lambert, per fargli una bella lavata di capo.

Il pensiero che la squadra di Wolf o qualcuno degli altri con cui lavorava alla base fosse in una situazione più vulnerabile per via di un impiegato incompetente fece agitare Slade. Non andava in ufficio da una settimana, ma gli mancava. Che follia, chi mai avrebbe detto che gli sarebbe mancato il lavoro d'ufficio? Eppure gli *piaceva* lavorare nel retroscena per garantire la sicurezza degli uomini in prima linea. A volte si trattava solo di far arrivare in tempo delle batterie nuove, prima di una missione, ma anche un dettaglio come quello poteva fare letteralmente la differenza tra vita o morte.

Ecco, Slade era grande abbastanza da sapere che l'euforia di essere in una squadra in servizio attivo era adatto ai giovani ricchi di entusiasmo. Ormai lui era troppo vecchio e voleva solo fare la sua parte per garantire la sicurezza dei compagni SEAL, per poi tornarsene a casa da una donna amorevole: da Dakota.

Quel pensiero gli fece spuntare un sorriso.

"Detto questo, me ne vado," disse Cookie con un gran sorriso. "Parlerò con Abe e gli altri per informarli."

"Non dimenticare il papà di Dakota. Non escluderei

che Fourati possa usarlo per arrivare a lei," disse Slade mentre si alzavano tutti in piedi.

"Ci penso io. Se non altro, almeno Dakota potrebbe convincere il suo papà a trasferirsi da Benny e Jess. Anche se li prendiamo sempre in giro, devo dire che quei bimbi sono davvero molto educati. Poi a loro farebbe comodo avere in casa un altro adulto che se ne occupi."

"Ottima idea," disse Slade a Cookie. "Se voi pensate che sia necessario, allora così sia. Parlerò con Tex per vedere se ha sentito qualcosa sul signor James, se per caso è in pericolo."

"Ottimo. Ci sentiamo," concluse Cookie, che dopo un cenno di saluto col mento si diresse verso la cucina, per uscire dalla porta secondaria della casa.

"Chiami tu Tex?" chiese Wolf a Slade.

"Sì, ci penso io."

"Va bene. Allora ti lascio, vado di sopra. Attivo l'allarme," gli disse Wol, che aveva già spiegato sia a Slade che a Dakota come funzionava l'impianto e qual era il codice.

Slade annuì: "Cercherò di svegliarmi presto, domattina, così riesco a fare qualche faccenda sul presto. Vorrei che Dakota dormisse più a lungo, ma dal modo in cui mi dorme addosso tutta la notte non sono sicuro di riuscire a non svegliarla," disse a Wolf con un gran sorriso.

"Che problemone che abbiamo."

"Ma certo," confermò Slade. "Allora ci vediamo domattina?"

"Sì. Ho avuto il permesso di saltare gli allenamenti di

domattina, così rimango qui con la tua donna finché non torni."

Slade fu molto sollevato: "Grazie."

Wolf rispose alla gratitudine con un semplice cenno della mano.

"Ah, un'ultima cosa. Per caso c'è una caffetteria da queste parti? O una pasticceria con delle buone ciambelle?"

"Sì, a circa tre isolati da qui. Per caso la tua donna ha delle strane voglie?"

"Eh sì, delle manie stranissime. Ormai è un po' troppo tempo che non beve un caffè alla menta piperita, immagino che non le dispiacerebbe una bella sorpresa, domattina."

"Vedrai che si troverà benissimo con le altre," gli disse Wolf, "ho cercato di dire ad Ice che può preparare il caffè anche a casa, ma lei insiste a dire che non è uguale."

I due amici sorrisero, commiserandosi a vicenda. Poi Wolf salutò Slade con un cenno del mento dicendogli: "A dopo."

"A dopo, Wolf."

Appena Wolf fu sparito al piano di sopra, Slade telefonò a Tex. Mentre aspettava che Tex rispondesse al telefono, Slade rifletté su quanto il suo universo fosse cambiato alla svelta. Una settimana prima non conosceva nemmeno Dakota, mentre ormai stava già immaginando come stravolgere tutta la propria esistenza per lei. Si organizzava per alzarsi presto, così poteva fermarsi in pasticceria per prenderle il suo caffè alla menta piperita; ma in quel momento capì di essere entusiasta per ciò che gli riservava il futuro, una rivelazione che lo fece sospirare contento.

Per molto tempo, la sua vita era andata avanti come in automatico, ogni giorno le stesse cose, gli stessi cibi, le stesse persone. No, dare la caccia a un terrorista non era il tipo di scossa che voleva dare alla propria vita, ma Dakota sì. Slade sapeva senza dubbio che ogni momento passato con lei sarebbe stato emozionante e si era riempito di aspettative a partire da subito: tutto grazie a lei.

"Cutter," gli disse Tex rispondendo al telefono.

"Tex," gli rispose Slade.

"Sei da Wolf?" gli chiese Tex senza girarci troppo attorno.

"Sì. Siamo arrivati qualche ora fa. Cookie è appena uscito."

"Ti mando un dispositivo per Dakota," lo informò Tex.

"Non credo che..." cominciò Slade, ma Tex lo interruppe subito.

"È necessario. Fiona non si aspettava certo di essere rapita dai trafficanti di sesso. Benny non pensava di essere colpito alla testa e non si aspettava che la sua compagna si consegnasse al rapitore. Melody non pensava..."

"Va bene, ho capito," sbottò Slade, fermando la filippica di Tex.

"Sono orecchini. Un paio di orecchini che avevo fatto fare per la figlia di un amico, penso anche che siano proprio belli. Però arrivano solo tra un paio di giorni."

"Nessun problema, nel frattempo faremo attenzione. Cos'hai scoperto su Fourati?"

"Non molto. Ho provato con qualche ricerca, un tipo biondo sulla ventina che sembrava interessato agli estremisti, ma non è saltato fuori nulla. Può darsi che sia un tipo completamente nuovo in ambito terroristico, o che sia estremamente fortunato, oppure è molto furbo."

"Cos'altro hai trovato su Dakota online?" gli chiese Slade.

Tex esitò, facendo venire una fitta allo stomaco di Slade. "La determinazione di Fourati nel trovarla sta aumentando, una vera e propria escalation. Nel *dark web* vengono pubblicate nuove foto quasi ogni ora. Ci sono poster di reclutamento che dicono che la donna di Fourati sarà la salvezza per Ansar al-Shari'a, perché darà alla luce dei bambini che saranno celebrati e riveriti per anni a venire."

"Che tipo di foto?" sbottò Slade, ignorando l'ultima parte del discorso, almeno per il momento. Fourati poteva dire quello che voleva, tanto non si sarebbe avverato, ma le fotografie erano un altro discorso.

"A me sembrano dei fotomontaggi," gli disse Tex con calma, "immagini in cui è vestita come una tunisina, è anche più grossa, indossa pantaloni di seta e scialle beige. È in piedi di fianco a un uomo che ha la faccia oscurata. Oppure è in ginocchio e guarda in su, verso un uomo."

"Va bene, allora prende delle immagini da internet e le ritocca."

"Esatto, tranne..." la voce di Tex svanì.

"Tranne cosa?" gli chiese Slade con impazienza.

"C'è n'è una, pubblicata un paio d'ore fa, con Dakota in sella a una moto. C'è una scritta: 'Se vedi questa donna, prendila e aspetta che un leader di Ansar al-Shari'a venga a rivendicarla.'"

"Cazzo!" imprecò Slade, "si capisce dove è stata scattata?"

"È a bassa definizione, sembra scattata da molto lontano," gli disse Tex, pur non rispondendo alla domanda.

"Allora forse non è Dakota."

"È lei, Cutter. Siete insieme sulla tua moto, io lo so bene perché c'ero quando hai comprato quel bestione. Sono sicuro che è lei."

"Quindi è come se avesse diramato un allarme a tutte le unità perché si concentrino su di lei," concluse Slade.

"Sembra proprio così," commentò Tex sommessamente.

"Devo trovare questo Fourati e chiudergli ogni sbocco di comunicazione," disse Slade a Tex, che peraltro lo sapeva già.

"Chiudere le comunicazioni sarà semplice, basta che io mi infiltri nel sito principale che usa per comunicare con i suoi seguaci e pubblichi un ordine di cessare le ostilità, simulando che sia scritto da lui. Posso anche diventare creativo e usare parole che possano sembrare scritte da Fourati a tutti i possibili interessati. Ma lui dev'essere neutralizzato, se no non funziona, perché lui può sempre aprire un altro sito. La parte difficile è *trovarlo*."

"Che ne dici se lo stimolassi un po'?" domandò

Slade.

"Vuoi fare da esca?" gli chiese Tex.

"Sì. Ormai avrà saputo che Dakota è con me. Basta che sia un minimo bravo a fare le sue ricerche, avrà scoperto chi sono. Vorrà eliminarmi per poter mettere più facilmente le mani su di lei. Diciamocelo, se sparisco con lei nessuno potrà più trovarci, a meno che non lo voglia io. Ma io non voglio strappare Dakota dalla sua vita, non se lo merita. Preferisco togliere di mezzo lui, così poi lei sarà libera da tutte queste cazzate. Se mi metto nelle condizioni di fargli da bersaglio facile, lui darà la caccia a me per eliminarmi, così potrò toglierlo di mezzo."

"Ma è rischioso," commentò Tex.

"Sì, ma che altra scelta ho? Potrei anche incrociarlo per strada e non avere idea che è lui. Se decido io dove e quando incontrarlo, almeno ho una possibilità di fermarlo, per mettere al sicuro Dakota."

"Impedendo così un altro attacco sul suolo degli Stati Uniti," aggiunse Tex.

Slade rimase in silenzio per un momento, poi ammise: "Forse sarò anche uno stronzo, Tex, ma di quello al momento non mi importa una minchia. Lui vorrebbe Dakota come schiava sessuale, vorrebbe metterla incinta e portarle via i figli. La vuole usare per le sue perversioni da maniaco. *Non* lo permetterò."

"Potresti usare lei..."

"No," disse Slade prima ancora che Tex potesse terminare. "Lei non farà da esca. È spaventata a morte da questo tizio, Tex, non ho intenzione di metterla in mezzo, nemmeno se rischio che ci becchi domani."

"Va bene, era solo un'idea come un'altra," disse Tex con calma.

"Un'idea di merda."

"C'è qualcosa che mi sfugge," disse Tex cambiando argomento. "Non so bene cosa, ma è importante. Fai attenzione, Slade, c'è qualcosa che non mi piace. Mi si è accesa la spia che sta per succedere un casino."

"D'accordo."

"So che hai altro da fare, ma non perderla di vista, se puoi," gli disse Tex.

"Prima devo fare qualcosa, ma poi non ho intenzione di perderla di vista. Al massimo un paio di giorni, poi me la incollo addosso. Però tu datti da fare alla svelta, Tex, aiutami a chiudere la questione."

"Va bene, senti, se scopro cosa mi sfuggiva ti telefono. Ci sentiamo." Tex chiuse la conversazione, era chiaramente più interessato a proseguire le ricerche per trovare Fourati che ai convenevoli di buona educazione.

Slade non se la prese affatto. Guardò l'orologio di sfuggita. Era tardi, ma doveva fare un'altra telefonata. Sulla costa est era anche più tardi, ma a lui non fregava niente.

Compose il numero speciale che conosceva e attese.

"Lambert."

"Sono Cutsinger."

"Hai trovato Fourati?" gli chiese l'ex comandante, senza girarci troppo attorno.

"Non ancora, ma ho trovato la testimone. Ora è sotto la mia protezione."

"Ottimo. Ti ha detto com'è fatto Fourati?"

Slade spiegò a Greg Lambert tutto ciò che Dakota

gli aveva raccontato su quel giorno all'aeroporto, inclusa la descrizione fisica di Fourati. Quando finì, Greg rimase in silenzio a lungo.

"Allora è un americano," disse alla fine.

"Sembra proprio di sì."

"Sai, non avrei mai pensato giungesse il giorno in cui dovremo lottare per impedire ai nostri concittadini di farsi saltare in aria a vicenda. Un conto sono le guerre tra bande. La droga, le armi, l'adrenalina a mille... vanno di pari passo. Ma persone come Timothy McVeigh e Aziz Fourati, sempre che si chiami così, sono tutt'altra specie. Non capirò mai come fa qualcuno a decidere di uccidere dei compatrioti, pensando che sia la cosa giusta da fare."

Slade era d'accordo con lui, ma non rispose.

Greg sospirò. "Va bene, allora passerò la descrizione di Fourati agli esperti, dicendo che proviene da una fonte sicura. Se trovo qualcosa di nuovo, te lo faccio sapere. Nel frattempo, se ti serve qualcosa *fammelo* sapere. Non ho intenzione di dirti come fare il tuo lavoro, ma è possibile che l'unico modo per catturare quello stronzo sia usare la testimone come..."

Slade non lo seguì più. Perché cacchio pensavano tutti che l'unico modo per catturare Fourati fosse prendere una donna innocente, che aveva già affrontato l'inferno, per metterla in un pericolo ancora più grave?

Poi si accorse che Lambert aveva smesso di parlare e gli disse con freddezza: "Terrò il consiglio nella dovuta considerazione." Non sapeva nemmeno cosa cavolo gli avesse proposto quell'uomo, ma se riguardava Dakota non c'era verso.

"Mi aspetto che tu rimanga professionale," lo avvertì Greg, chiaramente capendo che Slade non era molto entusiasta di quel consiglio. "Uno dei motivi per cui ho scelto te è perché si sa che hai la testa sulle spalle e non ti perdi dietro la prima damigella in pericolo che devi aiutare. Se mi esci dal seminato, posso confermare il tuo sostituto a tempo indeterminato."

"Non me ne frega un cazzo se mi togli questo incarico," gli disse Slade con voce bassa e letale, "ho intenzione di prendere quel bastardo e di porre fine alla sua vita di merda, fosse l'ultima cosa che farò. Ma non mi minacciare *mai più*. Vuoi farmi licenziare? Non c'è problema. Il sostituto che hai trovato fa schifo. Entro un anno farà ammazzare tutti i SEAL sotto il comando di Hurt. Ma nel frattempo io sparirò. Prenderò Dakota con me, andremo chissà dove, false identità, nessuno ci troverà mai più, le possibilità di trovare Fourati saranno pari a zero. So tutto di tua moglie e mi dispiace davvero moltissimo che sia morta di cancro, ma non ti dà il diritto di fare il coglione con la vita di altre persone innocenti o con i rapporti che posso avere o meno."

"Cazzo. Hai ragione, scusami," disse Lambert con un tono più dimesso. "Fai quello che devi fare. Conto su di te, per questo incarico, Cutter. Il paese conta su di te. Non volevo affatto sottintendere che la vita della signora James valga meno delle centinaia di migliaia di persone che potrebbero morire, se Fourati riesce a portare a termine il suo piano. Ma di notte io sogno ancora quei poveretti morti l'undici settembre. Vedo le persone che saltano dai grattacieli in fiamme, li vedo ogni volta che chiudo gli occhi. Non voglio vedere qualcosa del genere, non deve succedere mai più. Soprattutto se posso fare qualcosa per evitarlo."

"Ho capito," rispose Slade con un tono un po' meno irritato, "chiamerò di nuovo se trovo qualcos'altro."

"Fai attenzione," gli disse Greg sottovoce.

"Sempre," ribatté Slade, "ci sentiamo."

"Ciao."

Slade chiuse la conversazione e cercò di rilassarsi. All'improvviso sentì crescere il bisogno di vedere Dakota. Finite le telefonate, Slade andò verso la porta del seminterrato. Diede un'ultima occhiata nella casa. Le luci dell'impianto di allarme erano attive, quindi l'allarme era inserito. Non c'era nulla fuori posto. Per il momento erano al sicuro. Slade aprì la porta senza fare rumore e scese nel seminterrato. Per andare da Dakota.

Rimase in piedi vicino al letto matrimoniale per un lungo momento, respirando tutto ciò che riguardava Dakota. Era sdraiata su un fianco, con un braccio in avanti, come per raggiungerlo, mentre l'altro era sotto al corpo, all'altezza del petto. Indossava ancora una maglietta. Slade non vedeva cos'altro indossasse, perché aveva le coperte tirate su fino alla vita.

In quel momento, Slade desiderava andare a letto con lei più di quanto desiderasse respirare, quindi si avviò rapidamente verso il bagno. Prima si cambiava e si lavava i denti, prima poteva andare dove doveva essere.

Nel giro di pochi minuti, Slade si stava infilando sotto le coperte per accoccolarsi contro il corpo caldo di Dakota, da dietro. Nell'attimo in cui intrecciò le gambe con quelle di Dakota, Slade lasciò andare un gemito. Anche lei aveva le gambe nude. Lui alzò il lenzuolo per dare una sbirciata e vide che oltre alla maglia indossava un paio di mutandine bianche di cotone, nient'altro.

Slade sentì subito l'uccello che si riempiva di sangue, pronto a fare ciò che la natura voleva che facesse. Ma lui digrignò i denti e ignorò il disagio di quella reazione fisica, concentrandosi invece sulla sensazione fantastica di avere Dakota così vicino.

Appena le mise un braccio intorno alla vita, lei si voltò verso di lui, assonnata.

"Tutto bene?" gli chiese, chiaramente più addormentata che sveglia. Gli appoggiò la fronte contro il petto, piegando le braccia tra i loro corpi e le gambe intrecciate con quelle di Slade.

Slade era circondato dal calore e dal profumo di Dakota; il modo in cui lei gli si accoccolò contro, così fiducioso, riempì di amore il cuore di Slade.

L'amava. Ogni minimo dettaglio. Non l'aveva nemmeno vista nuda. Non aveva nemmeno provato il piacere di fare l'amore con lei. Non sapeva quale fosse il suo colore preferito, nemmeno quando fosse il suo compleanno. Ma non gli serviva nessuna di quelle informazioni per sapere che Dakota era la cosa più importante della sua vita. Più importante del lavoro, della casa, dei parenti, degli amici. Dakota era tutto per lui.

"Shhhh," le sussurrò. "Tutto bene. Dormi."

"Bene," borbottò lei. Slade la sentì rilassare ogni muscolo, nel sonno.

La sua erezione era incastrata tra i loro corpi, le spingeva sulla pancia, ma Slade se ne accorgeva appena: riusciva a pensare solo al piacere di avere Dakota tra le braccia.

CAPITOLO UNDICI

Dopo due giorni, Dakota pensava di essere sul punto di impazzire. Non era uscita da quella casa, da quando ci era arrivata con Slade, cominciava a sentirsi una prigioniera. Quel pensiero la faceva anche sentire in colpa, perché sapeva bene che Slade e Wolf stavano solo cercando di proteggerla, ma quella situazione la stava facendo uscire di testa.

Slade era partito quel mattino per fare qualcosa di super segreto, roba da SEAL. Non le aveva detto cosa, l'aveva solo baciata sulla fronte dicendole che sarebbe tornato presto. Non solo Dakota cominciava a sentirsi claustrofobica, rinchiusa per la propria protezione, ma ormai aveva una voglia tale che stava per scoppiare.

Per due mattine di fila, si era svegliata con le mani di Slade sul corpo. Quel mattino le era quasi venuto un orgasmo prima ancora di svegliarsi del tutto. La mano di Slade era finita sul davanti delle sue mutandine, gli aveva persino bagnato le dita coi propri liquidi.

Le era bastato uno sguardo negli occhi pieni di

lussuria di Slade, mentre lui le titillava il clitoride con tocco esperto, per farla esplodere. Poi le cosce avevano cominciato a tremarle e aveva inarcato la schiena in estasi, lui le aveva prolungato il piacere infilandole il dito medio nel corpo e gemendo, mentre lei gli si stringeva attorno. Vedendo quanto lui era eccitato e sentendo il movimento insistente del suo dito contro il punto G, lei era venuta di nuovo, con tanta voglia di sentire dentro l'uccello, invece del dito di Slade.

Poi lui l'aveva fatta impazzire ancor di più, quando le aveva tolto la mano da in mezzo alle gambe e si era succhiato subito il dito che aveva messo dentro di lei, infilandoselo tutto in bocca. Slade aveva chiuso gli occhi con un gemito, mentre la assaggiava.

Poi l'aveva guardata negli occhi dicendo: "Cazzo, che buona che sei," e infine l'aveva baciata; sentendo la barba sul viso, lei era quasi venuta di nuovo. Quando lui si era tirato indietro, lei aveva cercato di rendergli il piacere, voleva vederlo più da vicino, più intimamente, ma lui le aveva fermato la mano che si stava facendo strada sulla sua pancia per raggiungere l'erezione che Dakota sentiva contro la gamba, le aveva baciato il palmo della mano e le aveva detto che doveva andare, ma che avrebbe accettato quell'offerta più tardi. Le aveva garantito di dover sistemare un'ultima faccenda, ma che al ritorno sarebbe riuscito a passare più tempo con lei. Avrebbe comunque continuato a dare la caccia a Fourati, ma poteva farlo con l'aiuto di Tex e senza doverla lasciare più da sola così tanto. Poi l'aveva lasciata nel letto, soddisfatta e assonnata, invitandola a tornare a dormire.

Come previsto, quando lei si era svegliata abbastanza da alzarsi, farsi una doccia e salire per andare in cucina, Slade se n'era già andato. Ma la sorpresa era stata la presenza di Caroline. L'aveva già conosciuta la sera prima, quando Wolf si era fermato un attimo, con la moglie al seguito: Caroline aveva convinto il marito che sarebbe stata sicura a casa sua, sempre che lui o uno dei suoi compagni di squadra rimanesse con lei.

Quel mattino, Caroline era in cucina quando Dakota ci arrivò dallo scantinato, insieme a lei c'era un altro SEAL, di nome Benny.

Dopo aver scaldato il caffè alla menta piperita che Slade le aveva portato, insieme a una colazione a base di uova al formaggio con bacon, Benny l'aveva informata che, se necessario, il suo papà si sarebbe trasferito da lui. Benny e la moglie l'avrebbero tenuto al sicuro, in una casa comoda, dove sarebbe stato impegnato e si sarebbe divertito.

Dakota era quasi scoppiata a piangere, lacrime di sollievo e gratitudine, ma era riuscita a trattenersi in tempo. La sua vita era ormai stravolta, ma aveva fatto di tutto per tenerne fuori il padre. Però Fourati era ancora libero e Slade non voleva correre il rischio che quel terrorista usasse il padre di Dakota per arrivare a lei.

"Cosa ti va di fare oggi?" le chiese Caroline dall'altra parte del tavolo. Si erano conosciute meglio a colazione, a Dakota piaceva quella donna. Era una persona pratica, per nulla presuntuosa, si erano davvero trovate. Era bello parlare con una donna di qualcosa che non fossero insegnanti, programmi scolastici o esami, per una volta.

Dakota fece spallucce: "E chi lo sa. Ormai sono stufa

della TV, i giochi in scatola non sono il mio forte, in cucina non ci so stare. Sono aperta a qualunque proposta vogliate farmi voi."

"Potremmo fare uno scherzo a Wolf," suggerì Benny con un gran sorriso in volto.

Caroline alzò gli occhi al cielo: "Non posso crederci, ma vi fate ancora questi stupidi scherzi? L'ultimo com'è stato?"

Benny non perse il sorriso sul volto, mentre guardava il cellulare cercando qualcosa.

Dakota era molto divertita da Benny; quel mattino, in alcuni momenti si era comportato come un ragazzino immaturo, ma quando aveva risposto al telefono e aveva parlato con Wolf aveva mostrato tutt'altro carattere. Un carattere pericoloso. A quanto pare, Slade era preoccupato perché Tex l'aveva avvertito che Fourati aveva pubblicato su un sito di reclutamento, sul *dark web*, un annuncio in cui diceva che sua moglie avrebbe fatto presto un discorso ai seguaci; Wolf aveva telefonato per dire a Benny di stare all'erta.

A Dakota quel discorso non piaceva affatto, perché se Aziz stava parlando di lei, allora prima avrebbe dovuto *prenderla* per farle fare un discorso. Ma Benny aveva rassicurato sia Wolf che Dakota, dicendo che lei era al sicuro e che non aveva alcuna intenzione di uscire da quella casa.

La determinazione sul viso di Benny era più che evidente, cancellava ogni tratto giocoso del suo carattere. Così lei si era rilassata e aveva capito che, anche se Benny era un tipo scherzoso, anche se gli piaceva ridere di alcune cose, era comunque un SEAL della marina, un tipo tosto.

Ma Benny era tornato a fare il giocherellone, cercava qualcosa per farla sorridere e per non farla sentire troppo in prigione, in quella casa; girò il telefono prima verso Caroline, spiegando tra le risate ciò che le stava mostrando: "Allora, sai che quel tipo, quello nuovo, sai che è un imbranato, vero?"

Caroline annuì: "Eh, sì, Wolf continua a lamentarsi di quel tipo, da quando Slade ha preso un permesso."

"Ecco, beh, magari quel tipo è bravo in matematica, ma coi computer è una frana. Sai quante volte abbiamo dovuto spiegargli delle cavolate che doveva già sapere? Ormai è una trafila che non finisce più. Allora, stamattina Mozart e Cookie lo hanno distratto, gli hanno chiesto se poteva aiutarli con qualcosa in un altro ufficio, poi Dude e Abe gli hanno sabotato il computer. Gli hanno collegato ad alcuni tasti delle fialette fumogene. Sembra che Dude avesse già visto lo stesso scherzo, ma non l'aveva mai provato. Allora ne ha preparate alcune e le ha collegate alla tastiera di Zach mentre lui era distratto."

"Cosa vuoi farmi vedere, Benny?" gli chiese Caroline, inclinando la testa di lato come per capire meglio l'immagine che aveva davanti. Benny si sporse in avanti e le indicò sullo schermo mentre le spiegava.

"Zach è tornato dall'altro ufficio brontolando che Mozart e Cookie erano due stronzi, poi si è seduto e ha cominciato a scrivere al computer. Allora dalla tastiera ha cominciato a uscire del fumo. Lui è andato nel pallone e ha premuto altri tasti, così è uscito dell'altro fumo! Invece di fare l'unica cosa giusta, cioè prendere un estintore, o chiamare aiuto, lui ha cominciato a prendere a pugni la tastiera come un ragazzino. Questa che vedi è la zona della scrivania, tutta immersa nel fumo," concluse Benny.

Poi fece vedere a Caroline altre immagini, sempre ridacchiando: "Vedi? Continuava a peggiorare. Ridevamo tutti così tanto che non siamo nemmeno riusciti a dirgli di smetterla. Ho fatto fatica a tenere il telefono abbastanza fermo per fare le foto. C'era così tanto fumo che Hurt è uscito dal suo ufficio brontolando, dicendo che eravamo dei ragazzini, poi ha preso la tastiera di Zach e l'ha buttata nel corridoio sbattendo la porta dell'ufficio. La tastiera fumava ancora. Un vero spasso."

"Però Zach non si è divertito molto," osservò Caroline accennando un sorriso.

"Solo perché è un coglione," affermò Benny, che poi si voltò verso Dakota. "È solo un bambinone. Ci ha guardati tutti, dicendo che eravamo patetici, poi se n'è andato dall'ufficio sbuffando. Quando sono uscito per venire qui e dare il cambio a Wolf, Zach non era ancora tornato. Mi stanno proprio antipatici quelli che non accettano uno scherzo. Senti, Dakota, dimmi tu se non c'era da sbellicarsi dalle risate."

Dakota prese il cellulare che Benny le stava porgendo e fece un gran sorriso, con una gran voglia di vedere gli esiti di quello scherzo. A lei sembrava molto divertente.

La prima foto era la schiena di un uomo seduto alla scrivania, con del fumo che usciva dalla tastiera che aveva davanti.

Chissà perché, ma Dakota sentì in quel preciso istante un forte presentimento.

Usò il dito per passare velocemente alla foto successiva. Il fumo era diventato più denso, ma la foto era stata scattata più da vicino e l'uomo seduto alla scrivania si vedeva meglio. Dakota passò alla foto successiva e rimase senza fiato mentre la fissava.

"Dai, vero che è divertente?" le chiese Benny, male interpretando la reazione di Dakota.

"Questo... questo è Zach?" chiese Dakota. "Il tipo che ha preso il posto di Slade in ufficio?"

"Sì. Non sembra un tipo da ufficio, vero?" le chiese Benny retoricamente. "È stato trasferito da un altro ufficio, non so bene da dove, ma è completamente inutile. Hurt è sul punto di mandarlo via a calci in culo, al diavolo chiunque sia stato a mandarcelo. Prima dell'episodio delle fialette fumogene, il comandante aveva pregato Cutter di venire in ufficio stamattina per far vedere a quel tipo come si fanno delle operazioni semplicissime. Ovviamente il tuo uomo ha accettato; Slade è un perfezionista, su queste robe, aveva paura che Zach stesse mandando tutto a puttane da qua all'eternità."

Benny si alzò per versarsi dell'altro caffè, perdendosi lo sguardo sbalordito di Dakota.

Lei cercò di ricomporsi. L'ultima cosa che voleva era farsi vedere nel panico davanti a Benny e Caroline. Era sicura al novanta per cento che quello Zach fosse in realtà Aziz, sembravano la stessa persona, ma non voleva saltare a conclusioni affrettate senza esserne del tutto sicura.

Guardò di nuovo giù, osservando le foto che aveva davanti.

C'era un sacco di fumo, i tratti di quello "Zach" erano confusi, ma lei li scrutò per bene e capì senza dubbio che l'uomo che aveva sostituito Slade nell'ufficio altri non era che Aziz.

L'uomo che stavano cercando, ce l'avevano proprio sotto al naso

"Avete parlato di me, in ufficio? Avete per caso detto qualcosa sul motivo per cui Slade è in permesso?" chiese Dakota a Benny, tremando.

"Cosa intendi dire?" le chiese Benny, la cui voce cambiò bruscamente dal tono giocherellone e spensierato di prima, quando parlava dello scherzo che avevano fatto a Zach, a un tono più intenso, indagatore.

Dakota non aveva dubbi sul fatto che i SEAL tenessero la bocca chiusa sulle missioni che svolgevano, ma valeva anche per gli altri impegni? Lei sapeva bene com'erano gli impiegati negli uffici, chiacchieravano di tutto, a volte anche di questioni riservate, informazioni che non andavano divulgate.

"Hurt ci ha riuniti e ci ha detto che Cutter si prendeva un permesso, ma non ci ha detto il motivo. Noi non parliamo mai delle nostre missioni se rischiamo di essere ascoltati da chi non è autorizzato," le disse Benny, ormai con un tono di voce molto serio e con gli occhi spalancati.

"Qualcuno ha parlato... di Las... Las Vegas?" chiese Dakota quasi balbettando.

Benny si sedette e si sporse verso di lei, ormai concentrato appieno, guardandola negli occhi: "No. Su di noi possiamo anche chiacchierare come ragazzetti, ma non condivideremmo mai delle informazioni in modo inappropriato. Le nostre vite dipendono dai segreti che manteniamo. Cosa c'è che non va, Dakota? Dimmelo."

Lei aveva sentito Slade parlare con Tex e aveva capito che Aziz doveva essere bravo con i computer, per poterla rintracciare a Rachel solo con le ricerche che lei aveva fatto su internet, ma se non fosse stato quello il modo in cui l'aveva trovata? Se invece fosse riuscito a seguire *Slade*? Non si era mai discusso della possibilità che ci fosse un localizzatore sulla moto di Slade, o magari il telefono sicuro non era poi così sicuro, ma Slade e Tex avrebbero controllato... vero?

Dakota scosse la testa e cercò di controllare il panico che cominciava a consumarla. Secondo Wolf e Benny, e secondo gli altri SEAL, questo Zach non ne sapeva nulla di computer. Quindi o Aziz si faceva aiutare per pubblicare online i suoi annunci terroristici contro l'America, oppure era bravissimo a recitare quando era alla base.

"Zach è Aziz," sussurrò.

A onor del merito, Benny non le disse che non sapeva di cosa stava parlando o che si stava sbagliando. La fissò a lungo, con gli occhi stretti e fissi, a denti stretti, poi guardò il telefono che aveva ripreso in mano.

Appena fece per comporre un numero di telefono, la finestra sul lavandino della cucina andò in frantumi.

L'allarme di sicurezza cominciò subito a suonare, una sirena penetrante e dolorosa.

Come al rallentatore, Dakota vide Benny crollare

esanime sul tavolo, il telefono cadde a schermo in alto, erano state inserite solo tre cifre.

Dakota notò Caroline a bocca aperta, doveva aver urlato, anche se lei non 'l'aveva sentita, per via del frastuono dell'allarme; poi vide la sua nuova amica girarsi di scatto verso la finestra rotta.

Dakota non sentì l'uomo che aveva fatto irruzione in casa rompendo a calci la finestra di un'altra stanza, non lo sentì avvicinarsi da dietro.

Si alzò in piedi, facendo cadere la sedia per la forza con cui era scattata, quando un braccio l'avvolse intorno al collo tenendola stretta contro un corpo duro come la roccia, mentre una mano le copriva naso e bocca con uno straccio imbevuto di cloroformio.

L'ultima immagine che Dakota vide, prima di perdere i sensi, era Caroline che lottava disperatamente con un uomo mascherato che la stava trascinando in un'altra stanza.

CAPITOLO DODICI

Slade si guardò attorno nel suo appartamento per essere sicuro di non dover tornare indietro nel prossimo futuro. Aveva preso abbastanza vestiti per il periodo che doveva trascorrere via di casa. Gli serviva solo una lavatrice, nient'altro. Prese con sé anche la sua pistola extra con abbastanza munizioni, più un paio di coltelli.

Quando era ancora in servizio attivo, nelle squadre, era famoso per la sua abilità con i coltelli, sia nel lanciarli che nel maneggiarli, nel combattimento corpo a corpo. Era passato un po' di tempo dall'ultima volta che aveva dovuto usarli, il lavoro in ufficio non era certo pericoloso come essere in prima linea, ma quel giorno sentiva di doverli prendere.

Forse, in parte, perché voleva essere pronto a tutto, ma c'era dell'altro. Il rapporto di Tex sul video che Fourati aveva pubblicato, quello in cui parlava della "moglie" che avrebbe fatto presto un discorso, non gli andava giù. Slade sapeva che Benny e Caroline erano a casa di Wolf con Dakota, ma non sarebbe stato tranquillo se non unendosi a loro, vedendo in prima persona che era tutto a posto.

Perlustrò con gli occhi il suo salotto, confortato dal peso dei coltelli nelle fondine alle caviglie, dietro la schiena e alla cintura. Poteva vedere le onde che si frangevano stancamente contro la spiaggia, in cui dei bambini giocavano e i genitori si godevano il sole. In mare c'erano anche dei surfisti, che matti... fuori faceva un freddo cane e lui sapeva bene per esperienza che l'acqua era gelata.

Slade aveva svuotato il frigo e la dispensa, togliendo tutto ciò che poteva andare a male, poi aveva impostato alcune luci programmate in modo da dare l'illusione che ci fosse qualcuno in casa. Non riceveva giornali a casa, aveva già richiesto l'inoltro temporaneo della posta all'indirizzo di Wolf, che gli aveva assicurato il pagamento delle bollette e l'attenzione necessaria a ogni lettera urgente, qualora Slade avesse dovuto scappare con Dakota in qualunque momento.

Dopo un respiro profondo, Slade fece un ultimo giro. Voleva Dakota in *quella* casa. Nel suo spazio, nella sua cucina, nel suo letto. Dakota non aveva più un appartamento in cui tornare, una volta sventata la minaccia di Fourati, quindi Slade sperava di poterla convincere a trasferirsi con lui. Era una follia, stavano insieme da pochissimo tempo, eppure, nel profondo, a Slade non fregava nulla. Voleva stare con lei.

Annuì e si disse da solo di smetterla di cazzeggiare, poi si voltò e se ne andò senza più guardarsi indietro. Wolf stava già tornando a casa, dove gli aveva detto che si sarebbero incontrati. Slade chiuse a chiave la porta e si avviò a grandi falcate verso la sua Harley: non vedeva l'ora di stare con Dakota.

———

Dakota si risvegliò lentamente. Gemette e si voltò. Aprì leggermente gli occhi e mezza assonnata fissò la scena che aveva davanti. Caroline era distesa lì vicino sul pavimento di cemento, indossava una lunga tunica nera che la copriva dal collo ai piedi.

Vedere la suo nuova amica con addosso quello strano abito fu sufficiente, Dakota si ricordò tutto ciò che era successo. Si mise a sedere e trasalì: le girava la testa, probabilmente era un effetto residuo della sostanza usata per metterla KO, qualunque fosse.

Si guardò e rimase sbalordita: non indossava una lunga tunica nera come quella di Caroline; no, lei indossava una specie di abito tradizionale mediorientale. Anzi, non era proprio un abito.

Si alzò in piedi lentamente, tenendosi in equilibrio con una mano appoggiata al muro, poi si guardò di nuovo abbassando gli occhi. Indossava un paio di pantaloni comodi di seta beige. Erano così larghi che sembravano quasi una gonna. Dakota tastò il materiale, era morbido, pregiato, in un certo senso anche molto inquietante. Sentì il seno coperto da un bustino... si accorse di non indossare il reggiseno. Il bustino era fatto con un tessuto molto elaborato, intrecci di fili rossi e oro con vari tipi di ornamenti color oro. Intorno al collo aveva una collana abbinata con una quindicina di monetine; girando la testa, si accorse di indossare anche un paio di orecchini.

Oltre agli orecchini e alla collana, aveva alle braccia almeno sei braccialetti di vari metalli e di diverse grandezze; spostandosi sui due piedi, poté sentire anche il peso di altri ninnoli alle caviglie. Non indossava scarpe o calze, sentiva il cemento freddo sotto i piedi. Sul pavimento, vicino al punto in cui si era ritrovata sdraiata, c'era anche un foulard di seta beige.

Dakota tremò; la situazione non lasciava presagire nulla di buono.

Caroline non si muoveva, Dakota percorse la breve distanza che le separava, a ogni passo si sentiva tutto il metallo che indossava tintinnare, quasi una melodia. Si inginocchiò vicino all'amica e la scosse leggermente. Caroline non reagì.

Dakota si guardò di nuovo intorno in quella stanza. Non c'erano mobili, era solo una stanzetta con il pavimento in cemento e con una finestrella rettangolare. Le pareti erano bianche e non si sentiva alcun suono, pur concentrando l'attenzione.

Non c'era nulla da poter usare come arma, nulla di utile per fuggire. Non c'era niente di niente. Dakota cominciò ad andare nel pallone, scosse di nuovo Caroline, ma più forte di prima.

"Dai, forza, svegliati," la pregò Dakota sussurrando. "Ho paura."

Fu quasi come se Caroline non aspettasse altro che quelle parole, aprì gli occhi di botto, come se avesse finto di dormire fino a quel momento. Dakota capì che Caroline la riconobbe, da come la guardava; quando

Caroline si mise seduta, Dakota sentì un sollievo che non ricordava di aver mai provato in tantissimo tempo. Poi Caroline si portò una mano alla testa chiedendo: "Cos'è successo?"

"Non ne sono sicura, penso che qualcuno abbia sparato a Benny, poi devono averci drogate. Ma gli altri ci cercheranno, vero?"

"Cazzo, Benny? Oddio, speriamo che stia bene. Jessyka andrà fuori di testa. Ma sì, certo che gli altri ci cercheranno," rispose Caroline molto sicura di sé, "non solo, ma arriveranno molto prima di quanto ci aspettiamo perché..." abbassò la voce, come comprendendo qualcosa di molto importante.

"Perché? Cosa c'è?"

"Dove sono i miei vestiti?" domandò Caroline.

"Non lo so. Quando mi sono svegliata, ero vestita così," rispose Dakota, indicando il completo tradizionale elaborato che indossava. "Tu indossavi già quella tunica."

"Sotto sono completamente nuda," disse Caroline a Dakota. Poi si indicò i lobi delle orecchie: "Mi hanno portato via i gioielli."

Dakota non voleva sembrare una stronza, ma preoccuparsi degli orecchini e dell'altra roba le sembrava l'ultimo dei problemi, in quel momento. "Anche a me," disse all'altra donna, "cioè, adesso indosso degli orecchini, ma non quelli coi diamanti che indossavo quando siamo state rapite."

"Ma no, non capisci," le spiegò Caroline con voce seria, "nei miei orecchini c'erano i dispositivi di tracciamento. Indosso sempre quegli orecchini perché ci sono i dispositivi satellitari. Negli orecchini e anche nel reggiseno."

"Cosa? Come mai?" le chiese Dakota sotto shock.

"Perché avere un marito che fa il SEAL della marina non è sempre rose e fiori. Io e le mie amiche ci siamo trovate fin troppo spesso in situazioni di estremo pericolo, così i nostri compagni ce li hanno fatti fare da Tex. Ecco perché, così se c'è qualche problema diventa più facile farsi trovare."

Dakota non aveva mai capito perché si potesse *volere* un dispositivo satellitare addosso, prima di quel preciso istante. "Quindi nessuno sa dove siamo. Non stanno venendo."

"Sì, stanno venendo," ribatté Caroline, "ma servirà più tempo di quanto pensassi, perché non abbiamo i nostri vestiti e i nostri gioielli. Se non ci hanno cambiato d'abito in questo posto, i dispositivi non aiuteranno i nostri uomini a trovarci."

"Porco cane, Caroline, ma perché siamo vestite in questo modo strano?" domandò Dakota, a cui improvvisamente quegli abiti non piacevano per nulla.

"Non lo so, ma penso che non sia un buon segno," le rispose Caroline, esattamente come pensava Dakota.

"Non c'è niente di buono," concordò Dakota, "allora, cosa facciamo?"

"Quello che *non* faremo è rimanere qui sedute a fare le femminucce inermi," le disse Caroline con voce ferma, poi si alzò, dando una scrollata alla lunga tunica nera. Le andava molto larga. Non c'era un copricapo, ma non si vedeva la pelle se non quella del collo, del viso e delle mani. "Senti, per quanto la situazione sia merdosa, mi ci sono già trovata prima."

Dakota fissò Caroline sbalordita: "Ti ci sei già trovata?"

"Sì, mi ci sono già trovata e c'è una cosa che ho imparato... anzi, due cose: dobbiamo avere coraggio e dobbiamo fare di tutto per resistere."

"Ma in questa stanza non c'è niente, proprio niente," ribatté Dakota.

"Lo vedo," mugugnò Caroline, arricciando il naso mentre guardava in giro. Poi tornò con gli occhi su Dakota. "Ma ci siamo *noi* in questa stanza. Dobbiamo essere pronte a tutto. Immagino che questa vacanzina sia tutto merito di Aziz."

Dakota annuì: "Mi dispiace tantissimo, è ossessionato, ce l'ha con me." Poi le venne in mente qualcosa: "Oh, no!"

"Cosa?"

"Vuole che io diventi sua moglie, vuole mettermi incinta per poter crescere i nostri figli come terroristi."

"Cazzo," sussurrò Caroline, "ma indossi un completo nuziale?"

Dakota deglutì e confermò: "Penso di sì."

Caroline le afferrò un braccio e le si avvicinò, poi le disse con un tono di voce molto diverso, quasi insistente: "Ma tu la conosci la mia storia?"

Dakota non capiva, così scosse la testa.

"Va bene, ora non c'è tempo, ti basti sapere che ho dovuto nuotare in un bel po' di merda, ma ne sono uscita e insieme usciremo anche da questa situazione. Matthew e Slade verranno a prenderci. Dobbiamo resistere, nel frattempo, usare la testa, farci furbe, aiutarli a trovarci, se ne abbiamo l'opportunità."

"Non capisco."

"Una cosa che ho imparato è che a questi stronzi piace prendere per i fondelli i nostri compagni, vantarsi di avere un vantaggio sui SEAL. Non so cosa succederà, ma se Aziz ti ha vestita così probabilmente vorrà registrare le sue cosiddette nozze, per i suoi seguaci. Quindi ci sarà un video, quindi probabilmente andrai online, perché lui possa vantarsi."

Dakota si sentì tremare; non voleva farsi filmare e *senza dubbio* non voleva sposare Aziz. Chiuse gli occhi per un momento, disperata, poi drizzò le spalle: se Caroline non era nel panico, anche lei non si sarebbe lasciata andare: "Allora, qual è il piano?"

Non sapendo quanto tempo avevano, prima che arrivasse qualcuno, Caroline parlò alla svelta. Raccontò a Dakota la propria storia, in breve, dicendole cosa le era successo e cos'aveva fatto per aiutare Wolf a trovarla. Nessuna delle due conosceva i piani di Aziz, ma volevano essere pronte a ogni evenienza.

Quando la porta si aprì e ne entrarono due uomini, il piano era pronto... più o meno. Erano riuscite a guardare fuori dalla finestra per cercare di capire dove fossero. Anche se non avevano alcuna arma, potevano sempre usare la testa. Non sapevano da dove sarebbero arrivate le bordate, ma Dakota si sentiva meglio sapendo che non se ne sarebbe rimasta in un angolo a piangere come una codarda. Doveva rischiare la vita, ma di sicuro non si sarebbe arresa senza lottare.

Slade accostò nel vialetto della casa di Wolf e subito ebbe un presentimento poco felice: si tolse il casco di getto e corse verso la porta della cucina: Wolf era in mezzo alla stanza, accovacciato su Benny, che giaceva supino sulle piastrelle marroncino chiaro, immobile.

"Ma che cazzo succede?" sbottò Slade, affiancandosi a Wolf vicino a Benny.

"Freccia," gli disse Wolf, indicando l'ago vicino al compagno SEAL privo di sensi.

Senza dire una parola, Slade si alzò e lasciò la cucina; perlustrò la casa di Wolf da cima a fondo, chiamando Caroline e Dakota. Sperava che si fossero nascoste da qualche parte, ma quando tornò in cucina capì che si era avverata una delle sue paure più grandi.

"Come cazzo è potuto succedere?" chiese, passandosi una mano nei capelli, agitato. Sentiva di aver fallito nei confronti di Dakota. Le aveva detto che non le sarebbe successo nulla, che in quella casa sarebbe stata al sicuro, che Fourati non le avrebbe mai messo le mani addosso. Invece si era sbagliato, su tutti i fronti."

"La finestra sul lavandino è rotta. Immagino che qualcuno abbia sparato a Benny da quella finestra. Aveva il telefono sul tavolo, stava digitando il mio numero di telefono, ha fatto in tempo a fare le prime tre cifre."

"Come mai l'allarme non ha suonato?" chiese Slade incazzato.

"Ha suonato," rispose Wolf con un tono di voce che indicava che anche lui faticava a non dare di matto: "Ma qualcuno ha inserito il mio cazzo di codice per disattivarlo. Ecco perché non ho ricevuto alcun avviso.”

“Chi conosce il tuo codice?”

“La squadra. Caroline. Tu e Dakota. Nessun altro.”

“Dev’esserci qualcun altro,” insisté Slade.

“No, nessun altro,” gli confermò Wolf.

“Che mi dici dei vicini?” gli chiese Slade. “Non dovrebbero telefonare alla polizia?”

“Non è detto. A volte Caroline non arriva in tempo a inserire il codice. Le prima volte, i vicini chiamavano la polizia, ma ormai si sono abituati e se l’allarme si ferma lasciano perdere.”

“Cazzo!” imprecò Slade.

“Qualunque cosa sia successa, sono state messe fuori gioco alla svelta. Ice ha fatto dei corsi di autodifesa, le ho insegnato io personalmente. Sa difendersi, non si lascia sopraffare tanto facilmente. Telefono a Tex.” Wolf cliccò su alcuni pulsanti del cellulare e se lo portò all’orecchio.

In quel momento, Slade ebbe come un’illuminazione, aveva visto qualcosa mentre perlustrava la casa; corse fuori dalla cucina verso l’atrio.

Sul pavimento c’erano due pile di abiti con degli accessori.

Riconobbe i jeans e la maglietta che aveva portato a Dakota il giorno prima; lei si era detta contenta di quella scelta di abiti. Slade sentì Wolf che lo raggiungeva da dietro dicendo: “*Dannazione*. Rispondi, Tex. Porco cane, rispondi.”

Slade guardò per terra, dove giacevano i vestiti della donna che amava, che se li era messi molto probabilmente quella mattina stessa: sentì il cuore che gli si ghiacciava. Glieli avevano tolti. Le avevano tolto tutti i vestiti e li avevano lasciati lì, sul pavimento. Avevano avuto tutto il tempo, specialmente dato che nessuno aveva avvertito la polizia. Lui non aveva idea del motivo per cui le avevano tolto i vestiti. Per violentarla? Per prendersi gioco di lui? Ogni tratto dell'uomo che era diventato da quando non era più in servizio attivo, ogni aspetto morbido che aveva sviluppato stando lontano dalla morte e dalla distruzione che solo gli uomini potevano provocare, in quel momento svanirono. Di lui rimase solo il killer altamente specializzato che la marina aveva creato.

Slade sapeva che Dakota probabilmente era ferita. Non solo, sapeva anche che senza dubbio Fourati aveva messo le mani su di lei. Se prima aveva già deciso di ucciderlo, ormai per Slade la determinazione era divenuta una certezza: Fourati era un uomo morto. La pila di vestiti che Slade aveva davanti era stata l'ultima goccia.

"Tex? Wolf. Trova subito Caroline," ordinò Wolf con voce ben scandita.

Passarono alcuni secondi, che sembrarono a entrambi delle ore.

Slade digrignava i denti mentre continuava a fissare i vestiti ammassati per terra. Cercò di bloccare le immagini di ciò che poteva passare Dakota, ma non ci riuscì: aveva visto fin troppe donne a pezzi, dopo essere state nelle mani dei terroristi. Aveva visto troppe vittime di stupro che fissavano nel vuoto, gusci ormai vuoti delle persone che erano prima. Il pensiero della sua Dakota ridotta in quel modo era orrendo. L'odio nell'animo di Slade cominciò a ribollire, fermentando.

"È lì a casa con voi," disse Tex al telefono.

"No, non è qui con noi. Abbiamo controllato," disse Wolf a denti stretti.

"Tutti i dispositivi mostrano che si trova in quella casa," insisté Tex. "Che cazzo sta succedendo?"

Senza rispondere all'amico, Wolf si inginocchiò vicino ai vestiti della moglie e li separò con l'indice. Maglia, pantaloni, mutandine, reggiseno... e in fondo alla pila c'era anche la vera nuziale, con la collana che indossava sempre e con un paio di orecchini.

"È tutto qua," disse Wolf, rialzandosi ma tenendo gli occhi sugli oggetti della moglie. "Tutti i dispositivi sono qui a casa. Come cazzo facevano a sapere dei dispositivi?" chiese Wolf con tono angosciato. All'apparenza poteva sembrare calmo, ma Slade e Tex potevano sentire la furia totale dietro quel tono apparentemente innocuo.

Invece di rispondere, Tex chiese a Slade: "Hai ricevuto i dispositivi per Dakota, Cutter?"

"No. Ma non farebbe una cazzo di differenza, anche se li avessi ricevuti, perché quei bastardi le hanno tolto tutti i vestiti ma anche i gioielli. Non so se è chiaro, ma le nostre donne sono state private di tutto, di ogni singolo cazzo di oggetto che indossavano, prima di lasciare questa casa. Devi metterti subito al computer e infiltrarti in ogni satellite, in ogni computer, in ogni telefono nel raggio di cento chilometri, cazzo, devi trovarle. Subito!" Slade aveva alzato la voce a ogni parola, fin quasi a urlare.

"Cazzo, devo telefonare a Lambert," aggiunse Slade. "So che questa operazione doveva rimanere segreta, ma giuro su Dio che se non coinvolge subito il presidente e il vicepresidente se ne pentirà."

"Ci penso io," disse Tex, rassicurando Slade. "Telefono *io* a Lambert."

"Non è compito tuo," disse Slade all'amico.

"Forse no, o forse sì. Ma sono stato io a dare il tuo nome a Lambert, quindi gli telefono io e gli dico cosa sta succedendo, così avrai tutta l'assistenza che ti serve per trovare Caroline e Dakota."

"Cazzo," ripeté Slade, non sapendo che altro dire in quel momento.

"Se ti fa sentire meglio, Fourati non vuole uccidere Dakota," disse Tex, cercando di rassicurare l'amico.

"Certo," replicò Slade amaramente, "vuole solo violentarla più volte fino a metterla incinta."

"Può anche darsi che non voglia far del male a Dakota, ma non gliene frega niente di Ice. Allora perché ha portato via anche lei?" aggiunse Wolf.

Sentirono entrambi da lontano le dita di Tex che battevano sui tasti del computer. Era un suono che di solito li confortava, ma in quel momento era impossibile: non quando le loro donne erano disperse.

"Richiama nel momento stesso in cui trovi qualcosa," ordinò Wolf a Tex. "Devo vedere come sta Benny. Ho già chiamato l'ambulanza."

"Cos'è successo a Benny?" gridò Tex. "Dannazione. Ma che *cazzo* sta succedendo?"

"È esattamente ciò che anche *noi* vorremmo sapere," ribatté Wolf, che poi si calmò abbastanza per spiegare:

"Ho trovato Benny a faccia in giù sul tavolo della mia cucina, con una freccia piantata nella schiena."

"Mi faccio vivo," concluse Tex, che poi chiuse la telefonata.

Wolf e Slade si guardarono per un lungo momento. Poi si girarono nello stesso tempo, come se avessero lavorato insieme per anni, tornarono dal salotto alla cucina.

Notarono entrambi la finestra rotta, da dove ovviamente qualcuno era entrato in casa, ma la ignorarono; ormai non importava. Dovevano far soccorrere Benny, poi dovevano riunire gli altri della squadra.

Slade ripensò a ciò che gli aveva detto Lambert, cioè che la missione era solo per lui, che doveva compierla da solo. Di sicuro quella parte dell'incarico era andata a farsi fottere alla grande.

Al diavolo. Ormai aveva già raccontato una buona parte della storia a Wolf e ad alcuni altri. Gli serviva tutto l'aiuto possibile, il prima possibile. Ormai non c'era più solo Dakota, in pericolo, anche Caroline era coinvolta e rischiava la pelle. Era impossibile che gli uomini di Wolf se ne stessero a casa a far nulla.

A Slade non importava nulla della paga che Lambert poteva anche negargli. Gli importava solo di Dakota. Avrebbe posto fine alla minaccia di Aziz Fourati verso il popolo americano, ma cosa più importante: avrebbe posto fine alla minaccia nei confronti della propria donna.

Slade accarezzò distrattamente con un dito il coltello che aveva legato alla cintura, mentre si inginocchiava vicino a Benny. Fourati avrebbe ricevuto una bella lezione a tu per tu sul motivo per cui il soprannome di Slade era Cutter, il tagliagole. Quel coltello sarebbe stata l'ultima cosa che quel terrorista avrebbe visto... mentre gli tagliava la carotide, facendogli spillare il sangue a fiotti.

CAPITOLO TREDICI

Dakota era in piedi, ferma, immobile, con gli occhi pieni di lacrime che rifiutava di trattenere; pregava per tutto ciò a cui teneva.

Due uomini erano venuti a prendere lei e Caroline, non erano stati molto gentili. Loro due avevano lottato, cercando di liberarsi dalla presa di quei due, ma non ci erano riuscite. A un certo punto, Caroline aveva dato una ginocchiata a uno dei due, proprio nelle palle, ma il colpo era stato in parte attutito dalla tunica che indossava; lui le aveva dato un manrovescio tanto forte da farla quasi cadere all'indietro, col sedere per terra.

Vedendo l'amica cadere, Dakota era scattata e si era battuta con tutta se stessa, cercando di cavare gli occhi del tipo che la teneva. Ma lui era riuscito a scansare la mossa e si era girato, poi le aveva sbattuto la fronte contro la parete vicina. Lei aveva visto le stelle e aveva perso ogni vantaggio.

Sia Dakota che Caroline erano state portate in

un'altra stanza, dove Dakota aveva visto Aziz per la prima volta da quel giorno tremendo, all'aeroporto.

L'uomo che lei conosceva come Aziz Fourati era senz'altro la stessa persona che i SEAL conoscevano come Zach, lei lo aveva riconosciuto subito dalle fotografie che le aveva mostrato Benny. Non aveva idea di come avesse mai fatto a farsi assumere come collaboratore dalla marina, superando tutti i controlli di sicurezza, ma in fin dei conti non faceva alcuna differenza: c'era riuscito e ora aveva di nuovo messo le grinfie su di lei.

Dakota tremava dalla paura. Tutti i suoi incubi si stavano avverando, solo che non stava più dormendo. Slade non era al suo fianco, non la stava baciando per svegliarla, per stringerla e per dirle che andava tutto bene. Pensare a Slade le diede più forza; le venne in mente cosa le aveva detto Caroline: doveva rimanere lucida, per riuscire ad aiutare Slade e gli altri a trovarle, quello era l'obiettivo finale.

"Ah, bella Dakota, finalmente ti rivedo, che piacere. Il tuo completo nuziale è davvero meraviglioso," le disse Aziz. L'uomo che la teneva stretta si fermò davanti ad Aziz, lei non aveva scelta: doveva guardarlo.

"Vorrei tanto poter dire *anch'io* che è un piacere rivederti," gli rispose con un certo cipiglio.

Ma lui le fece *ssshhh* per metterla a tacere, come fosse una ragazzina recalcitrante, non una donna adulta. "Speravo tanto che tornassi in te. Ti ho dato tutto il tempo di pensare al tuo destino, per abituartici. Sono deluso, ancora lotti, ancora mi combatti. Ma oggi *diven-*

terai mia moglie. *Partorirai* i miei figli. *Smetterai* di resistermi. Sono tre punti garantiti."

Dakota rigettò l'istinto di vomitare, alzò il mento e gli sputò. La saliva non gli lasciò nemmeno un segno, ma senz'altro gli fece effetto.

L'espressione divertita sul volto di Aziz sparì, Dakota riuscì a intravedere il killer che aveva visto all'aeroporto, tante settimane prima.

"La tua prescelta non è ben educata," disse qualcuno dietro di lei.

Aziz accennò un sorriso, schernendola. "Lo diventerà. Siediti, moglie," le ordinò con tono burbero.

Dakota non aveva alcuna intenzione di obbedire ai suoi ordini, ma non aveva scelta: l'uomo dietro di lei la spinse su una sedia e la costrinse a sedersi. Poi la tenne giù mentre altri due le legavano le caviglie alle gambe della sedia.

Lei sentì nel petto il cuore che accelerava. Non le piaceva affatto quella sensazione, sentirsi legata e inerme davanti ad Aziz. Almeno era seduta, non poteva violentarla... o sì? Lanciò un'occhiata sulla destra e vide Caroline trattenuta da due uomini. Ognuno le teneva un braccio alzato, tanto che lei doveva stare goffamente in punta di piedi. Dakota intravide un livido che si stava formando sulla guancia dove era stata colpita, quel segno non enorme le fece venire una stretta allo stomaco dalla preoccupazione. Le avevano messo un cencio in bocca, fissandole la bocca chiusa col nastro adesivo. I versi che faceva erano attutiti, deboli.

Vedere Caroline inerme e ferita fece soffrire Dakota. Doveva ricordarsi che non era da sola, in quella situazione. Per quanto Slade le avesse detto che era una donna coraggiosa, in quel momento Dakota non si sentiva coraggiosa. Stranamente, la presenza di Caroline la faceva sentire meglio. Fosse stata da sola, sarebbe andata completamente fuori di testa. Aveva una paura tale da farsela addosso, senza dubbio, ma si ripromise di non eseguire automaticamente gli ordini che Aziz le dava. Non poteva. Più riusciva a trascinare la situazione, più tempo avevano Slade e gli altri per trovare lei e Caroline. Nel frattempo, lei avrebbe sopportato le manie di Aziz.

"Adesso ti spiego cosa sta per succedere," le disse Aziz, tornato di nuovo a comportarsi in modo pacato. "Quella che sta per succedere è una cerimonia nuziale. Tu te ne starai qui seduta buona buona e risponderai di sì a tutte le domande. Se dirai o farai *qualunque* cosa che dia l'impressione che non vuoi diventare mia moglie, te ne pentirai."

"Non ho intenzione di sposarti," gli disse Dakota, con meno forza di quanta volesse, agitando le braccia che due uomini le tenevano giù, gli stessi due che le avevano legato le caviglie alla sedia. "È una follia. *Tu* sei un folle."

Aziz non rispose a quel commento, ma scosse la testa, come deluso. "Non vorrai farmi arrabbiare, moglie."

"Perché no? Cosa vuoi farmi? Picchiarmi? Far saltare in aria l'edificio? Violentarmi? Questo lo vuoi fare comunque, quindi dai, procedi. Se volevi una moglie docile, hai scelto la donna sbagliata."

"Invece un po' speravo che reagissi così," le disse

Aziz, stranamente, "sapevo che eri una donna passionale, che avevi fegato, l'ho capito quando ti ho vista all'aeroporto. Ti ho osservata per un po', sai?" le chiese, quasi fosse una normale conversazione. "Ho deciso che c'era un motivo, se ti trovavi nello stesso momento in quel posto. Perché dovevi essere mia. Ti ho seguita, ho aspettato a muovermi, prima dovevi cadere nella mia trappola. Tu hai cercato di fare qualcosa che fermasse l'inevitabile. Sei stata coraggiosa, ma ormai era troppo tardi, temo."

Dakota lo guardò inorridita. L'aveva seguita all'aeroporto? Aveva aspettato a prendere gli altri ostaggi per essere sicuro che ci fosse anche lei?

Dakota voleva pensare a tutto, tranne a quello che le diceva, così si guardò attorno. Alcuni degli uomini in quella stanza erano americani, altri avevano un aspetto più mediorientale. Ovviamente era chiaro che Aziz non era tunisino, ma era evidente che non importava a nessuno. Sembravano tutti ragazzi sulla ventina o poco meno. Aziz indossava un abito che sembrava un tipico vestito tunisino: una specie di camicione lungo che gli scendeva fino alle ginocchia, con un'ampia scollatura a V sul davanti, sotto indossava una maglia di seta rosso granata. Lo stesso colore dei pantaloni. A guardar bene, le sembrò che sul vestito di Aziz ci fossero le stesse decorazione che aveva anche lei sul proprio. Aziz calzava delle pantofole di pelle a punta, con un cappello stretto di colore rosso, sembrava fatto di feltro, con una specie di nappa nera appesa.

Dakota cominciò a respirare più veloce, col fiato corto, anche Aziz sembrava vestito per le nozze. Non che prima credesse che stesse bluffando, ma dopo essersi presa un momento per pensare a ciò che le aveva detto, dopo aver capito cosa indossava, era chiarissimo che voleva davvero sposarla in quel preciso frangente. Aziz non poteva passare per mediorientale, a prescindere da cosa indossasse. Il governo aveva semplicemente immaginato che fosse tunisino, credendo al suo sito e ai suoi post. Quando lui riprese a parlare, la fece sussultare.

"Verrà un giorno in cui incoraggerò la tua passione. Un giorno ti chiederò di graffiarmi. Tutto per rendere il nostro connubio ancor più... eccitante. Però, ahimè, non è oggi quel giorno. Oggi devi comportarti da brava moglie araba. È importante che mostri alle mie reclute di avere tutto sotto controllo, anche la donna con cui passerò la vita." Le si avvicinò di un passo e si inginocchiò ai piedi di Dakota. Le mise le mani sulle cosce e gliele fece divaricare lentamente, ma con fermezza.

Dakota cercò con tutte le forze di tenere le gambe strette, ma non poteva contrastare la forza di Aziz, che le stringeva le cosce facendo un'enorme pressione con le mani, tanto da farle fare una smorfia di dolore, che però lei tenne sotto controllo, per non dargli alcun segno visibile di quel dolore.

Aziz sorrise ampiamente, con un'espressione spaventosa che fece tremare Dakota dal disgusto.

"D'ora in poi ti chiamerai Anoushka," la informò. "Significa amorevole, graziosa. Ti chiamerò sempre così e anche tu ti chiamerai con questo nome. Non risponderai mai più al tuo vecchio nome americano da infedele. In questo momento comincia la tua nuova vita,

Anoushka. Sarai la moglie devota del leader di Ansar al-Shari'a. Imparerai come compiacermi, come servirmi. Tutte le persone che conoscevi, tutto ciò che sapevi, ormai è tutto passato."

"Non ti servirò mai," gli rispose Dakota, "anche se mi violenti, anche se mi picchi, se mi rinchiudi; quando meno te lo aspetti, ti pugnalerò alle spalle. Non potrai mai abbassare la guardia, perché farò tutto il possibile per *liberarmi* di te."

"Che peccato," le disse Aziz, con un tono di voce privo di qualunque traccia di preoccupazione. "Cioè, tu pensi davvero, tu che sei solo una donna, tu pensi davvero di poterti liberare di uno come me, un prescelto?"

"Non ho paura di te," gli disse Dakota, "non sei più prescelto di me."

"Hai intenzione di collaborare alla nostra cerimonia nuziale?" le chiese Aziz, come se lei non avesse aperto bocca.

"Mai," rispose lei con fermezza.

"Peccato," ripeté Aziz, facendo spallucce. Poi le strinse di nuovo la presa sulle gambe, ma con più forza, tanto che lei non riuscì a trattenere una smorfia di dolore che lo fece sorridere. Poi Aziz si alzò in piedi e fece un cenno a uno degli uomini che stavano in piedi contro la parete.

"Nemmeno se vieni picchiata?" le chiese.

Appena l'ultima parola uscì dalla bocca di Aziz, l'uomo a cui aveva fatto un cenno si voltò di lato e le sferrò un calcio con la pianta del piede; la colpì al ginocchio, Dakota gridò dal dolore, sentendo come qualcosa rompersi, o almeno un tendine lesionato. Non aveva mai sentito un dolore tale in tutta la vita. Per un momento, nella sua mente c'erano solo le ondate di dolore atroce che le partivano dalla gamba. Dimenticò dove si trovasse, dimenticò che Aziz le aveva fatto una domanda.

"Hai intenzione di collaborare alla nostra cerimonia nuziale?" le chiese di nuovo Aziz.

Le lacrime che Dakota aveva cercato di trattenere cominciarono a bagnarle le guance, ma lei gli rispose scuotendo di nuovo la testa, sfidandolo.

Aziz annuì di nuovo allo stesso uomo, che le sferrò di nuovo un calcio al ginocchio. Lo stesso ginocchio.

Dakota cominciò a vedere dei punti neri e pensò di stare per svenire. Quasi quasi le faceva piacere perdere i sensi. Aziz allungò una mano e le afferrò un capezzolo attraverso il tessuto del bustino, torcendolo. Dakota cercò di divincolarsi dagli uomini che la tenevano per le braccia, per allontanarsi da Aziz. Lui le si avvicinò e la pizzicò con più forza, mettendole la faccia a pochi centimetri di distanza.

"Posso andare avanti così tutta la notte, fino a farti cedere," la avvertì.

Pur essendo in preda al dolore più atroce che avesse mai provato in tutta la vita, Dakota alzò gli occhi verso Aziz e gli disse ansimando: "Posso subire ogni tortura, non ti sposerò mai!" Sperava di sembrare coraggiosa e forte, non disperata, sul punto di concedergli tutto ciò che le chiedeva.

A quelle parole, Aziz le lasciò andare all'improvviso il capezzolo e si alzò in piedi davanti a lei, con le mani giunte dietro la schiena. Accennò un sorriso sghembo con un lato della bocca e le disse: "Proprio quello che mi aspettavo dicessi. La mia donna è forte."

Dakota gli tenne gli occhi incollati addosso, rifiutandosi di abbassare lo sguardo per vedere se aveva ancora il capezzolo attaccato al seno. Lo sentiva pulsare di dolore, le sembrava davvero che si fosse rotto. Respirò nonostante il dolore, cercò di farsi coraggio. Caroline le aveva detto di essere forte, cavolo se ci stava provando.

Aziz fece un cenno dietro la schiena... a quel punto gli uomini che tenevano stretta Caroline vennero avanti, mentre lei si dimenava tra loro.

Dakota spalancò gli occhi. Cosa aveva in mente Aziz?

"Dato che sapevo che avresti resistito a tutto ciò che ti avrei detto, mi sono preparato anche un piano B," le disse Aziz, che poi si avvicinò a un tavolino che Dakota prima non aveva nemmeno notato. Si mise in piedi davanti al tavolino in modo che lei non potesse vedere cosa c'era sopra, dandole la schiena. Poi le chiese di nuovo, mentre osservava gli oggetti sul tavolino: "Hai intenzione di collaborare alla nostra cerimonia nuziale?"

"No," Dakota sussurrò, ormai davvero spaventata.

Senza dire altro, Aziz prese qualcosa dal tavolino e si voltò. Ma invece di tornare verso di lei, andò verso Caroline.

Inorridita, Dakota lo guardò afferrare i capelli dietro la testa di Caroline per poi tirarli indietro, costringendola a inclinare la testa. Lei cercò di scalciare e ribellarsi, ma un quarto uomo si inginocchiò dietro di lei e le avvolse le braccia intorno alle ginocchia, riuscendo a immobilizzarla.

Aziz aveva in mano un coltello che aveva preso dal tavolo e lo mise alla gola di Caroline. Poi si voltò dritto verso Dakota, mentre faceva scivolare lentamente il coltello verso il basso. La tunica che Caroline indossava si lacerò con estrema facilità, sembrava quasi che Aziz stesse tagliando del burro fuso con una lama rovente.

Quando finì, Caroline rimase scoperta dal collo alle ginocchia. Sotto la tunica era completamente nuda, ora tutti i presenti nella stanza la potevano vedere.

Dakota si agitò per liberarsi dalla presa degli uomini che la tenevano e dai legacci alle caviglie. All'improvviso il ginocchio non le faceva più male. Aziz aveva intenzione di ferire Caroline, non lei. "Smettila!" gli ordinò con un filo di voce.

"Non vedo l'ora di penetrare il tuo corpo fecondo, Anoushka. Mi procurerai molte ore di piacere. Però sappi che non sono un leader egoista: dopo che avrai dato alla luce l'erede di Ansar al-Shari'a, sarò generoso e condividerò il bottino che tu mi avrai concesso con i miei guerrieri più fidati e coraggiosi." Gli occhi azzurri pungenti di Aziz incontrarono quelli di Dakota. "Vedo che hai capito. Mi piace condividere, moglie. Non ho problemi a guardarti, mentre tutti gli uomini che mi giurano fedeltà fanno a turno, uno alla volta."

"No," rispose Dakota con un tono appena percettibile. Era troppo da sopportare.

"Sì, Anoushka. D'ora in poi, il tuo unico impiego sarà compiacermi e obbedirmi. In tutto. Ti inginocchierai in mia presenza, mi permetterai di prenderti dove e quando voglio. Aprirai le gambe per chiunque ti dirò, volontariamente. Non lotterai, quando voglio filmarmi mentre ti riempio con il dono della vita. Altrimenti? Penso che terrò questa qua nei paraggi, per sicurezza, così saprai sempre cosa succede se mi disobbedisci."

Aziz lasciò andare i capelli di Caroline e le passò di nuovo la punta del coltello tra i seni, lasciando una sottile scia di sangue.

"No. Fermati!" gli ordinò Dakota, cercando di nuovo di liberarsi dalla presa degli uomini che la trattenevano. "Sei un pazzo!"

"Hai intenzione di collaborare alla nostra cerimonia nuziale?" le chiese di nuovo Aziz.

Dakota sapeva che Aziz non stava scherzando, lei avrebbe continuato a rifiutarsi, a prescindere da ciò che le faceva, lui l'aveva capito. Dakota preferiva morire, piuttosto che sposarlo. Ma non sarebbe mai stata in grado di rimanere impassibile a guardare, mentre lui torturava qualcun altro. Così lui aveva deciso di tenere Caroline a portata di coltello, quantomeno per usarla come mezzo per arrivare al suo fine... cioè costringere Dakota a consentirgli ogni depravazione.

Chiaramente Aziz decise che non gli stava rispondendo abbastanza alla svelta, così tornò al tavolo e posò il coltello per prendere qualcos'altro. Poi rifece i pochi passi per tornare da Caroline.

"Aspetta, ti prego, basta!" lo implorò Dakota.

Aziz la ignorò e alzò un paio di pinzette a punta stretta. Poi si voltò verso Caroline con un ghigno da sadico.

"Va bene, d'accordo!" urlò Dakota disperata. "Ti sposerò! Dirò tutto quello che vuoi, ma lasciala stare!" proseguì, cercando di farlo allontanare da Caroline. Quella donna ne aveva già passate fin troppe, per opera delle mani di altri uomini malvagi. Mai e poi mai Dakota avrebbe permesso che soffrisse ancora in quel modo. Non se poteva impedirlo.

Senza allontanarsi da Caroline, Aziz si girò verso Dakota: "Ah, Anoushka, ecco finalmente le parole che volevo sentirti dire. Ma come faccio a sapere che dici sul serio?" Avvicinò di nuovo le pinze a Caroline che gridò dalla paura, un verso che si sentì nonostante il bavaglio.

"Tu lo sapevi, non ti avrei mai permesso di far del male a qualcun altro al posto mio. Lasciala andare e facciamola finita," gli disse Dakota, più calma che poteva. Non riusciva più a guardare in faccia Caroline, ma con la coda dell'occhio la vide scuotere la testa disperata. Dakota non capiva se Caroline stesse dicendo di no al dolore che Aziz minacciava di infliggerle, o alla sua resa. Ma non importava più. Aziz avrebbe torturato Caroline finché Dakota non avesse ceduto. Almeno così poteva risparmiare altri drammi all'amica.

Dakota sapeva benissimo che Aziz non avrebbe mai lasciato libera Caroline se non dopo le nozze. Anzi, le aveva detto palesemente che avrebbe tenuto anche Caroline, che l'avrebbe usata come incentivo per costringerla a obbedirgli sempre. Dakota avrebbe fatto ciò che le chiedeva. Poteva sopportare il dolore, ma non poteva sopportare di essere la causa della sofferenza di Caroline.

Aziz lasciò perdere Caroline e fece un passo indietro, passando le pinze a uno dei suoi scagnozzi, poi si avvicinò a Dakota.

Lei resse il suo sguardo, lo odiava con tutta se stessa.

"Mi hai reso un uomo molto felice, Anoushka," le disse Aziz con un tono di voce apparentemente tenero. "Solo un avvertimento, per essere sicuro che ci capiamo, se fai qualcosa, *qualunque* cosa per gettare disonore sulla nostra cerimonia di nozze, non esiterò a fermare tutto per far vedere alla signorina Ice cos'è il dolore vero."

"Ho capito," gli rispose Dakota, senza nemmeno chiedersi come facesse a conoscere il soprannome di Caroline; del resto, Aziz sapeva tutto su di lei e sui SEAL, era logico che conoscesse anche quello. Avrebbe sposato Aziz, ma non aveva perso la speranza che Slade e gli altri le trovassero. Sperava solo che le trovassero prima della prima notte di nozze. Dovevano.

Se Aziz la violava, Dakota sapeva che non sarebbe mai più stata la stessa. Certo, sarebbe sopravvissuta, ma qualcosa dentro di lei sarebbe morto. Non si sarebbe mai più sentita pulita, avrebbe perso per sempre la possibilità di stare con Slade.

Cerco di farmi forza, disse in silenzio all'uomo che per lei significava tutto, *ma non so se ce la farò. Ti prego, vieni a prendermi.*

CAPITOLO QUATTORDICI

Slade camminava avanti e indietro nel salotto di Wolf, aspettavano che Tex li richiamasse. Benny era in ospedale; quando lo avevano portato via in ambulanza non aveva ancora ripreso completamente conoscenza. Aveva le pulsazioni accelerate, il medico che lo aveva visitato sospettava fosse stato drogato, ma non avvelenato. Bisognava aspettare che la sostanza usata per metterlo KO esaurisse il suo effetto prima di potergli chiedere cos'era successo, appena prima che le due donne fossero rapite.

Gli altri della squadra di Wolf si erano riuniti. Abe, Cookie e Dude erano in cucina, mentre Mozart, il sesto della squadra, era impegnato con le donne e i bambini. Nessuno voleva mettere in pericolo altre persone. Anche se Slade sapeva che Mozart avrebbe voluto esserci, per aiutare a salvare Caroline e Dakota, per catturare chi aveva sparato a Benny, chiunque fosse, sapevano bene tutti che anche le altre donne e i bambini erano altrettanto importanti. L'ultima cosa che volevano era che Fourati rapisse qualcun altro.

Il comandante Hurt era in stretto contatto con la polizia e teneva impegnate le forze dell'ordine in modo che i SEAL potessero organizzarsi. Era un brav'uomo, uno che sapeva quando era il caso di interpretare morbidamente le regole e magari chiudere un occhio.

A Slade ormai non importava un fico secco di chi fosse o meno coinvolto. Per lui, più gente c'era e meglio era. Gli altri SEAL ci erano passati innumerevoli volte, le loro compagne si erano trovate in situazioni di pericolo in fin troppe occasioni. Slade aveva bisogno di tutta l'esperienza possibile, gli amici erano soldati e mariti, l'avrebbero aiutato a riportare a casa Dakota. Se per questo doveva avere dei problemi con Greg Lambert, pazienza. Ormai era troppo frustrato per l'intera situazione. Voleva solo che Dakota e Caroline tornassero a casa sane e salve.

Sentì il telefono squillare e rispose immediatamente, mettendo in vivavoce perché tutti potessero sentire cosa si diceva.

"Cutsinger."

"Sono Tex." Non aspettò ulteriori convenevoli. "C'è un nuovo video online, è trasmesso in diretta."

Slade fece un cenno agitato a Wolf, che corse in un'altra stanza e tornò indietro con un computer portatile.

"Ho inviato a tutti un link con l'URL, non sono sicuro di quanto sia stabile il collegamento con quel sito, ma finché è online riesco a registrarlo."

Slade non rispose, rimase a guardare con impazienza mentre Wolf recuperava l'email, poi cliccò sul link inviato da Tex.

Nella stanza piombò il silenzio, cercavano tutti di capire ciò che stavano guardando.

C'era Dakota seduta su una sedia, con una specie di scialle di seta beige sulle spalle e sul capo. Seduto davanti a lei c'era un uomo che dava le spalle alla videocamera. Anche lui aveva uno scialle sulla testa e sulle spalle. Nel video non si vedeva un solo centimetro della pelle o dei capelli di quell'uomo.

Dude commentò: "Sta molto attento a mantenere segreta la sua identità."

"È impossibile capire anche un solo tratto del suo aspetto da questa inquadratura," confermò Abe.

Slade digrignò i denti e strinse i pugni lungo i fianchi. In quel momento, a lui non fregava nulla di Fourati. Tutta la sua attenzione era rivolta a Dakota: guardava in faccia l'uomo seduto davanti a lei, si sforzava di tenere la schiena dritta, non muoveva un muscolo. C'era qualcuno che parlava in sottofondo, probabilmente in arabo, ma Slade non ci capiva nulla. Cercava solo di intuire cosa stesse pensando Dakota.

Sembrava impaurita... ma anche arrabbiata. Vedendola così arrabbiata, Slade si rilassò un pelo. Se era incavolata, allora non era crollata... non ancora.

"Dov'è Caroline?" chiese Wolf senza rivolgersi a qualcuno in particolare, mentre il video proseguiva. La telecamera non tremava, probabilmente era appoggiata a un treppiede o a un'altra superficie ben stabile.

Slade non aveva idea di come fosse una cerimonia nuziale tradizionale in Tunisia, ma quando la voce fuori campo cominciò a parlare in inglese, lui capì che non era quel tipo di cerimonia.

"Anoushka, vuoi prendere il qui presente Aziz Fourati come tuo marito? Prometti di obbedirgli e di eseguire ogni suo comando? Lo difenderai su tutti gli altri, al punto di dare la tua vita per lui e per la causa di Ansar Al-Shari'a?"

"Sì," disse subito Dakota.

Slade si accigliò. Come mai aveva accettato così alla svelta? Cosa le aveva fatto Fourati per farla obbedire in quel modo?

La voce fuori campo proseguì: "Immoli il tuo grembo alla causa di Ansar al-Shari'a? Prenderai liberamente e spontaneamente il fluido sacro di tuo marito nel tuo corpo per creare il prossimo leader supremo?"

"Sì," disse di nuovo Dakota.

Slade a quel punto la vide sussultare, pur tenendo il contatto visivo con l'uomo che aveva davanti.

"Aziz la donna che hai davanti adesso è tua, puoi farne ciò che vuoi. La potrai punire, la potrai lodare, la potrai venerare. Darà alla causa il prossimo leader e noi tutti loderemo questo giorno per anni a venire. Questo è l'inizio del regno supremo di Ansar al-Shari'a. Così sia."

L'uomo seduto davanti a Dakota abbassò la testa, poi si inginocchiò sul pavimento davanti a lei e fece qualcosa che non era possibile vedere per via dell'angolo dell'inquadratura; Salde avrebbe voluto allungare una mano dall'altra parte del computer per portar via Dakota, quando la vide fare una smorfia di disgusto per ciò che quell'uomo le stava facendo.

La voce fuori campo a quel punto cominciò di nuovo a parlare in arabo. L'uomo che Dakota sembrava aver appena sposato si spostò di lato per togliersi dal campo, sempre senza rivolgere il viso verso la videocamera.

La persona che parlava fuori campo rimase in silenzio e la videocamera ingrandì l'inquadratura su Dakota, che guardò alla sua sinistra, sussultò di nuovo e poi tornò a guardare in camera. Alla fine cominciò a parlare. Il tono di voce era piatto, non trasmetteva alcuna intonazione. Era ovvio che stesse leggendo qualcosa parola parola, qualcosa che le tenevano davanti, non inquadrato.

Mi chiamo Anoushka Fourati. Mio marito, Aziz Fourati, è il leader scelto da Dio per Ansar al-Shari'a. Sono onorata di essere stata scelta per dare alla luce la sua progenie, il futuro del nostro movimento. Piacendo a Dio, nostro figlio ci raggiungerà in breve tempo. Nel frattempo continuate a lottare. Non lasciatevi distrarre dagli infedeli di questo paese. Il nostro momento sta arrivando. Ci servono più soldati. Sono disposta a morire per mio marito, per il mio Dio e per Ansar al-Shari'a. E voi? Salirete in cielo per raggiungere il nostro Dio, o passarete il resto dell'eternità nei meandri degli inferi con gli altri cittadini di questo paese che non credono? Rimanete collegati per ricevere altre istruzioni. Lunga vita ad Aziz Fourati.

Dakota rimase seduta con le gambe divaricate, le mani che afferravano i braccioli della sedia. Aveva il viso totalmente inespressivo. L'ultima cosa che Slade vide, prima che la trasmissione terminasse, furono gli occhi di

Dakota che si rivolgevano ancora verso la sua sinistra, mentre lei annuiva di nuovo.

"Ma che cazzo?!" esclamò Wolf, "dov'è Ice? Abbiamo appena visto la donna di Cutter che sposava quel coglione di Fourati? Tex, sarà meglio che tu ci dica qualcos'altro," concluse con voce ferma e gelida.

"Vi sto inviando in questo momento una copia del video," rispose Tex.

"E allora?" gli chiese Slade. "Dove sono? Sei riuscito a rintracciare la trasmissione?"

"Non è rintracciabile," rispose Tex con riluttanza, "il tecnico è davvero molto esperto."

"Tex, *tu* sei un cazzo di tecnico molto esperto," disse Cookie, "non posso credere che non riesci a trovare una pista per portarci a questo tipo."

"Tex," disse Slade sottovoce con un tono leggermente disperato, "non abbiamo nulla, niente dispositivi di tracciamento, Fourati li ha tolti di mezzo, non abbiamo nemmeno una foto di questo tipo. Sappiamo solo che è biondo e americano. Ci serve di più. *Devi* trovarlo."

"Sto cercando," rispose Tex al suo vecchio amico, "te lo giuro su Dio che ci sto provando."

"L'ha appena sposata," sussurrò Slade, "ora la violenterà. Non so come faccia a controllarla, ma se non arriviamo in tempo, cazzo, presto, farà del male alla donna che amo. Non sarà più la stessa, se le mette le mani addosso."

"Non ho una traccia sicura," rispose Tex molto concentrato, "ma so che proviene da quella zona. Il segnale rimbalza all'impazzata, ma passa da ripetitori e server locali. Non è lontano. In primo luogo non ha avuto il tempo di allontanarsi troppo, in secondo luogo dev'essere in qualche modo collegato a voi, ragazzi. Se no come faceva a sapere dei dispositivi?"

Tex sembrava essere tornato sul pezzo e Slade ne fu sollevato; si sedette e lo ascoltò parlare con Wolf e gli altri.

"Per trasmettere gli serve una stazione del posto. Non è possibile inviare video in quel modo con un semplice modem. La videocamera è impostata in modo sofisticato, non è un semplice telefonino che trasmette su Facebook Live. Ovunque siano, non sono in mezzo al nulla," spiegò Tex, parlando più a se stesso che agli altri.

"La stanza in cui si trovano è in cemento," aggiunse Cookie.

"Che ne dite dei vestiti? Non si trovano certo nel primo mercatino del posto. Forse sono stati ordinati apposta," suggerì Abe.

"Sì," confermò Tex con entusiasmo. "Faccio subito una ricerca sugli ordini online per abiti tradizionali tunisini."

"Anche l'attrezzatura tecnica non è robaccia," aggiunse Wolf, "sembrava quasi una ripresa video professionale."

"Capito," disse Tex, "faccio una ricerca anche sugli acquisti delle attrezzature video. Magari avremo un po' di fortuna."

"Non abbiamo altra scelta," commentò Slade, "*dobbiamo* avere fortuna."

"Tex, adesso riguardiamo il filmato per vedere se c'è qualcosa che ci è sfuggito. Puoi eliminare le voci e analizzare i rumori di sottofondo per vedere se c'è qualcosa che ci può indicare dove si trovano? Veicoli, barche, aerei, qualche stronzo di uccello, *qualunque* cosa?" domandò Wolf.

"Ci penso io," confermò Tex, "vedo se riesco a isolare qualunque altro suono, magari qualcuno che parla fuori scena. A volte le persone sussurrano dietro il microfono pensando di non essere sentite. Vedrò anche di individuare chiunque si è collegato alla trasmissione. Forse alcuni dei suoi seguaci hanno delle informazioni che possiamo usare per rintracciare Fourati. A dopo."

Slade chiuse la comunicazione.

Wolf si mise subito a sedere sul divano col suo laptop. "Ragazzi, vi ricordate quando Ice ci ha dato quell'indizio importante per farci capire dov'era, quando lo stronzo che l'aveva rapita la filmava mentre la pestava? Forse ne ha parlato con Dakota, è possibile che anche lei abbia fatto lo stesso."

"Sì, Caroline ha parlato di gabbiani e di barche, così ci ha fatto capire che si trovava vicino alla costa. Dakota è intelligente, anche lei potrebbe averci dato degli indizi," disse Dude sottovoce.

Si raggrupparono tutti intorno al computer, concentrati a osservare e ascoltare di nuovo il video per vedere che indizi potesse aver dato Dakota mentre parlava. A quel punto, era tutto ciò che avevano.

Dopo una trentina di minuti e dopo aver rivisto il filmato altre ventidue volte, Slade non ne poteva più: era riuscito per il rotto della cuffia a mantenere un atteggiamento composto, ma se avesse sentito anche solo un'altra volta Dakota dire di chiamarsi Anoushka Fourati ne sarebbe uscito pazzo.

Si alzò in piedi di scatto dal divano e cominciò a camminare avanti e indietro agitato: "Lì non c'è niente. Stava leggendo parola per parola un copione scritto. Aveva troppa paura per dire qualcosa al di fuori di ciò che le avevano scritto da leggere," disse Slade frustrato, resistendo alla tentazione di prendere a pugni il muro... a malapena.

"Dev'esserci qualcosa. Avete visto come guarda a sinistra, appena prima di parlare e di nuovo prima che la trasmissione finisca? Chi o cosa stava guardando?" chiese Dude.

"Forse guardava uno degli scagnozzi di Fourati che le puntava contro un'arma, lo guardava per assicurarsi che il discorso andasse bene," disse Abe alzando una spalla.

"O forse era solo disperata e voleva guardare dappertutto, tranne che nell'obiettivo," suggerì Cookie.

Slade smise di ascoltare. Wolf avviò il video per la trentatreesima volta. Slade sapeva che anche lui era altrettanto disperato di trovare qualcosa, *qualunque* indizio: sua moglie era dispersa, chissà dove, proprio come Dakota. Almeno Slade aveva visto coi propri occhi che Dakota per il momento era fisicamente integra. Wolf non aveva nemmeno quella certezza. Non si sapeva nemmeno con certezza se Caroline fosse ancora viva. A ogni minuto che passava, le due donne sembravano scivolare via sempre più.

Slade si mise in piedi dietro al divano per fissare lo schermo del computer da sopra le teste degli altri SEAL. Non poteva sentire bene cosa dicesse Dakota, ma non gli importava, perché ormai aveva imparato a memoria quel cacchio di discorso.

Per un momento, qualcosa gli scattò nella mente mentre la guardava, ma quel pensiero sfuggente svanì tanto al volo quanto gli era passato per la mente.

Inclinò la testa e si concentrò meglio sullo schermo del computer.

Dakota era seduta con la schiena dritta ben tesa, su una sedia. Lo scialle beige che le avvolgeva la fronte si muoveva come se una flebile brezza soffiasse nella stanza in cui erano. Lui vide un segno colore bluastro sulla testa di Dakota, l'accenno di un livido. *Quello stronzo le ha messo le mani addosso. Le ha fatto male. La pagherà per questo e per tutto il resto.*

Le mani di Dakota si muovevano continuamente mentre parlava, era come se i gesti che faceva l'aiutassero a spiegare meglio agli stronzi che la guardavano. Era strano. Slade non aveva notato tutti quei movimenti delle mani quando aveva parlato con lei, nei giorni precedenti. Era più abituata a tenere le mani congiunte mentre gli diceva qualcosa di importante, non a muoverle in quel modo, gesticolando distrattamente.

Ecco.

"Fallo ripartire," ordinò Slade.

"Ma..." Wolf iniziò a protestare.

"Ho detto di farlo ripartire," ripeté Slade," ma togli quel cazzo di sonoro."

Senza dire altro, Wolf fece come gli aveva detto Slade. Il video riprese dall'inizio, Slade si concentrò sui movimenti che Dakota faceva con le mani, fissandola intensamente e concentrandosi al massimo.

"Cosa stai osservando?" chiese Dude nel silenzio in cui era piombata la stanza.

"Non ne sono sicuro," disse Slade quando il video finì. "È solo un'impressione. Ancora, Wolf."

L'altro SEAL fece ripartire il video come aveva detto Slade, un'atra volta.

Slade strinse gli occhi: c'era qualcosa che gli sfuggiva, ma cosa?

"Porco cane!" sussurrò Cookie, che poi si voltò verso Slade. "Per caso Dakota conosce il linguaggio dei segni?"

Slade fece spallucce: "Non ne ho idea. Cacchio, in fondo non la conosco ancora molto bene. Non so dov'è cresciuta, quanti anni aveva quando ha perso la verginità, cosa non le piace mangiare e cosa fa se..."

"Sono piuttosto sicuro che stia usando dei segni," l'interruppe Cookie prima che Slade potesse partire per la tangente. "Con Cooper siamo andati solo un paio di volte, ma giurerei che Dakota sta facendo dei segni che somigliano tantissimo a quelli che fanno Kiera e Coop quando comunicano a segni tra loro."

"Santo cielo, penso che tu abbia ragione," confermò Slade, sperando con tutto se stesso che Cooper avesse il tempo di dare tutte le spiegazioni del caso sul linguaggio dei segni.

I cinque uomini tornarono a guardare lo schermo osservando il filmato con la massima concentrazione.

"Mi venisse un colpo," disse Wolf con un filo di voce, "è *vero*. Ci sta parlando con le mani, non con le parole."

Slade tirò fuori il cellulare e compose un numero.

"Hurt."

"Mi serve il numero di Coop."

"Subito," rispose immediatamente il comandante. "Novità?"

"Sto guardando un video della mia donna che ha appena sposato quel bastardo di Aziz Fourati e nel frattempo mi ha mandato un messaggio, ma mi serve qualcuno che conosca il linguaggio dei segni per dirmi che cazzo mi sta comunicando."

"Aspetta, adesso lo aggiungo alla chiamata," disse Hurt, poi il telefono divenne silenzioso.

Nel giro di un minuto, il comandante tornò a collegarsi dicendo: "Eccomi, ci sono anche Coop e Kiera."

"Mi serve un indirizzo email sicuro," chiese Slade a Cooper. Anche se ormai Cooper non era più in servizio attivo e passava il tempo con i ragazzi e le ragazze della scuola per non udenti in cui lavorava la compagna, invece di andare in giro ad ammazzare i cattivi, non aveva perso la prontezza di sempre, a giudicare dalla reazione immediata.

Slade fece un cenno a Wolf, che gli passò il laptop. Slade inserì l'indirizzo email che Cooper gli aveva passato e disse alla donna dalla voce dolce e all'ex SEAL: "Vi sto mandando un video. Lasciate perdere il sonoro, non ci serve. Sta usando il linguaggio dei segni. Dovreste dirmi cosa sta cercando di comunicare Dakota."

"Cos'è successo, per caso..." cominciò a chiedere Kiera, che fu interrotta da Slade.

"Non ho il tempo di rispondere alle vostre domande, scusate l'irruenza, ma mentre scaricate il video posso dirvi che ci troviamo in una situazione di vita o di morte. Un terrorista ha rapito Caroline Steel. La mia donna era con lei ed è stata costretta a sposare un uomo molto pericoloso, ma non sappiamo dove siano. Posso salvarle, se mi aiutate a capire cosa sta cercando di dirmi. *Vi prego*, potete aiutarmi?"

"Ma certo che possiamo," disse subito Kiera. "Cooper sta aprendo il video proprio adesso."

Gli uomini nel salotto di Wolf sentirono il rumore dei tasti dallo speaker del telefono, mentre aspettavano che Kiera e Cooper guardassero il filmato.

"Allora?" chiese Slade, dopo un tempo sufficiente per guardare tutto il filmato fino in fondo.

"Sto imparando velocemente, ma penso che sia troppo difficile per me, lascio la palla a Kiera," disse Cooper agli altri.

"Porca vacca," disse Kiera con un filo di voce.

"Cosa?"

"Aspettate, datemi un secondo," disse Kiera con un tono un po' incerto, "fatemelo guardare un'altra volta, devo essere sicura. Alcuni dei segni si capiscono male."

"Com'è possibile che i segni si capiscano male?" chiese Abe con tono pacato.

"Non è precisa su alcuni gesti. È una delle prime cose che insegnano agli interpreti. I segni devono essere netti e inconfondibili. Un po' come parlare e scandire bene le parole. Lei non sta scandendo perché sta cercando di non farsi beccare e di nascondere i segni mentre gesticola, per questo non sono chiari," spiegò Kiera.

"Fai un bel respiro, piccola," si sentì dire da Cooper, "dai che ce la fai."

Dopo vari momenti, finalmente Kiera disse: "A me sembra che all'inizio stia compitando qualcosa, quando comincia a parlare."

"Cosa?" sbottò Wolf, dal cui tono di voce si capiva l'urgenza della situazione.

"All'inizio penso che stia facendo i segni per Z-A-K. Sono tre lettere. Le ripete almeno due volte."

Nessuno disse nulla per un lungo momento, poi Kiera proseguì: "Però non so cosa stia cercando di dirvi, mi dispiace."

"Aspetta!" esclamò Cookie, che saltò su dal divano e corse in cucina, per poi tornare indietro con il cellulare di Benny. Inserì il PIN (tutti i ragazzi avevano le stesse password sui cellulari, proprio per occasioni come quella) e nascose la tastiera per mostrare l'ultima schermata che Benny stava guardando, prima di venire colpito dalla freccetta narcotizzante.

Poi mostrò a tutti gli altri l'immagine.

"Sì, conosciamo qualcuno che si chiama Zach," disse Wolf bruscamente alla donna dall'altra parte del telefono, "che altro?"

Slade strinse i denti e cercò di controllare il bisogno di rompere qualcosa. Stava fissando l'immagine di Zach sul telefono di Benny. Quel tipo si era incazzato per lo scherzo di quel mattino e se n'era andato. Il modo in cui lo avevano trattato l'aveva spinto oltre al limite? Cacchio.

Prima che Slade potesse abbattersi ancor di più, Kiera riprese a parlare: "Il resto di quel che penso stia comunicando mi confonde. Mi sembra che abbia fatto altri quattro segni, oltre a Z-A-K, almeno a quanto mi sembra. Tre segni sono il numero otto, spiaggia e seminterrato.”

“Otto uomini? chiese Wolf, tornato a concentrarsi.

“Un numero di targa? Un indirizzo?” chiese Dude.

“Mi dispiace, non lo so,” disse Kiera sottovoce.

“Stanno solo suggerendo ad alta voce, piccola, non ti stanno chiedendo cosa c’è dietro quei segni,” spiegò Cooper a Kiera tranquillamente.

“Spiaggia è facile, sarà da qualche parte vicino all’oceano,” disse Cookie.

“Non significa un tubo, metà San Diego è vicino all’oceano,” brontolò Abe.

“Sì, ma casa sulla spiaggia almeno restringe gli indizi,” ribatté Dude.

“Che altro?” chiese Slade a Kiera, senza nascondere l’impazienza nel tono di voce. Stava male. Sfogare la frustrazione su Kiera, che stava solo cercando di aiutare, non era il massimo, ma lui non riusciva a trattenersi.

“C’è il seminterrato,” ricordò Kiera agli altri.

“Potrebbe voler dire che sono sotto terra, o sotto un edificio, non è detto che intenda in una casa,” indicò Cookie.

“Forse vuol dire che sono in un seminterrato,” sbottò Wolf; anche lui stava perdendo la pazienza.

“L’ultimo segno, non ne sono certa al cento per cento,” disse Kiera con riluttanza. “Non ha molto senso.”

“Cosa?” chiese Slade.

“Tornado.”

"Ma che cazzo vuol dire?" domandò Abe a nessuno in particolare.

"Lo so, non ha molto senso. Ma da quanto capisco, ha senz'altro fatto il segno del tornado. Però..." la voce di Kiera svanì. Poi disse: "Aspettate un secondo."

Slade attese con impazienza che Kiera controllasse, ogni secondo che passava lo snervava.

"Io... non lo so. Ma mi sembra che abbia fatto la lettera C, poi il segno del tornado. L'ha fatto due volte, ogni volta nello stesso modo. Non penso che quella C sia stata fatta per sbaglio."

"Un tornado e la lettera C? Non capisco," disse Wolf passandosi una mano nei capelli frustrato. "C sta per Caroline? Oppure per Costa? C per Cazzo muoviti e vieni a salvarmi? Potrebbe voler dire qualunque cosa."

Slade chiuse gli occhi e cercò di pensare; sentì vagamente gli altri discutere di cos'avesse voluto comunicare Dakota, ma non li ascoltò. Tornado. C. C. Tornado. Spiaggia, seminterrato, otto e C.

A quel punto capì. Gli fu tutto chiaro come se Dakota gli avesse urlato le parole: "Coronado. Tornado è probabilmente il segno più vicino a Coronado che potesse fare con le mani. Quel bastardo è proprio qui vicino."

"È logico," disse lentamente Wolf. "Zach lavorava alla base, probabilmente si è autorizzato da solo per avere accesso ai super-computer della marina; se è bravo coi computer quanto sostiene Tex, probabilmente è riuscito a entrare direttamente nel sistema centrale. Potrebbe far rimbalzare il segnale praticamente ovunque."

"In quella zona ci sono anche molte case sulla spiaggia, specialmente nella zona sud," osservò Abe.

"Ci sentiamo," disse Slade a Kiera, Coop e Hurt, senza dispiacersi minimamente mentre riattaccava interrompendo quanto il comandante stava per dire. Poi telefonò subito a Greg Lambert.

"Parla Lambert."

"Cazzo, lavorava dietro le spalle degli altri mentre ero in permesso," disse Slade al posto di salutare.

"Cosa? Chi?" domandò Greg.

"Zach Johnson. Il tipo che ha preso il mio posto in ufficio. Abbiamo appena guardato un video di Zach, alias *Aziz Fourati*, che costringeva la mia donna a sposarlo. Lei ha usato il linguaggio dei segni per comunicare con noi e ha compitato il suo nome: Zach è quel bastardo di Aziz!"

"Che mi venga un colpo!" esclamò Greg sottovoce, poi disse più forte: "Il suo nome era in cima alla lista dei dipendenti più fidati, quando ho cercato qualcuno che ti sostituisse. Non l'ho nemmeno controllato. Era già alla base, sembrava una decisone già presa."

"Cazzo, ci siamo cascati, ha fatto finta di non capire niente di computer," sbottò Abe.

"C'era qualcosa di strano, quando cercavo di aiutarlo, stamattina," commentò Slade, "in quel momento non sono riuscito a capire cosa, ma adesso diventa tutto chiaro. Era come se si stesse impegnando molto a sembrare un idiota in fatto di computer. Cliccava su delle stupidaggini che chiunque abbia vissuto negli ultimi vent'anni saprebbe evitare benissimo."

"Allora è davvero un esperto... come ha fatto ad anticiparci? Come ha fatto a trovare Dakota?" chiese Dude.

"Non sembrava essere un gran pericolo per lei, finché Lambert non mi ha chiesto di occuparmene," disse Slade.

"Allora la chiave di tutto sei tu," ne evinse Wolf. "Ma come?"

"Il mio computer?" domandò Slade.

Wolf scosse la testa. "I nostri computer sono sicuri."

"Potrebbe essersi infiltrato nel tuo computer una volta ottenuto l'accesso," disse Dude.

"È possibile, ma non avrebbe scoperto alcuna informazione su Dakota dal mio computer. Il mio disco rigido è pulito, non uso email per comunicare dettagli riservati," spiegò Slade agli altri.

"Che mi dici del telefono?" chiese Abe.

Slade scosse la testa. "L'unica volta che ho usato il telefono dell'ufficio è stato quando Lambert mi ha telefonato la prima volta... prima che Zach o Aziz o comunque vogliamo chiamarlo abbia preso il mio posto."

"E il tuo cellulare?" chiese Lambert.

Rimasero tutti in silenzio per un secondo.

"È un cellulare della marina," disse Slade lentamente.

"Quel telefono dovrebbe essere sicuro," disse Cookie agli altri, che peraltro lo sapevano già.

"Che mi venga un accidente. Senti, Cookie, immagino che non fosse così sicuro come pensavamo," disse Slade, scuotendo la testa. "L'ho usato di continuo per aggiornare Tex sui miei progressi, gli ho detto dov'ero, dove stavo andando. Lui ha parlato dei dispositivi, ha detto che ne avrebbe mandati anche per Dakota, come quelli delle altre. Diamine, Wolf mi ha persino dato il codice del suo allarme quando stavo arrivando a casa sua. È molto probabile che Fourati abbia ascoltato tutte le nostre conversazioni, porca vacca, potrebbe essere in ascolto anche in questo preciso momento. Gli è bastato seguirmi. Gli ho servito Dakota su un vassoio d'argento."

"Recupero tutte le informazioni che posso su Zachary Johnson," disse Greg agli altri, a quel punto estremamente arrabbiati. "Troverò tutti gli indirizzi legati al suo nome o a chiunque legato a lui anche lontanamente. Genitori, fratelli o sorelle, un cacchio di corriere espresso che gli ha consegnato un pacco. Li troverò tutti. Tutto questo non doveva succedere," disse Greg a Slade, "quando ti ho chiesto di intraprendere questa missione, non mi aspettavo nulla del genere."

"Nemmeno io mi aspettavo Dakota," rispose Slade sottovoce, "comunque non è colpa tua. Per nulla. Però trova le informazioni, prima di subito, porca puttana."

"Ci sentiamo," disse Greg, che poi riattaccò.

Slade chiuse la conversazione e fece cenno a Wolf per chiedergli il suo cellulare, facendo cadere il proprio sul tavolo come se fosse avvelenato. Poi guardò fuori dalla finestra e notò quanto il tempo scorresse veloce. Cacchio, ci stavano mettendo troppo tempo. Gli servivano le informazioni e gli servivano subito.

Wolf fece una smorfia, capì e gli gettò il telefono.

"Non abbiamo scelta, dobbiamo correre il rischio e aspettarci che il tuo telefono sia sicuro," disse Slade prima di inserire il numero.

"Parla Tex."

"Tex, sono Cutter. Mi servono le case sulla spiaggia a Coronado. Un posto con un seminterrato o qualcosa di simile, sottoterra. Anche se potrebbe essere un lungo elenco."

"Cazzo, come avete avuto queste informazioni? Dakota vi ha passato tutti questi dettagli nel suo discorso?" domandò Tex, mentre stava già digitando sulla tastiera del suo computer.

"Te lo dico dopo," rispose Slade, rassicurando l'amico.

Wolf e gli altri si stavano già muovendo verso la porta. Slade li seguì, con il corpo che cominciava a sentire l'adrenalina. Era più che pronto a porre fine a quella situazione. Era passato troppo tempo da quando il video era stato trasmesso. Chissà cosa stava facendo Fourati a Dakota.

"Va bene, ho davanti a me l'elenco ufficiale di tutti gli indirizzi di Coronado. Dunque... vediamo, allora, sembra che ci siano trentatré indirizzi con seminterrato vicino alla spiaggia."

"Ce n'è uno in cui è aumentato l'uso dell'energia elettrica in modo anomalo? Riesci a vedere le macchine parcheggiate davanti alle case o vicino? Ci sono barche? C'è per caso un indirizzo col numero otto?"

Le dita di Tex si muovevano senza sosta, Slade sentiva l'amico che borbottava a mezza voce mentre faceva le sue ricerche.

"Non c'è niente di strano, Cutter."

"Cazzo, Tex. Dev'esserci qualcosa. Fourati è Zach, il tipo che ha preso il mio posto."

"Cosa? Pensavo che quel tipo fosse un deficiente."

"È ovvio che non era un deficiente come lo credevano tutti," disse Slade seccato. Poi salì sul sedile posteriore del SUV di Cookie e si aggrappò alla maniglia alta mentre Cookie faceva retromarcia per uscire dal vialetto della casa di Wolf a una velocità tale che sembrava fosse inseguito dal diavolo in persona. Slade condivideva. Sperava solo che non attirassero l'attenzione di un vigile in cerca di multe, per il resto non gli interessava di come arrivare a Coronado, bastava arrivarci. "Il mio telefono è compromesso, sto usando quello di Wolf. Quel bastardo ha ascoltato tutte le mie conversazioni. Mi ha seguito dritto fino a Rachel e anche al ritorno a San Diego. Sa tutto sulla squadra di Wolf... e su di me. L'ho portato io dritto da Dakota. Ci serve l'informazione, amico."

"Cazzo!" imprecò Tex. "Va bene, aspetta. Questo ci dà una pista completamente diversa. Se quel bastardo è entrato nel tuo telefono, deve aver lasciato qualche traccia. Nessuno è così bravo. La marina non... ah ecco, ti ho beccato, stronzo..."

Slade ascoltava con impazienza mentre Tex faceva ciò che gli riusciva meglio: usare le sue abilità informatiche per rintracciare terroristi... e trovare donne scomparse.

"Beccato. C'è una casa con vista sulla spiaggia, i proprietari sono Dolores e Richard Johnson. Non indovinerai mai come si chiama loro figlio."

"L'indirizzo, Tex," disse Slade con impazienza. Si sarebbe preoccupato in un secondo momento dei genitori di Zach.

"Ecco, superate il ponte, a sinistra su Orange

Avenue. C'è un nuovo quartiere residenziale alla fine della strada. Le case sono tutte intorno a un parco. L'indirizzo è 418 Ocean Boulevard."

"Sei sicuro?" gli chiese Slade.

"Cazzo, sicurissimo. Quel bastardo non è intelligente come pensa," rispose Tex.

"C'è un otto nell'indirizzo," commentò Wolf, ma Slade non lo ascoltò. A lui non interessava più *cosa* Dakota avesse cercato di dirgli. Indirizzo, targa, ottantotto stronzi incazzosi: li avrebbe uccisi tutti, se le avessero fatto del male.

"Grazie, Tex. Siamo già in viaggio," disse Slade.

"Adesso chiudo questo sito. Non potrà più pubblicare altri post."

"Ottimo."

"Poi parlo con l'ammiraglio alla base per fargli sapere che c'è stata una violazione nei sistemi di sicurezza, sarà meglio che ci si metta subito altrimenti dovrà pagarla cara," concluse Tex.

A Slade non interessava un tubo di quel dettaglio, la sua unica preoccupazione in quel momento era Dakota.

"Chiamami quando la tua donna è al sicuro," gli disse Tex.

"Certo," gli rispose Slade, che poi chiuse la conversazione e rese il telefono a Wolf, cercando di concentrarsi sull'imminente intervento di salvataggio. Il suo obiettivo era salvare Dakota e Caroline ed eliminare Zach... e chiunque altro si mettesse in mezzo.

"Come ci muoviamo?" chiese agli altri nel veicolo, che scorrazzava verso Coronado verso il sole che tramontava.

CAPITOLO QUINDICI

Dakota era per terra, addossata a Caroline. Le due amiche si abbracciavano a vicenda e parlavano sottovoce.

"Stai bene?" chiese Dakota.

"Sì, sto bene."

"Mi dispiace, non..."

"Non è colpa tua," rispose Caroline con decisione. "È stato *lui*, tu non c'entri."

"Ma ti ha ferita," disse Dakota con tristezza.

"Sì, ma tu lo hai fermato prima che potesse fare qualcosa di veramente brutto. Comunque ho subito di peggio."

"Sanguini ancora?" Dakota allungò una mano e la mise sullo sterno di Caroline. Sentendo Caroline respirare, si accorse di cosa stava facendo.

"Santo cielo, scusami tanto," disse Dakota, ritirando rapidamente la mano. "Non volevo... cioè, non ci conosciamo nemmeno, non dovrei metterti le mani addosso in questo modo, e poi..."

Caroline allungò una mano e afferrò quella di Dakota, poi se la mise di nuovo tra i seni e ce la tenne. Le due amiche rimasero sedute per un lungo momento, dandosi forza a vicenda, legando a livello personale, empatico.

"Sto bene," disse Caroline per rassicurare Dakota, poi accennò un sorriso mentre diceva: "È solo un graffio; grazie a te non mi ha ferito peggio di così. Però dobbiamo inventarci qualcosa prima che torni." Caroline appoggiò la mano sulla gamba e Dakota la prese e la strinse forte.

"Ti giuro che farò tutto ciò che vuole, così non ti farà più del male," le promise Dakota. "Probabilmente potrei resistere se facesse del male *a me*, ma non posso sopportare di vederlo che fa del male a te."

"Vorrei dirti che non importa, ma non ci riesco," disse Caroline con voce molto morbida. "Una di noi deve uscire di qui, per trovare aiuto."

Dakota fece un cenno a indicare il proprio ginocchio: era tanto gonfio che la bozza si vedeva anche se indossava i pantaloni di seta. "Io faccio fatica a camminare, figuriamoci a correre. Quello stronzo mi ha conciato il ginocchio proprio per le feste. Toccherà per forza a te. Comunque è meglio che sia tu, perché se tu te ne vai, Aziz non potrà farti del male per farmi obbedire."

Il pensiero del terrorista che aveva appena sposato fece venire a Dakota un brivido di ripugnanza. Appena finito il discorso che era stata costretta a leggere, Aziz aveva fatto cenno a due degli uomini presenti nella stanza perché tagliassero le fascette che le legavano le caviglie alla sedia. Poi l'aveva tirata su in piedi, mettendole le braccia intorno alla vita per evitare che cadesse per terra, appoggiandosi sulla gamba col ginocchio ferito. "Sei stata bravissima, sposa mia. Purtroppo dovremo rimandare la nostra prima notte di nozze. Il nostro matrimonio è una grande notizia e devo parlare con alcuni affiliati. Se prometti di fare la brava, ti lascerò stare con la tua amica."

Poi l'aveva guardata aspettando che rispondesse e Dakota aveva annuito dicendo sottovoce: "Farò la brava."

"Sono contento di sentirtelo dire, Anoushka. Mi dispiacerebbe dover far del male alla tua amica. *Odio davvero* la vista del sangue."

Dakota aveva resistito all'istinto di alzare gli occhi al cielo ed era rimasta in silenzio, mentre veniva trasportata in un'altra stanzetta insieme a Caroline. Nella nuova stanza c'era sul pavimento un materasso sporco, con una sedia di legno nell'angolo. Non c'erano altri mobili.

"Eccoci qua, sposa mia."

"Non è proprio comodissimo," commentò Dakota un po' sarcasticamente.

"Più mi mostrerai che sai obbedire alle promesse nuziali, migliori diventeranno le tue sistemazioni," disse Aziz compiaciuto. "Però non mi fido ancora di te, a prescindere da quanto hai giurato a Dio nella cerimonia nuziale, quindi il nostro matrimonio sarà consumato proprio qui. La tua amica Caroline sarà su quella sedia," indicò la sedia nell'angolo, "e sarà circondata da due dei miei seguaci di fiducia. Se ti neghi in una qualunque maniera, sarà *lei* a pagarne il prezzo. Hai capito?"

Dakota aveva annuito immediatamente, inorridita al pensiero di cosa sarebbe successo quella sera.

"Ottimo. Mettiti comoda. Tornerò appena concluso il finanziamento più importante a cui sto lavorando." L'aveva baciata teneramente sulla fronte, come un vero sposino innamorato. "Le nostre nozze erano l'unico evento che il mio sostenitore stava aspettando. Ora che ha visto che ho fatto la mia parte, pagherà. Così arriveremo vicinissimo al nostro fine ultimo."

"Cioè?" domandò Dakota, temendo di sentire la risposta.

"La bomba di Los Angeles sembrerà una patatina rispetto a questo," rispose subito Aziz. "Ora fai un riposino, rilassati." Si era avvicinato a lei, le aveva afferrato crudelmente il mento e l'aveva costretta ad alzare lo sguardo: "Tornerò. Ti scoperò e ti sottometterò, quando avrò finito dovrò concedere un giro anche ai miei seguaci. Sai, per premiarli. A me non frega nulla di chi sarà a metterti incinta, sinceramente, non mi importa. Anzi, se il piccolo avrà i capelli scuri sarà anche meglio."

Poi aveva spinto la bocca su quella di Dakota, che si era rifiutata di aprirla; ma lui le aveva morso il labbro inferiore fino a farla ansimare dal dolore, per infilarle la lingua in bocca.

Dopo un momento, si era allontanato senza mollare la presa: "Dovrai fare molto meglio, sposa mia, se vuoi che la tua amica non venga violata." Poi si era messo a ridere. "Ripensandoci, lascia perdere. Ho voglia di dare una bella botta anche a lei." A quel punto, Aziz le aveva lasciate da sole in quella stanza.

Dakota scosse la testa, cercando di allontanare quei ricordi: "Non sono nemmeno sicura che avremo un'occasione per tentare la fuga," disse a Caroline disperata. "Non penso ci sia qualcosa che *possiamo* fare."

"Cazzate," rispose Caroline con un tono molto determinato, "hai mandato il messaggio come avevamo detto, vero?"

"Sì, ma non so se Slade l'avrà capito. Non lo conosco molto bene, so solo che ha una Harley e che è sexy da morire."

Caroline scosse la testa e strinse la mano di Dakota, quasi fino a farle del male. "Uno dei ragazzi lo capirà."

"Nella squadra di Wolf c'è qualcuno che conosce il linguaggio dei segni?"

"Stanno cercando di impararlo, ma non so quanto siano diventati bravi. Però hanno dei segnali non verbali che usano sempre. Ma si ricordano cos'ho fatto quando sono stata rapita, quindi cercheranno un messaggio di qualche tipo," la rassicurò Caroline, "ne sono certa."

"Lo spero proprio. Ormai è passato un po' di tempo da quando ho imparato a fare i segni, spero di non aver fatto un casino."

"Sono sicura che mio marito e gli altri stanno arrivando, ma non possiamo starcene qui sedute ad aspettarli. Dobbiamo fare qualcosa." Caroline si tirò su in piedi, barcollando un poco, poi si sciolse le ginocchia e cominciò a camminare nella stanza.

Esplorava quella prigione, anche se non c'era molto da vedere. La finestra era chiusa con dei chiodi, non si muoveva, era impossibile uscire da là. Era impossibile rompere la sedia per usarla come arma. Non c'era nulla nei vestiti che potesse fungere da arma, le forcine nei capelli di Dakota erano inutili, per difendersi.

Nonostante la situazione di palese svantaggio, nessuna delle due era disposta ad arrendersi. Caroline si sedette sul materasso vicino a Dakota per ragionare insieme a lei. Dakota aveva un ginocchio quasi fuori uso, mentre Caroline era costretta a tenersi chiusa la tunica, che era stata strappata per metà e l'avrebbe esposta, se non l'avesse tenuta stretta; erano in difficoltà, oltre che in svantaggio numerico, ma decise a non arrendersi mai, specialmente dopo che Caroline aveva raccontato a Dakota tutta la sua storia, narrandole di quando era in punto di morte nell'oceano, quando era arrivato Cookie con l'ossigeno, salvandole la vita.

"Non arrenderti mai," disse Caroline, "anche quando pensi che sia tutto perduto, resisti un altro secondo."

Dakota annuì: "Anche tu."

"Possiamo farcela. I nostri uomini arriveranno a salvarci," disse Caroline con decisione.

Dakota poteva vedere l'assoluta determinazione negli occhi dell'amica: Caroline non aveva alcun dubbio che il marito stesse arrivando. "Quanto tempo pensi sia passato?"

"Non ne ho idea. Però sta facendo scuro, quindi alcune ore," rispose Caroline.

Dakota chiuse gli occhi e si appoggiò alla parete dietro di lei; poi tornò ad abbracciarsi con Caroline, nell'attesa che accadesse ciò che doveva accadere.

Ce la posso fare, si ripeteva Dakota, *Slade sta arrivando, lo so. Anche se ci siamo appena conosciuti, so che sta arrivando.* Poi le passarono per la mente i ricordi dell'ultima settimana. Slade seduto in macchina con lei, mentre la guardava dormire. Slade che l'abbracciava nella roulotte, al motel di Rachel. La corsa in moto, seduta sulla sella e abbracciata a lui. Le stelle che avevano osservato prima di entrare nella stanza del motel di Goldfield. Lui l'aveva presa tra le braccia e avevano osservato il firmamento in silenzio, poi Slade l'aveva baciata sulla testa e l'aveva preceduta nel motel. Slade che le sorrideva mentre mangiavano la pizza a Goldfield. Il piacere di sentire le sue mani sul corpo.

Sì, Slade stava arrivando a salvarla, lei doveva solo resistere fino al suo arrivo.

I cinque uomini uscirono in silenzio dal SUV a un isolato di distanza dall'indirizzo in cui credevano che Zach tenesse le donne prigioniere. Il cielo stava diventando più scuro e li aiutava a non farsi notare. Non si sapeva bene quanti seguaci ci fossero con lui, ma si pensava all'incirca una decina. Dieci contro cinque non era un buon inizio, ma gli uomini che si avvicinavano di soppiatto verso la casa sulla spiaggia non solo erano dei killer ben addestrati, ma avevano una missione molto personale.

"Ho contattato Hurt," disse Wolf agli altri, a bassa voce. "Ha chiamato rinforzi, la nuova squadra di SEAL sotto il suo comando, faranno la guardia sulla costa. Non escluderei che questo stronzo sia pronto a tutto."

"Parli di Gumby, Rocco e degli altri, la loro squadra?" chiese Cookie. "I ragazzi che ci hanno aiutati in Turchia?"

"Proprio loro," confermò Wolf.

"Evvai, forza," sussurrò Abe.

Slade non era minimamente interessato a chi faceva la guardia a cosa, era totalmente concentrato sulla casa in cui doveva trovarsi Dakota, doveva raggiungerla prima che fosse troppo tardi.

"Io vado con Abe e Cutter sulla sinistra, Dude e Cookie vanno sulla destra," ordinò Wolf, al comando di quel gruppetto. "Eliminate ogni nemico che incontrate... in silenzio. Non vogliamo far sapere a Zach che siamo arrivati."

Avevano chiamato Fourati "Zach" da quando avevano scoperto chi fosse. Il fatto che quel tipo avesse gabbato non solo la marina, ma anche tutti loro, li aveva fatti infuriare al massimo. Per quanto si spacciasse per un terrorista internazionale, non lo era.

Zach era solo un ragazzino viziato che per motivi suoi aveva deciso di diventare un terrorista. A Slade non importava nulla del perché e del come fosse diventato così. Di sicuro c'era dietro tutta una storia che sarebbe saltata fuori dopo il salvataggio delle due donne, ma in fin dei conti non importava: era un uomo morto, per aver messo le mani su Dakota.

———

La porta della stanza si aprì sbattendo e sia Dakota che Caroline sussultarono dalla sorpresa. Col passare del tempo, lo stress le aveva logorate e nessuno era tornato, né Aziz né i suoi seguaci.

Entrando nella stanza, gli uomini si mossero rapidamente. Due uomini con tuniche nere presero Caroline, altri due tirarono in piedi Dakota prima che una delle due potesse protestare, anche solo debolmente.

Dakota si agitò nella presa dei due uomini, erano gli stessi che l'avevano tenuta ferma prima; le faceva molto male il ginocchio, un dolore atroce in posizione eretta, ma lei si rifiutava di lasciarsi prendere senza nemmeno lottare.

"Sembra che abbiano ancora un po' di coraggio, Aziz," disse lentamente uno degli uomini, chiaramente divertito da quella lotta.

Dakota guardò Caroline e la vide agitarsi anche lei meglio che poteva nella presa degli uomini che la tenevano.

"Shhh, Anoushka," mormorò Aziz avvicinandosi davanti a lei; ora era vestito con una tunica nera, come gli altri. "Speravo davvero che passassi in modo più costruttivo il tempo, intanto che mi aspettavi." Si abbassò su di lei e le afferrò il mento con forza bruta. "Mi piace quando la mia donna si ribella," le disse con un barlume negli occhi. "Mi eccita."

"Vaffanculo," sbottò Dakota, riuscendo a togliere la testa da quella presa.

Aziz fece un cenno col capo a un altro uomo che stava in piedi nel corridoio. "Sembra che per farti obbedire dovrò convincerti prima che tu sia incinta. Non me ne frega di te, ma non vorrei far del male al futuro leader."

L'uomo a cui Aziz aveva fatto un cenno si mosse verso Dakota e senza dire una parola arretrò con il braccio e le scagliò un pugno in pieno viso.

Gli uomini che la tenevano la lasciarono andare e lei cadde come un sasso sul pavimento di cemento. La mano le cadde sul volto, cercò di trattenere i gemiti di dolore che le venivano in gola.

Prima che potesse riprendersi dal pugno, l'uomo la colpì alla pancia con un calcio. Dakota si raccolse più che poteva, cercando di proteggersi. Lui si spostò e le sferrò calci dove poteva, mentre lei cercava di evitarli.

"Dakota!" urlò Caroline. "Santo Dio, basta! Altrimenti la ammazzate!"

"Ah, magari preferiresti essere tu al centro delle mie attenzioni, eh?" le chiese Aziz, come se non avesse altro pensiero al mondo. Dopo un altro cenno del capo di Aziz, l'uomo che aveva preso a calci Dakota si rivolse verso Caroline.

Dakota, stordita, lo vide avvicinarsi all'amica; poi Aziz si mise in mezzo, impedendole di vedere. Si inginocchiò davanti a lei e le disse sottovoce.

"Imparerai che ribellarti non porta altro che dolore. Una donna che si agita un po' mi piace, ma entro certi limiti. Non preoccuparti, imparerai a conoscere i limiti oltre i quali non spingerti, Anoushka. Prima o poi ti sottometterai a me; ma per adesso penso ti serva un aiutino per rilassarti, eh?"

Non capendo di cosa stesse parlando Aziz, Dakota si sforzò al massimo di tenere gli occhi aperti. Anche solo respirare le faceva male, il dolore al ginocchio era atroce, ma lei riusciva ancora a vedere l'uomo che aveva davanti. "Io..." fece un respiro profondo, anche se le procurava dolore, ma ribellarsi ad Aziz le faceva bene. Strinse gli occhi per completare il pensiero: "...non mi sottometterò *mai*. Non potrai mai darmi le spalle, non potrai mai lasciarmi da sola. Passerò il resto della vita a fare di tutto per fuggire."

Aziz a quel punto fece un gran sorriso. Un sorriso maligno, terribile; Dakota capì che avrebbero rivisto quel sorriso nei suoi incubi per anni a venire. "Oh, bella Anoushka, ti arrenderai. Sei mia moglie, ho il diritto di punirti come voglio. C'è scritto così nel Corano. Ma per ora dovrò smorzare la tua voglia appassionata di lottare. Dobbiamo partire, preferisco non dovermi preoccupare che tu attiri l'attenzione su di noi. La buona notizia è che ad alcuni uomini piace prendere la loro donna anche priva di sensi, ma a me no. Voglio che tu sappia che stai con me, con tuo marito, che sono io a prenderti. Voglio che ti ricordi che non potevi far nulla se non prendere ciò che ti davo. Ti riempirò col mio seme finché non traboccherà dalle tue labbra intime. Poi ricomincerò e ti riempirò di nuovo. Ti scoperò ogni volta che vorrò. Sarai incinta prima della fine del mese, dovessi tenerti narcotizzata tutto il tempo. Eh sì, Anoushka, sei mia. Per sempre... o almeno finché non sarò stanco di te. Però..." le passò le nocche sulle guance graffiate, spargendo con le dita il sangue che le usciva dal naso e dalle labbra. "Ricorda bene le mie parole. Non mi sfuggirai mai. Mai."

Dakota provò a spingersi via da Aziz, ma gli uomini che l'avevano tenuta ferma tornarono a prenderla. Lei si agitò debolmente mentre un uomo si avvicinava con una siringa. Poi gridò per il dolore, quando il braccio le fu teso bruscamente e tenuto giù. L'uomo le iniettò il contenuto della siringa.

Lei guardò Caroline e vide un altro uomo che inseriva un ago anche nel suo braccio. Dakota ansimò di dolore e di paura, mentre sentiva il corpo pervaso da un'insolita fiacchezza. Si accasciò al suolo, come un sacco vuoto.

"Ecco. Così va molto meglio," commentò Aziz con un gran sorriso. "So che mi senti, non hai perso i sensi, capisci quel che ti dico e cosa sta succedendo, ma sei troppo fuori per ribellarti. Esattamente come piace a me." Poi si girò verso gli altri: "È ora di andare. Alcuni sostenitori di Ansar al-Shari'a ci aspettano appena oltre la frontiera. Useremo le barche, andate a prepararle."

Senza dire una parola, molti degli uomini uscirono dalla stanza per eseguire gli ordini di Aziz, dato che Caroline e Dakota non erano più una minaccia. Dakota aveva l'impressione di galleggiare, il lato positivo era che la sostanza fattale iniettare da Aziz le aveva tolto ogni dolore. L'atroce dolore al ginocchio ora era una pulsazione appena percettibile, non sentiva nemmeno le ferite al volto e al torace per le percosse ricevute.

Aziz era impegnato a parlare con un uomo oltre la porta, probabilmente stavano organizzando il piano per andarsene indisturbati. Prima, guardando fuori dalla finestra, Caroline le aveva detto di aver visto l'oceano e la spiaggia e che le sembrava un quartiere residenziale.

Dakota rotolò su un fianco e vide Caroline sdraiata per terra, non troppo lontano. Aveva la tunica aperta e il corpo esposto, ma non si muoveva per coprirsi. I loro sguardi si incontrarono e sbatterono le palpebre, Caroline girò la testa e fissò dritto in alto verso il soffitto. Poi si portò le mani al petto e fece il segno per "correre". Infine si diede due colpetti al petto.

Dakota capì. Caroline le stava dicendo che voleva comunque tentare la fuga. Dakota voleva crederle, voleva convincersi che Caroline sarebbe stata in grado di scappare, di liberarsi, appena le avrebbero portate fuori verso le barche; ma non era sicura che ce l'avrebbe fatta. Anche se ormai fuori c'era buio, Caroline poteva anche non farcela. A giudicare da come si sentiva lei, Dakota pensò che anche Caroline avesse molte difficoltà a muoversi, figuriamoci mettersi a correre sfuggendo a chi la stava tenendo.

Dakota ebbe la sensazione di vedersi dall'alto, come se si stesse guardando dal soffitto; chiuse gli occhi e lasciò che la sostanza che le avevano inoculato prendesse il sopravvento sul proprio corpo. In quel momento non le interessava cosa le sarebbe successo, le bastava non dover più sopportare il dolore che la tormentava fino a cinque minuti prima. Le sembrava tutto soprannaturale.

———

I SEAL si mossero in silenzio, si divisero e circondarono la casa enorme e bella. Wolf si fermò vicino a una finestra e alzò la mano perché anche Slade si fermasse. Mentre aspettavano in ascolto, la loro attenzione fu catturata da un certo trambusto.

Guardarono entrambi increduli un gruppo di uomini

con enormi tuniche nere che uscivano da una porta quasi nascosta, sotto un'enorme pedana in legno sul retro della casa. Gli uomini cominciarono a incamminarsi in gruppo verso la spiaggia. Slade non sapeva dove stessero andando, ma era contento di avere meno uomini di cui preoccuparsi, entrando in casa per trovare Caroline e Dakota.

Proprio allora si sentì gridare e una delle persone con la lunga tunica nera si staccò dal gruppo e cominciò a incespicare per la spiaggia nel buio della notte.

Slade sentì una voce che avrebbe riconosciuto ovunque, gridava: "Vai, vai via!"

Guardò Wolf e senza esitare tutti e cinque i SEAL passarono al piano B e si misero a correre verso il gruppo, tutti allo stesso tempo.

Vedendo i SEAL che correvano alla rinfusa verso di loro, uno degli uomini in tunica nera gridò: "Lasciatela andare! Salite in barca!" Tutti uniti, gli uomini in gruppo scattarono verso la spiaggia, dove Slade poteva vedere quattro gommoni in attesa.

"Cazzo, dobbiamo fermarli!" sbottò Slade, che cominciò a correre più veloce.

La persona che si era staccata dal gruppo cadde con le mani e le ginocchia a terra, ma si rialzò immediatamente e ricominciò a camminare lungo la spiaggia. Ma Slade a quel punto si accorse che quella persona (molto probabilmente Caroline, se era stata Dakota a gridarle di scappare) oscillava e si muoveva come fosse ubriaca. Slade la vide voltarsi verso il gruppo che era uscito dalla casa e ciò che indossava gli fece finalmente capire.

Era di sicuro una donna. Era senz'altro Caroline. Era

seminuda, la tunica che indossava era enorme e sventolava intorno al suo corpo mentre correva. Era squarciata fino a metà, il corpo pallido si vedeva chiaramente alla luce della luna; stava cercando di scappare.

"Cazzo, Wolf!" esclamò Slade.

"L'ho vista! È Ice," rispose l'altro SEAL.

"Vai." Slade aveva bisogno dell'aiuto dell'amico, ma se fosse stata Dakota a scappare, mezza nuda, nel panico, chiaramente in difficoltà, niente gli avrebbe impedito di andare ad aiutarla.

Senza dire una parola, Wolf si girò a sinistra e scattò verso la moglie.

Slade tornò con lo sguardo verso il gruppo di uomini e imprecò: era impossibile raggiungerli prima che si allontanassero dalla spiaggia. Stavano salendo sui quattro gommoni e li stavano spingendo al largo tutti insieme. Scrutò ciascun gommone per vedere dove fosse Zach.

In una delle imbarcazioni di mezzo, Slade vide i capelli biondi di un uomo, facilmente riconoscibile tra i seguaci e gli amici, con i capelli scuri.

Dude e Cookie raggiunsero il bagnasciuga allo stesso tempo di Slade e Abe.

"Hanno preso una delle nostre donne," disse Cookie, che non aveva nemmeno il fiatone.

"Sei sicuro?" gli chiese Slade.

"Sì, ho visto uno di loro che se la gettava in spalla e la buttava sul gommone."

"Dove andranno?" chiese Slade, senza togliere gli occhi dalle imbarcazioni, che si stavano allontanando rapidamente dalla spiaggia.

"Messico?" immaginò Abe. "Dove altro dovrebbero andare?"

"Dobbiamo fermarli," sbottò Slade frustrato.

Cookie era attaccato al telefono e diceva: "Rocco e gli altri sono a due minuti. Arriveranno con due barche, vengono a prenderci con due barche mentre altre due barche procedono all'inseguimento, ci manderanno le coordinate."

Slade annuì mentre camminava avanti e indietro con impazienza sulla sabbia.

"Dov'è Wolf?" chiese Dude.

"Quella che ha cercato di scappare era Caroline. Wolf l'ha raggiunta," spiegò in breve Slade agli altri SEAL.

"Meno male, cazzo," disse Cookie con un filo di voce.

"Appunto," commentò Slade a denti stretti.

"Non intendevo..."

Slade alzò la mano per interrompere l'amico. Sapeva che Cookie non intendeva nulla di male, era solo felice che Caroline si fosse liberata dai terroristi. Ma *Dakota* non era ancora libera.

Nel giro di un minuto e mezzo, i quattro videro due barche avvicinarsi ad alta velocità. Rallentarono appena, giusto per non portare le barche in secca sulla spiaggia, poi i SEAL che pilotavano le barche ad alta velocità si fecero indietro mentre Abe, Cookie, Dude e Slade saltavano a bordo.

Gli uomini di tre squadre diverse di SEAL si muovevano in armonia letale, come se avessero lavorato insieme in missioni come quella per tutta la vita. Erano concentrati, dovevano raggiungere ed eliminare la minaccia che sfrecciava sulle altre imbarcazioni.

———

Dakota giaceva sul fondo del gommone su cui era stata gettata, cercava di capire cosa stesse succedendo. Aveva visto Caroline liberarsi e scappare. Non aveva idea di dove avesse trovato le forze, ma era impressionata. Nessuno si era preoccupato molto di lei, perché pensavano che fosse troppo fatta per potersi ribellare. Invece di correrle dietro, però, gli uomini erano corsi verso le imbarcazioni che ovviamente avevano preparato prima.

Lei era stata presa sulle spalle da uno di quegli uomini, che si era messo a correre sul bagnasciuga, facendola rimbalzare come un sacco di patate. Gli spruzzi d'acqua che l'avevano colpita in viso erano freddi e l'avevano aiutata a capire meglio ciò che stava accadendo. Era stata gettata senza riguardo sul gommone e Aziz aveva cominciato a urlare agli altri.

"Quando saremo lontani dalla spiaggia, ci separiamo. Non devono sapere dove sono. Il leader deve scappare! Ci vediamo oltre frontiera. Lunga vita ad Ansar al-Shari'a!"

"Lunga vita ad Ansar al-Shari'a!" avevano urlato gli altri, poi le voci erano state sopraffatte dal volume dei motori, tirati al massimo.

Dakota pensò di sfuggita che Aziz era il peggior codardo che lei aveva conosciuto; in pratica aveva ordinato agli altri di fare di tutto, per essere sicuro di poter scappare *lui*. Che bastardo.

Sentì il corpo flaccido sbattuto contro la parte posteriore del gommone, quando il pilota avviò il motore e cominciò ad allontanare l'imbarcazione dalla spiaggia. Dakota si concentrò per cercare di vedere chi stesse pilotando il gommone, ma più si allontanavano da Coronado e più diventava difficile vedere qualcosa. I due uomini sul gommone non avevano acceso alcuna luce e l'unica cosa che lei riusciva a vedere chiaramente erano le stelle che scintillavano su nel firmamento.

Dakota guardò in alto le stelle, con la sensazione che la testa le galleggiasse nel vuoto. Vide il Grande Carro e la Stella Polare. Ricordò il momento in cui era tra le braccia di Slade e guardava le stesse stelle, a Goldfield. Quanto tempo era passato? Un giorno? No… il giorno prima era a casa di Wolf e Caroline. Corrugò la fronte nel tentativo di ricordare. Dopo un lungo momento, decise che non era importante e chiuse gli occhi.

Il gommone si scontrò con un'onda e l'urto le trasmise uno scossone alla schiena, facendola tornare alla realtà, con il dolore che ricominciava a lacerarle il corpo; Dakota sbatté le palpebre e si mise a fatica seduta, guardandosi intorno confusa. Vide le luci di Coronado brillare in lontananza, mentre l'imbarcazione si dirigeva verso sud.

"Non mi troverà mai," le urlò Aziz, che stava in piedi a prua. "Ho procurato nuove identità per entrambi, Anoushka. Ero proprio sotto il suo naso e lui non aveva idea che fossi io, quello che stava cercando." Poi scoppiò a ridere fragorosamente e a lungo, facendo trasalire Dakota.

"Ho tutto il necessario per far crescere il mio gregge;

nel giro di un anno avrò organizzato l'attentato più importante e letale che si sia mai visto sul suolo degli Stati Uniti, e tu sarai la mia musa ispiratrice," le disse Aziz, che poi fece un passo verso il retro del gommone, dove lei era seduta; ma un'enorme ondata gli fece perdere l'equilibrio e lo costrinse ad afferrare la struttura in metallo per rimanere in piedi.

Ovviamente cambiò idea e decise di non andare a poppa del gommone, da lei, così le disse: "Riposa, sposa mia. Non preoccuparti. Ti porterò ben presto in una casa calda, al sicuro, nel mio letto, dove potremo consumare il nostro matrimonio. Chiudi gli occhi, Anoushka, dormi."

Dakota chiuse gli occhi come le aveva detto Aziz, più per frustrazione e paura che per senso di obbedienza. Non poteva permettere che Aziz la portasse all'estero, dove sarebbe stata ancor più impotente di quanto non lo fosse già. Per Slade sarebbe stato il doppio più difficile trovarla.

Pensare a Slade le diede abbastanza forza e determinazione per ribellarsi ad Aziz e superare lo stordimento della sostanza che le scorreva nelle vene.

Vedendo il suo rapitore e l'altro uomo impegnati a cercare la direzione in cui dirigersi, controllando gli strumenti appena illuminati sulla plancia, Dakota costrinse lentamente il suo corpo flaccido a tirarsi su fino ad avere la pancia appoggiata sul bordo del gommone. Le luci a riva sfarfallavano confuse, ma lei non si fermò. Il rumore del motore e delle onde che si frangevano contro il gommone le veniva utile. Anche il fatto che Aziz la credesse totalmente fuori gioco, per la droga che le aveva fatto inoculare.

Senza fare rumore, Dakota trattenne il fiato e si sporse oltre il bordo dell'imbarcazione, scivolando con la testa nelle acque gelide dell'Oceano Pacifico. Il leggero tonfo che fece col corpo immergendosi in acqua era impercettibile, sovrastato dagli altri suoni del gommone che sfrecciava verso il Messico.

CAPITOLO SEDICI

Slade stava in piedi con le gambe divaricate, non sentiva nemmeno gli spruzzi di acqua fredda che lo colpivano in viso, mentre il motore potente del gommone della marina spingeva l'imbarcazione sempre più vicina all'obbiettivo. I quattro gommoni che erano partiti insieme dalla spiaggia si erano divisi, prendendo quattro direzioni diverse.

Lui e Cookie erano su un gommone insieme a un altro SEAL, di nome Rex. Indossava un casco tattico e comunicava con i commilitoni sugli altri gommoni, riferendo agli altri sulla barca le informazioni.

"Phantom e Gumby hanno neutralizzato l'obbiettivo diretto a nord."

"Hanno trovato Dakota o Zach?" gridò Slade per farsi sentire sul rumore del motore e dell'acqua.

"Negativo," rispose Rex scuotendo la testa.

Uno andato, ne rimangono tre.

"Rocco e i vostri, Abe e Dude, stanno per raggiungerne un altro... si stanno sparando, ma sembra che a bordo ci siano solo due uomini, niente donne."

"Dai, forza," pregò Slade sottovoce mentre la distanza dal gommone inseguito si riduceva. *Ti prego, fa' che Zach sia su questo, voglio essere io ad ammazzare quel bastardo.*

"Secondo gommone andato," li informò Rex.

"Aggiornamenti sul terzo?" urlò Cookie.

"Ace e Bubba sono vicini," li informò Rex.

Slade non staccava gli occhi dall'imbarcazione che inseguivano. Non c'erano luci, ma Rex e Cookie indossavano occhiali per la visione notturna, mentre lui indossava occhiali termici che gli permettevano di vedere chiaramente le tracce rossastre di aria calda che provenivano dal motore del gommone e dalle persone a bordo.

A prua del gommone si vedevano solo due figure umane, ma Dakota poteva comunque esserci, perché il fondo dell'imbarcazione non si vedeva chiaramente. Se su quel gommone c'era Zach, era probabile ci fosse anche Dakota. L'alternativa era impensabile.

"Bubba dice che la donna non è sul terzo gommone. Ripeto, niente donna sul terzo obbiettivo."

Quindi sul quarto c'era Zach e *doveva* esserci anche Dakota.

Slade vide uno degli uomini guardarsi alle spalle varie volte, ma senza muoversi dalla plancia di comando. Era impossibile capire se i terroristi potessero sentire o meno il gommone che li inseguiva, ma non importava: erano uomini morti.

Rex urlò: "Tenetevi stretti!" Poi virò il gommone

militare dritto verso l'imbarcazione inseguita, accostò di fianco all'altro gommone e senza esitare lo speronò; entrambe le persone in piedi a prua caddero per l'urto.

Slade e Cookie si stavano già muovendo, anche se Rex dava di nuovo manetta al motore per accostare di nuovo all'altro gommone. Si tolsero gli occhiali e saltarono sull'altra imbarcazione, che procedeva tra le onde ad alta velocità.

Cookie raggiunse il pilota prima che questi si accorgesse dell'arrembaggio, gli si avvicinò da dietro e gli tagliò la gola così alla svelta da non dargli il tempo di reagire.

Zach non avrebbe avuto la stessa fortuna.

Slade lo afferrò e lo gettò sul fondo del gommone con tanta forza da farlo ansimare per cercare di respirare. Slade lo sovrastò in un istante, si accovacciò su di lui e gli mise alla gola il coltello tattico. Cookie fece rallentare il gommone fino a fermarlo, ma l'attenzione di Slade era ormai altrove.

Tenendo il coltello alla giugulare di Zach, Slade si voltò verso la poppa del gommone.

Vuota.

Dakota non c'era. Dannazione, non c'era! Come poteva *non* esserci?

Per la prima volta, quella sera, Slade sentì il cuore palpitare sempre più forte; fino a quel momento era rimasto stoicamente concentrato, freddo, pronto e disposto a fare di tutto pur di porre fine alla minaccia contro Dakota. Ma lei non era su quel gommone, dove doveva essere. Dove cavolaccio mai poteva essere?

Slade spostò un ginocchio sullo sterno di Zach e gridò al terrorista: "Dov'è?"

Un ghigno bestiale trasformò il viso di Zach: "Chi? Mia moglie, Anoushka Fourati? È nascosta, non la troverete mai."

"Cazzate," sbottò Slade, facendo più pressione col coltello, noncurante del rivolo di sangue che usciva dalla gola del terrorista: "Dov'è?"

Zach cominciò a sentire il dolore, sussultò e cercò di allontanare la gola dal coltello, senza riuscirci. "Che gran bella scopata. Mi piace quando quelle stronze si ribellano," disse Zach, facendo il gradasso impudente.

Slade non ne poteva più, voleva uccidere quell'uomo lentamente, facendolo soffrire, ma Dakota aveva bisogno di lui e non c'era tempo di uccidere Zach in quel modo. Si abbassò su di lui, fino ad essere faccia a faccia con Zach, poi gli disse sottovoce: "Non sei altro che un codardo."

"Forse, ma il mio nome sarà ricordato per sempre, come quello di Timothy McVeigh e dell'Unabomber, le mie gesta vivranno in eterno," disse Zach, mezzo strozzato.

"Sbagliato. L'unico fine che avrò in vita sarà assicurarmi che nessun giornalista conosca il tuo nome. Nessuno." A quel punto, Slade tirò il coltello lungo la gola di Zach, lentamente, con metodo, senza sentire un minimo di pietà.

Poi si voltò dall'altra parte, mentre il terrorista gorgogliava sangue sul fondo del gommone.

La voce di Rex che parlava agli uomini sugli altri gommoni sembrava provenire da molto lontano: "Bersaglio assente, ripeto, bersaglio assente. Qualcuno ha intravisto Dakota?"

Slade tornò a rivolgersi verso il corpo di Zach, che versava sangue nel gommone a ritmo lento ma costante; si teneva le mani alla gola, ma non servivano ad arginare il sangue che zampillava dalla giugulare. Slade si abbassò e afferrò i capelli biondi di Zach, gli tirò su la testa e finì di tagliargli la gola. Poi, gliela tagliò una terza volta, infine lasciò cadere la testa con disgusto, dicendogli con voce fredda e letale: "Ti ho ucciso troppo alla svelta, figlio di puttana."

Infine Slade guardò Cookie: "Dov'è la mia donna?"

"Non lo so, ma la troveremo, Cutter. Cazzo, se la troveremo."

———

Dakota galleggiava sul dorso con le braccia aperte e le gambe divaricate, lo sguardo fisso nel firmamento. Le stelle erano molto limpide, come in Nevada. Non ne aveva mai viste così tante in tutta la vita.

Cadendo in acqua, il freddo gelido le aveva fatto mancare il respiro. L'acqua era ghiacciata, abbastanza da scuoterla e toglierle il torpore del narcotico per un poco. Era rimasta a galla sul posto per un lungo momento, mentre guardava il gommone da cui era scesa sfrecciare via da lei. Quello stupido di Aziz non si era nemmeno accorto che si era gettata in acqua. Che idiota.

Poi aveva cominciato a nuotare verso la riva. Non aveva idea di quanto fosse distante, ma probabilmente qualche chilometro. Di notte era difficile valutare le distanze, specialmente in stato confusionale. Dopo un po', si era fermata, aveva troppo freddo ed era stanca. Troppo stanca.

Era felice di poter galleggiare naturalmente, anche perché aveva gareggiato a pallanuoto in tutto il periodo delle scuole superiori e del college, quindi aveva imparato a nuotare e galleggiare meglio di molti altri; così si era messa a pancia in su per riposare.

Scivolava su e giù con le onde, flosciamente. Si sarebbe riposata per un poco, poi avrebbe ripreso a nuotare. Era una notte davvero bella, serena. Con le orecchie sott'acqua non poteva sentire nulla, solo il fruscio delle onde che la cullavano dolcemente, insieme al proprio cuore che palpitava.

Fissando il firmamento, notò una stella cadente che lo attraversava. Dakota sorrise: era passato tantissimo tempo da quando ne aveva vista una. Un desiderio. Doveva esprimere un desiderio. Chiuse gli occhi e si sentì più a suo agio di quanto non si fosse sentita nelle ultime ore, poi espresse un desiderio.

———

"Sappiamo che era su uno dei gommoni," disse Rex in cuffia, "abbiamo visto qualcuno che ce la gettava dentro. *Deve* essere qui, da qualche parte. Forse l'hanno buttata fuori bordo quando hanno capito che li stavamo inseguendo."

Slade smise di ascoltare l'altro SEAL che parlava e rimase in ginocchio dov'era, con una mano stretta a una corda laterale per tenersi in equilibrio e gli occhi fissi nell'oscurità che aveva davanti.

Cookie indossava ancora gli occhiali per la visione notturna, quindi poteva vedere fino a una decina di metri di distanza, ma Slade aveva gli occhiali termici, quindi vedeva chiaramente nel cielo notturno gli uccelli che si libravano in volo sfruttando le correnti d'aria calda, vide persino un paio di pesci saltar fuori dall'oceano. Ma lui stava cercando Dakota. Sapeva che l'acqua era fredda e che avrebbe attutito il calore di un corpo, ma non era passato molto tempo e forse sarebbe riuscito a distinguere il corpo di Dakota nell'acqua. Doveva essere là fuori, da qualche parte.

Slade si rifiutò di pensare all'esperienza di Caroline, a ciò che le era successo tanti anni prima, quando i rapitori le avevano legato dei pesi al corpo con delle catene e poi l'avevano *gettata* in acqua. Si rifiutò di pensare a Dakota che scendeva a peso morto sul fondo dell'oceano, mentre cercava di liberarsi, prima di esaurire la scorta di ossigeno e prendere istintivamente un gran respiro, che le avrebbe riempito i polmoni di acqua, invece che di aria, condannandola.

No. Non l'avrebbe persa a quel punto. Impossibile. Era passata meno di una settimana da quando era entrata nella sua vita, non bastava. Non bastava minimamente. Voleva conoscere tutto di lei, dove aveva imparato il linguaggio dei segni, qual era il suo colore preferito, com'era da piccola.

Le lacrime riempirono gli occhi di Slade, inattese, ma lui le trattenne. Non aveva tempo di lasciarsi andare. Doveva vederci perfettamente, doveva riuscire a trovare

Dakota, che era in acqua da qualche parte, mentre il tempo stava per scadere.

"Andiamo, dove sei, amore?" si chiese sottovoce, mentre con gli occhi continuava a perlustrare l'orizzonte in cerca di qualcosa di strano: qualsiasi ombra di rosa poteva indicare il calore del suo corpo. Era come cercare un ago in un pagliaio... no, un ago in una catasta di aghi. Impossibile, ma lui non si sarebbe arreso. Per nulla al mondo: l'avrebbe trovata.

"Zach era su questo gommone, è molto probabile che anche lei sia qui vicino," stava dicendo Rex agli altri. "Convergete su queste coordinate e cominciamo una ricerca a tappeto. Non sappiamo quando può essere stata... ehm... messa fuori bordo. Potrebbe essere in qualunque punto tra noi e la spiaggia.

Slade smise di nuovo di ascoltare. Mentre scandagliava le acque, sentì un forte presentimento.

"Visto nulla?" gli chiese Cookie da sinistra.

"Non ancora," rispose Slade, "ma so che è qui, siamo vicini. Me lo sento."

"Sì, anch'io," disse Cookie. Tennero entrambi lo sguardo fisso sul vasto oceano che avevano davanti, ma Cookie continuò: "Ho la stessa sensazione che avevo la prima volta che ho incontrato mia moglie. Mi mancava un passo per andarmene da quel capanno di merda in mezzo al nulla, in Messico, ma qualcosa mi ha fatto girare. Non dovevo, avevo già preso Julie e dovevamo andarcene dalle palle prima che i trafficanti tornassero, ma ho esitato per dare un'ultima occhiata in giro e prima di accorgermene stavo camminando verso l'altro lato del capanno. Ero sicuro di essermi perso qualcosa."

"Fiona," disse Slade con determinazione.

"Esatto. In questo preciso istante ho la stessa sensazione."

"Andiamo, amore, aiutami a trovarti," sussurrò Slade mentre scrutava le onde.

———

Dakota stava morendo e lo sapeva. Non aveva idea di come avesse fatto a vivere fino a quel punto. Non sentiva più mani e piedi, aveva capito che non sarebbe mai riuscita ad arrivare a riva. Aziz se n'era ormai andato, del resto lei non voleva certo che tornassero a prenderla né lui né i suoi seguaci.

Le stelle luccicavano vivacemente su di lei, che galleggiava pervasa dalla tristezza. Non era triste per sé, perché presto il dolore sarebbe svanito nel nulla. Non le sarebbero mancate le persone care, perché era decisamente convinta che la sua anima si sarebbe librata in volo immersa in un'aura felice, fino alla decisione di reincarnarsi e tornare sulla Terra.

Si chiese per un momento cosa pensasse Slade sulla morte. Era un uomo religioso? Credeva in Dio? Un'altra cosa che non avrebbe mai saputo di lui.

Dakota si capì il motivo della propria tristezza e sospirò: il padre avrebbe preso la sua morte molto male. Dopo la scomparsa della madre di Dakota, al padre era servito molto tempo per tornare a sembrare l'uomo di sempre. E Caroline? Ce l'aveva fatta? Era in salvo? Si sarebbe perdonata se Dakota fosse morta? O avrebbe trascorso il resto della vita presa dal rimorso di non aver agito diversamente?

Poi c'era Slade. Lo aveva frequentato per meno di una settimana, ma l'aveva riconosciuto con l'anima. Lei non parlava molto di ciò in cui credeva, ma nel secondo stesso in cui l'aveva incontrato, aveva capito che dovevano essersi conosciuti in una vita precedente. Aveva capito che erano destinati a incontrarsi anche nell'altra vita. Ma avevano trascorso insieme meno di una settimana. Meno di una cavolo di settimana.

Alzò un braccio, senza curarsi di quanto tremasse; voleva raggiungere una stella, voleva toccarla, portarla giù, sulla Terra, per condividerla con Slade. Ma non riuscì a raggiungerla. Le sembrava quasi di toccarla, ma quando strinse il pugno, rimase con null'altro che un pugno di aria.

Lasciò cadere il braccio frustrata, ormai non sentiva più nemmeno l'acqua che la colpiva sulle guance, insensibili. Chiuse gli occhi. Stava bene. Ormai l'acqua non era nemmeno più tanto fredda.

———

"L'hai visto?" chiese Slade a Cookie con urgenza.

"Visto cosa?"

"A ore undici, un riflesso rosa."

Rex virò in quella direzione senza nemmeno aspettare che glielo dicessero. Slade e Cookie si portarono a prua per scrutare davanti al gommone.

Cookie e Rex non chiesero nemmeno a Slade se fosse sicuro: non dubitavano di lui. Se Slade diceva di aver visto qualcosa, bisognava andare a controllare. Sapevano bene quanto fosse importante il tempo che scorreva veloce, tempo prezioso che Dakota non poteva perdere, sempre che fosse ancora viva.

Rex informò gli altri gommoni che Slade aveva visto qualcosa, avvertendo di rimanere in ascolto per ulteriori aggiornamenti.

Mentre si portavano sempre più vicini al punto in cui Slade aveva visto qualcosa, lui tratteneva il fiato.

Ti prego, fa' che sia Dakota. Ti prego, fa' che sia Dakota. Ho bisogno di lei. Non posso perderla.

"Che mi venga un colpo, è lei," mormorò Cookie.

Allo stesso tempo, Tex comunicò in radio: "L'abbiamo trovata!"

Slade si era già sfilato gli occhiali termici, non gli servivano più per capire ciò che vedeva: era Dakota che galleggiava sul dorso. Lo scialle beige che indossava nel video chissà come le era rimasto attaccato, le galleggiava intorno gonfiato dalle onde. I pantaloni di seta ormai erano completamente trasparenti, sembrava una visione eterea. I capelli intorno al capo sembravano formare un'aureola.

Aveva gli occhi chiusi, braccia aperte e gambe divaricate. Sembrava quasi stesse facendo un pisolino, tranne per le labbra bluastre e per la pelle, che aveva un colorito biancastro preoccupante. Qualunque fosse stato il gesto che aveva catturato l'attenzione di Slade, probabilmente le aveva prosciugato l'ultimo briciolo di forza.

Senza nemmeno pensarci, Slade si tolse le scarpe e saltò in acqua, attento a non fare troppe onde per evitare che le andasse dell'acqua in bocca. In un attimo, anche Cookie si immerse al suo fianco, ma Slade non lo degnò di uno sguardo, aveva tutta l'attenzione rivolta su Dakota. Respirava ancora? Era viva? Di certo non dava quell'impressione.

Con due bracciate potenti le arrivò al fianco, le mise una mano dietro la testa per tenerla ferma, evitando che si immergesse, mentre con l'altra mano andava a sostenerla sotto al corpo, tra le scapole.

Slade sapeva che Cookie sarebbe andato dall'altra parte e le avrebbe messo le mani sotto la spina dorsale e sotto al sedere, ma non riusciva a staccare gli occhi dal viso di Dakota. Era stata picchiata violentemente. Aveva un labbro rotto e le usciva del sangue dal naso. Aveva gli occhi gonfi e molti tagli sul viso. Non poteva controllare se ci fossero altre ferite, perché non riusciva a vedere il resto del corpo; senza dubbio era ferita anche in altri punti.

Ma sul viso aveva un mezzo sorriso, sembrava serena. Era incredibile, ma Slade quasi non si sentiva di disturbarla. Quasi.

"Dakota? Mi senti?"

Non si aspettava alcuna risposta, quindi Slade fu sbalordito quando vide che Dakota apriva gli occhi all'improvviso, sia pur di poco, per guardarlo.

"Slade?"

"Sì, amore, sono io." Era una conversazione futile, in mezzo al cavolo di oceano, dopo aver appena ucciso il terrorista che l'aveva sposata, facendosi riprendere in video, ma a lui non importava.

"Sei arrivato." Furono due parole pronunciate con assoluta certezza. Senza stupore, senza sorpresa.

Le lacrime che Slave aveva trattenuto fino a quel momento gli riempirono gli occhi e cominciarono a scorrergli sulle guance. Mai una sola volta, in tutta la carriera da SEAL, aveva pianto dopo una missione di salvataggio. Mai una volta. Ma quella non era una missione normale.

"Pensi di essere pronta a tornare a casa?" le chiese Cookie dall'altro lato.

Gli occhi di Dakota si spostarono dal viso di Slade a quello di Cookie, a quel punto fece un'espressione sorpresa. "Hai proprio il pallino di salvare donne nell'oceano."

L'altro SEAL rise: "Vedo che tu e Ice avete avuto tempo di parlare, eh?"

"Eh sì. Sta bene?"

"Perché non torniamo sul gommone a vedere come sta?" suggerì Slade con calma. Non aveva idea di cosa fosse successo a Caroline, ma immaginava stesse bene, dato che Wolf le era corso incontro e Rex non aveva detto nulla di diverso. Slade e Cookie si mossero all'unisono, portando Dakota più vicino al gommone militare. Ormai erano arrivate nei dintorni altre due imbarcazioni di supporto. Formavano un triangolo intorno ai tre in acqua, proteggendoli dalle ondate.

Dakota chiuse gli occhi e annuì.

"Tieni gli occhi aperti," la incitò Slade.

Lei obbedì e li aprì.

"Ecco, brava, amore, continua a guardarmi. Ci penso io."

In tutto il tempo che servì per tirarla fuori dall'acqua, toglierle i vestiti, mentre Slade si toglieva i propri, farsi avvolgere insieme a lui nelle coperte termiche di emergenza, Dakota non gli tolse mai gli occhi di dosso.

Slade si sdraiò sul fondo del gommone che sfrecciava in acqua per tornare a Coronado, poi alla base navale, dove il comandante Hurt aveva avvertito il personale medico, che era già in allerta per quell'arrivo; la sensazione di avere Dakota tra le braccia era meravigliosa. Era davvero un miracolo, essere riusciti a trovarla. Succedeva spesso che qualcuno cadesse fuori bordo e sparisse per sempre.

"Sei ferita da qualche altra parte, oltre al viso?" le chiese nell'orecchio, mentre il gommone sfrecciava sull'acqua.

Lei annuì.

"Dove?"

Slade avvicinò l'orecchio alla bocca di Dakota, che rispose sottovoce.

"Al ginocchio, al fianco, alle anche."

"Ti fa male?"

"Non sento nulla, non ho nemmeno più freddo. Forse sono i narcotici?"

"Che narcotici?" le chiese Slade preoccupato, facendo cenno con la testa a Cookie, che si abbassò per ascoltarla.

"Mi ha fatto qualcosa. Mi ha dato qualcosa. Anche a Caroline. Voleva che rimanessimo vigili, ma non in grado di ribellarci."

"Ti ha violentata, amore?" le chiese Slade con riluttanza. Doveva saperlo. Non per se stesso, ma per lei. Fosse stata violentata, le avrebbe procurato tutto l'aiuto necessario per superare quel trauma. Dakota gli apparteneva, nulla lo avrebbe allontanato da lei. Proprio nulla. Non gli importava nemmeno se fosse rimasta incinta. Non aveva alcuna intenzione di avere figli, considerato anche l'età, ma se per qualche strana combinazione Zach fosse riuscito a consumare la sua pazza idea del matrimonio, mettendola incinta, Slade avrebbe accolto quel figlio come proprio. Un figlio per metà di Dakota, che lui amava con tutto il cuore. Se lei avesse dato alla luce un figlio, quel figlio non avrebbe conosciuto altro che amore. Niente odio, solo amore, da parte di entrambi i genitori.

"No."

Slade voleva crederle, ma non era sicuro di potere.

Le si avvicinò e le mise le labbra vicino all'orecchio, per assicurarsi che lei potesse sentirlo forte e chiaro. "Nulla di ciò che è successo mi farà mai allontanare da te, amore. Nulla. Capisci?"

Lei annuì, così lui si allontanò. Dakota aveva la pelle ghiacciata. Lui tremava senza sosta, scrollandosi di dosso il gelo, invece lei gli era sdraiata addosso e non si muoveva, era immobile. Non era un bel segnale.

"Aspettava di arrivare in Messico. Voleva fare con calma, drogarmi di più. Mi voleva incapaci... incapit... incapace di fare qualcosa mentre i suoi amici mi prendevano. Te lo giuro, non mi ha sfiorata, Slade. Non ti mentirei mai."

Slade tirò un enorme sospiro di sollievo, chiuse gli occhi e appoggiò la fronte contro quella di lei. "Meno male, cazzo," le disse, sfiorandole nel frattempo le labbra con le proprie.

Dakota si agitò su di lui per un momento, così Slade

allentò la presa per lasciarle muovere le braccia. Lei lo avvolse intorno alla vita, appoggiando il naso tra il collo e la spalla di Slade. Cookie le sistemò la coperta termica per controllare che fosse tutta avvolta, dopo che si era mossa.

Slade le mise un braccio intorno alla vita e l'altro dietro la testa.

"L'hai ammazzato?" borbottò Dakota con la bocca appoggiata alla pelle di Slade.

"Sì."

"Ottimo."

Così finì il discorso. Non gli chiese come. Non gli chiese se fosse sicuro che Zach fosse morto. Semplicemente si rilassò addosso a lui, con tutto il corpo afflosciato, immobile in quell'abbraccio.

Mentre il gommone sfrecciava verso riva, Slade alzò gli occhi al firmamento, meravigliato dalla chiara luce delle stelle. Aveva già guardato il cielo da luoghi remoti, ma non gli era mai sembrato tanto bello come in quel momento.

Mentre teneva tra le braccia Dakota e guardava in alto, una stella cadente attraversò il cielo davanti al suo sguardo. Era passato tantissimo tempo da quando ne aveva vista una. Slade chiuse gli occhi ed espresse un desiderio, come fosse stato un ragazzino e non un tosto ex SEAL della marina.

Ti prego, fa' che viva.

"Hai voglia di fare la nostra gita?" chiese Slade a Dakota. Camminavano lungo la spiaggia, vicino all'appartamento di lui. Slade le teneva un braccio intorno alla vita, Dakota si appoggiava a lui, perché il ginocchio non era ancora guarito del tutto.

"Più voglia di quanto tu sappia," gli rispose guardandolo con gli occhi pieni di amore. "Non posso credere che Patrick ti lasci partire così presto."

"Sono passati tre mesi, amore, non è tanto presto," protestò Slade.

Lei lo guardò un po' scettica, col sopracciglio inarcato.

"Sì, va bene, se un terrorista cresciuto in patria ti lavora proprio sotto al naso, ti fa passare la voglia di chiamare un altro novellino al mio posto, anche se per poco tempo," confermò Slade, che poi si abbassò e baciò Dakota sulla punta del naso, per poi riprendere a camminare. La fisioterapista le aveva consigliato di camminare spesso per far riprendere forza al ginocchio.

Dakota era stata operata per ricostruire il tendine rotuleo, che si era logorato a seguito del calcio che le aveva sferrato uno dei seguaci di Zach.

"Chi ha dato il nulla osta, alla fine?"

"Un altro SEAL non più in servizio attivo. Hurt ha detto che non lavorerà mai più con un dipendente esterno che *non* sia stato un SEAL." Slade fece spallucce. "Non posso certo biasimarlo. Non sono sicuro che potrà sempre controllare chi gli arriva, ma non lo escluderei. Tuo papà è contento che partiamo?"

Dakota annuì. "Sì. Certo, tutto quello che mi è successo lo aveva sconvolto, ma è uno degli uomini più forti che io conosca. Sono proprio contenta che Jessyka sia andata a prenderlo e l'abbia portato in ospedale, così mi è rimasto vicino. So che aveva una paura matta per Benny, ma si è presa lo stesso il tempo di andare a prendere il papà. Le mogli dei tuoi amici sono fantastiche."

"È vero, sono proprio fantastiche," confermò Slade accennando un sorriso, "ma senti, amore, tu sei altrettanto meravigliosa."

Come lui si aspettava, Dakota scosse la testa. "No, non sono per nulla come loro."

Slade a quel punto interruppe la gentile passeggiata. "Ti prego, dimmi che non ti senti in colpa per quanto è successo a Caroline.

Dakota scosse leggermente la testa. "No." Lui continuò a guardarla, era scettica e sospirò alzando una spalla. "Lo so che lei non mi ritiene responsabile, neanche Wolf. Ma penso a quanto si dev'essere incazzato quando si è accorto che era praticamente nuda e che tutti gli uomini di Zach l'hanno vista così... non so che dire.”

Slade le prese il viso con le mani e la baciò velocemente sulle labbra: “Ne è uscita molto meglio di te, amore. Wolf l'ha raggiunta, stava bene. Era ferita, ancora narcotizzata, ma stava bene.”

“Giurami che Wolf non mi odia,” disse Dakota sottovoce. “E gli altri? So che non lo ammettono, ma non posso fare a meno di pensare che, se non fosse stato per me, non si sarebbe mai trovata in quella situazione.”

“Ti adorano. Sono meravigliati. Nessuno ti dà la colpa di nulla. Devi lasciar perdere tutto.”

Dakota sospirò: “Ci proverò, te lo prometto.”

“A proposito dei ragazzi, Benny vuole sapere quando torni da lui. I suoi figli si sono divertiti moltissimo con te, sei riuscita a gestirli benissimo. Adesso penso che sarai nei guai.”

“Sono bravissimi. Sono contenta che Benny stia bene. Quando è caduto sul tavolo, quel giorno, ho avuto una paura folle.”

“Zach aveva programmato tutto molto bene. Gli hanno sparato una freccetta dalla finestra della cucina, poi è stato facile entrare in casa dall'altra stanza. Ti ho detto che avevano violato il mio telefono, ascoltavano ogni conversazione. Avevano il codice dell'allarme di Wolf, lo hanno inserito mentre in due mettevano fuori gioco te e Caroline.”

Dakota tremò: “Sono contenta, meno male che non mi ricordo nulla, da quel punto.”

Slade pensò a Zach e agli altri che denudavano le due donne e concordò in silenzio con lei. Anche lui era contento che lei non avesse alcun ricordo di quei momenti. "Ti farà piacere sapere cosa ho scoperto: la casa dei Johnson è stata appena venduta."

"Che schifo."

"Schifo?"

"Non la casa che è stata venduta, ma Zach, che ha ucciso i suoi genitori. Cioè, *davvero*? Li ha fatti a pezzi e li ha messi nel congelatore. Roba da pazzi."

"Amore, stiamo parlando dello stesso uomo che rideva della bomba a Los Angeles, lo stesso che voleva fare attentati in tutto il paese."

"Lo so, ma quelli erano i suoi *genitori*. Come ha potuto farlo?"

Slade baciò Dakota sulla tempia e riprese a camminare con lei. "Alcune persone sono irrecuperabili."

"Immagino che sia così. Ma dire che erano andati in crociera intorno al mondo è stato furbo. Nessuno si è più chiesto nulla, così lui è stato libero di creare il suo laboratorio del terrore proprio sulla spiaggia davanti a casa." Poi si morse le labbra e aggiunse: "In un certo senso è meglio che non ci fossero più, per scoprire che persona orribile era il figlio." Poi Dakota guardò Slade. "Qualcuno ha comprato quella casa? Non riesco a immaginare chi può volerci vivere. Pensa che fantasmi ci saranno!" Le venne un brivido.

"La città di Coronado l'ha comprata per demolirla, ci faranno un parcheggio per la spiaggia pubblica vicina," le spiegò Slade.

"Beh, meno male!" Dakota fece il gesto di togliersi il sudore dalla fronte, ma poi tornò seria. "Comunque è triste."

"Tesoro mio, tu sei semplicemente incredibile. Sono sbalordito, trovi sempre il modo di avere compassione per tutte le persone che conosci. Non solo, ma sei sopravvissuta a qualcosa di incredibile, i medici ne parlano tutt'oggi. Il tuo corpo aveva raggiunto una temperatura di trentatré gradi, quando sei arrivata in ospedale. In genere a quel punto si perde conoscenza. Oppure si perde la ragione e si entra in stato confusionale. Tu sei andata contro ogni avversità. Non solo non eri molto confusa, ma eri del tutto vigile e parlavi, quando ti abbiamo trovata."

"Sono stati i narcotici," disse Dakota, "non ho idea di come facesse Zach a conoscere la sedazione vigile o di dove si sia procurato il Propofol, ma di sicuro ha funzionato. Non ero capace di ribellarmi, poteva farmi ciò che voleva. Io mi sarei accorta di tutto, senza avere le forze di fermarlo."

"No, amore, è merito tuo. Sapevi che stavo arrivando e hai resistito. Per me."

"È vero," ammise Dakota, "Caroline mi ha ripetuto svariate volte che voi sareste arrivati. Mi ha giurato che avreste capito il messaggio e che vi sareste mossi in fretta."

"Aveva ragione," disse Slade, "ma comunque il rapimento di Caroline non è stata colpa tua, te lo ripeto."

Dakota sospirò e appoggiò la testa sul petto di Salde, rifugiandosi nel calore della sua forza. "Cos'è successo ai corpi di Zach e dei suoi compari?"

Slade era abituato a quei cambi improvvisi di argomento, così l'assecondò: "Ci hanno pensato i compagni di Rex: Phantom, Gumby, Ace, Rocco e Bubba. Hanno fatto in modo che corpi e gommoni fossero presi in consegna.”

“Quindi?”

“Quindi non c’è altro che tu debba sapere in merito,” le disse Slade.

“Però sono davvero tutti morti, giusto? Non è che sono rintanati nella prigione di Guantanamo Bay e tramano vendetta contro di noi? Non mi mentiresti su questo, per cercare di non farmi preoccupare, vero che non lo faresti?”

“Sono tutti morti. Non c’è nulla di cui preoccuparsi,” le rispose Slade con un tono più fermo. Sentì le braccia di Dakota che lo stringevano, senza che lei si allontanasse da quell’abbraccio.

“Tu pensi... pensi che il temporale del mattino dopo sia servito a spazzare via tutto?” gli chiese. “Doveva far bel tempo; magari è stato un potere superiore che ha ripulito tutta la zona, per eliminare le vibrazioni negative rimaste sospese, qualcosa del genere.”

“Hmmm.” Slade rispose con un suono di gola che non diceva molto.

“Non importa. Son contenta che è finita.”

“Anch’io, amore. Non dovrai preoccuparti nemmeno che Ansar al-Shari’a mandi qualcuno a cercarti, perché Tex ha pubblicato un avviso sullo stesso sito clandestino che usava Zach, nell’avviso c’è scritto che siete state uccise entrambe. Comunque il movimento è praticamente morto perché non c’era nessuno pronto a raccogliere il testimone della causa. Non dico che non ci riproveranno, ma se lo faranno, probabilmente sceglieranno un vero tunisino, non un americano che finge di essere tunisino.”

Continuarono a passeggiare per un po’ di tempo, entrambi persi nei loro pensieri, poi Slade riprese a parlare: “Posso farti una domanda?”

“Ma certo,” rispose Dakota, guardandolo.

“Sei davvero contenta di non tornare a lavorare? Era molto tempo che lavoravi in quella scuola, il dipartimento ha detto che se vuoi puoi tornare in un batter d’occhio.”

Dakota fece spallucce: “Lo so, ma... è difficile da spiegare.”

“Provaci.”

“Sì, capo,” rispose Dakota con un sorriso. “Slade, è tutta la vita che lavoro. Ho smesso per un motivo valido, ma ho scoperto che lavorare al Little A’le’Inn era una soddisfazione nuova, del tutto diversa. Non servono diplomi, anche se non è molto stimolante, ma almeno è liberatorio. Niente scartoffie di cui preoccuparsi a fine turno. Quando finisci di lavorare, hai finito. Niente riunioni, niente genitori da compiacere, niente preoccupazioni, esami, politici, risultati. Ho conosciuto un sacco di brava gente. Mi è piaciuto essere libera di fare ciò che volevo, quando volevo.” Si chiuse nelle spalle. “Probabilmente è una brutta cosa da dire, ma mi piace non dover lavorare.”

“Non è una brutta cosa, amore, sei un essere umano.”

“Se lo dici tu.” Poi Dakota gli sorrise e gli mise una mano sulla guancia, coperta dalla barba, accarezzandolo col pollice mentre gli diceva: "Odio i limoni, ma adoro la limonata."

Slade incamerò quell'informazione a caso su di lei, insieme a tutte le altre informazioni che aveva appreso su di lei nei mesi scorsi. "In una scatola, a casa di mia madre, c'è la primissima uniforme che ho comprato quando sono entrato in marina. Non mi ha permesso di buttarla via."

Si sorrisero per un lungo momento, poi Slade la fece girare tra le proprie braccia e si misero a camminare per tornare all'appartamento. Avevano cominciato a raccontarsi piccoli dettagli appena dopo l'intervento al ginocchio di Dakota, quando si era risvegliata dall'anestesia.

Si erano accorti quanto poco sapessero l'uno dell'altra e avevano deciso di rimediare il prima possibile. Lei aveva imparato il linguaggio dei segni perché uno degli studenti della sua scuola era non udente. Lei voleva essere in grado di comunicare direttamente con quel ragazzo, invece di usare un interprete. Se Slade l'avesse saputo, avrebbe potuto intuire prima quel messaggio occulto e avrebbe raggiunto i terroristi prima che le portassero sui gommoni.

"Se dovessi scegliere tra guardare solo film della Disney per tutta la vita o film d'azione o d'avventura, sceglierei la Disney di sicuro," gli disse Dakota camminando.

"Perché?"

"Perché nei film della Disney c'è sempre un lieto fine."

"Non ti stancheresti di guardare cartoni animati? O di sentirli cantare?" le chiese Slade sorridendo.

"No no. Sai che mi piace tanto cantare sotto la doccia."

Slade lo sapeva. La prima volta che Dakota aveva potuto farsi una doccia senza l'infermiera che l'assisteva a domicilio, Slade aveva sentito dal bagno un rumore terribile, era corso al piano di sopra e aveva fatto irruzione nel bagno brandendo un coltello, pronto a uccidere chiunque stesse facendo del male a Dakota; ma si era accorto che quelle grida erano in realtà le note che Dakota cantava. O almeno ci provava. Si erano fatti una sana risata insieme, poi lui le aveva chiesto di promettere di non spaventarlo mai più in quel modo.

Con grande sorpresa di Slade, che aveva fatto di tutto per non affrettare le cose, la loro vita amorosa era meravigliosa. Nonostante la convalescenza e il problema al ginocchio di Dakota, avevano trovato vari modi di entrare in intimità. Il mese precedente, lei lo aveva finalmente convinto che non provava alcun dolore e che era pronta a concedersi in ogni modo.

Lui si era preso tutto il tempo, conoscendo ogni parte del corpo di Dakota, prima con le dita, poi con la bocca, infine affondando nel suo calore profondo. Era stata un'esperienza fantastica per entrambi. Non avevano corso, erano andati con calma, assaporando la sensazione di unirsi per la prima volta.

L'indomani sarebbero partiti per una gita di tre settimane, prima Las Vegas, poi Rachel, dove avrebbero passato un'intera settimana, poi giù per l'autostrada novantacinque, dove si sarebbero presi il tempo di visitare ogni albergo infestato o miniera abbandonata. Lui aveva già preparato nella sacca una bottiglietta di sciroppo alla menta piperita. Forse il caffè non avrebbe avuto ogni mattina lo stesso sapore fantastico di quelli che a lei piacevano tanto, ma ci sarebbe andato vicino... così lui sperava. Slade le aveva comprato una bella macchina per fare il caffè, così lei poteva gustarsi il suo caffè alla menta piperita ogni mattino.

Per la fine delle vacanze, lui aveva prenotato una suite extra lusso a Las Vegas, anche se Dakota ancora non ne sapeva nulla.

Slade sorrise al pensiero dell'anello che le aveva comprato. L'aveva nascosto in fondo alla sacca, le avrebbe chiesto di sposarlo una notte, a Rachel. Gli sembrava giusto chiederle di passare il resto della vita insieme nello stesso posto in cui si erano incontrati la prima volta. Aveva pensato di chiederglielo di notte, sdraiati sul tetto della macchina, mentre cercavano nel firmamento una stella cadente. Quando Slade guardava in alto nel cielo della notte, non poteva che pensare a lei.

Poi avrebbe cercato di convincerla a sposarlo a Las Vegas, sulla via del ritorno. Aveva già organizzato tutto, se lei avesse accettato, il padre li avrebbe raggiunti in volo per essere presente. Lei non avrebbe mai accettato di sposarsi senza avere il papà al fianco, Slade non gliel'avrebbe mai nemmeno chiesto.

Ma non era disposto ad aspettare nessun altro. Anche se non era giusto, forse era un po' egoista; Dakota probabilmente si aspettava una cerimonia classica, con tanto di abito nuziale bianco, in chiesa, ma lui non voleva aspettare. Voleva metterle l'anello al dito, darle il proprio cognome. Se poi Dakota voleva un ricevimento in grande, lui gliel'avrebbe organizzato una volta tornati a casa. Anzi, probabilmente anche Wolf e gli altri l'avrebbero preteso, ma lui voleva farla sua ufficialmente il prima possibile.

"Mi dispiace che non possiamo andare sulla tua Harley," gli disse Dakota, quando furono vicino al palazzo.

"Lo so, ma ci usciremo un'altra volta," la rassicurò Slade. Con il ginocchio ancora in convalescenza, lei non sarebbe mai riuscita a sopportare una corsa in moto su un tragitto così lungo. Lui le aveva comprato una Subaru Outback nuovissima, per rimpiazzare l'auto che gli scagnozzi di Fourati le avevano rubato a Rachel. Quando quei tipi avevano scoperto che il loro complice era stato catturato, l'avevano lasciato da solo a vedersela con la polizia. Rubare l'Impreza di Dakota non era stato difficile, dato che le chiavi erano inserite nel blocco di accensione. Almeno in quel paesino non era stato ucciso nessuno.

Del resto non c'era bisogno di mettere in piedi un inseguimento, perché Zach aveva intercettato tutte le conversazioni di Slade, quindi il piano di tornare a San Diego e di andare a casa di Wolf non era certo un segreto.

Più tardi, quella sera, dopo che Slade aveva preparato una deliziosa cenetta a base di bistecca e verdure, fecero la doccia insieme e si infilarono nel lettone.

Dakota gli si sdraiò sopra, completamente svestita, e si mise a giocare con la sua barba.

"Quando ero là fuori (sai, nell'oceano) pensavo a noi," gli disse tranquillamente.

Slade ce l'aveva già duro ed era più che pronto a infilarsi nel corpo caldo e bagnato di Dakota, ma attese con pazienza che lei gli raccontasse ciò che desiderava.

"Ci conoscevamo solo da pochissimo tempo, ma mi sembrava di conoscerti da sempre."

"Sai che la penso allo stesso modo. Dal primo momento in cui ho visto la tua foto, sapevo di doverti trovare."

"Pensi che... ma no, è una scemenza."

"Che cosa, amore? Niente di ciò che pensi è una scemenza."

"È solo che... pensi che fossimo amanti in una vita passata? Che in qualche modo ci conoscessimo già?"

Il cuore di Slade si fermò per un secondo, poi riprese il battito regolare, forse un po' più veloce. Lui non ci aveva mai pensato prima, ma gli sembrava logico. Per tutta la vita aveva avuto l'impressione che gli mancasse qualcosa. Nessuna delle donne con cui era stato gli aveva acceso lo stesso desiderio di Dakota. Pensava di amare l'ex moglie, ma dopo aver incontrato Dakota aveva capito cos'era veramente l'amore; Cynthia gli piaceva, ma non l'aveva mai amata nel modo in cui lei meritava.

"Penso che tutto sia possibile," rispose a Dakota.

"Davvero, non c'è alcuna spiegazione al perché io sia sopravvissuta," proseguì lei, ignara dell'effetto che quelle parole avevano sull'uomo sdraiato sotto di lei. "Cioè, tra le percosse, le droghe, sono riuscita a scappare dalla barca senza che Zach se ne accorgesse, poi tutto quel freddo... non è possibile, troppa fortuna. Lo sai cosa penso?” gli chiese sottovoce, abbassandosi e baciando Slade sulla bocca.

“Cosa pensi, amore?”

“Penso che fosse destino, dovevamo stare insieme. Anche se ci è servita una vita per incontrarci, chi ci guarda dall’alto ha deciso che avevamo sofferto abbastanza e che non era giusto dividerci così presto. Ci eravamo trovati, ma non avevamo avuto abbastanza tempo per stare insieme. Quindi abbiamo avuto come una seconda possibilità.”

Slade rimase tranquillo a riflettere su quelle parole.

“Ti ho detto che era una scemenza,” proseguì Dakota arricciando il naso. “Non darmi retta.”

“Non è una scemenza,” insisté Slade, “nella mia carriera ci sono stati momenti molto pericolosi, al limite, a volte sapevo che avrei dovuto morire, ma chissà come ero sopravvissuto. Ero seduto molto vicino a Tex, quando è stato colpito da quell’ordigno. Lui ha perso una gamba, io nemmeno un graffio. Non ho mai capito il perché. Almeno finora. Ora so che è perché non ti avevo ancora incontrata.”

“Slade,” sussurrò Dakota con gli occhi colmi di lacrime.

A quel punto fu lui a prenderle il viso tra le mani: “Chiamalo Dio, chiamala fortuna, chiamalo come vuoi. Ma per me, finché non invecchieremo insieme, sarà sempre il Fato. Eravamo destinati a trovarci. Destinati a passare insieme la vita. Ma sai anche cosa?”

“Cosa?” gli chiese lei.

“Penso che ci troveremo anche nelle prossime vite.

In tutte le vite future. Un amore come il nostro non si limita a una sola esistenza.”

“Lo spero proprio.”

“Io ne sono certo,” ribadì Slade, che poi la baciò. Fu un bacio lungo, che diventò subito erotico. Slade fece spostare Dakota con attenzione fino a trovarsi su di lei. Dakota aveva le gambe divaricate, Slade si appoggiò a lei coi fianchi, poi spostò una mano dal viso, portandola giù, sul corpo di lei, fermandosi a giocare con i capezzoli. Quando entrambi ebbero bisogno di prendere fiato, Slade spostò le labbra dalla bocca al petto di Dakota.

Le leccò i capezzoli, li succhiò, mentre continuava a muovere la mano verso il basso. La accarezzò tra le gambe mentre le mordicchiava i boccioli turgidi. Lei aveva fatto grandi passi avanti, dalla prima volta, dopo il dramma. Quando erano stati insieme per la prima volta, lui le aveva toccato il petto e lei si era molto innervosita. Slade l’aveva tenuta stretta, vicina, mentre lei gli raccontava ciò che le aveva fatto Zach.

Ormai Dakota voleva su di sé la bocca di Slade; non solo le piaceva, ma voleva che le stringesse i capezzoli con forza. Le piaceva sentirseli pizzicare, sentirlo giocare. Slade voleva assaggiarla, così si spostò più in basso, appoggiando la pancia sulle gambe di Dakota, che sollevò e appoggiò sulle proprie spalle.

“Sei comoda?” le chiese. Sempre facendo attenzione al ginocchio infortunato, Slade attese che lei annuisse, prima di continuare.

Sentitosi rassicurato, Slade abbassò la testa e cominciò a leccarle il clitoride, che spuntava già dalla sua guaina. Con la punta di un dito, Slade le stuzzicò l'apertura, mentre leccava e succhiava il fascio di nervi.

Solo quando lei cominciò a muoversi sotto di lui, spingendogli i fianchi contro la faccia, pregandolo di andare al sodo, solo allora lui le infilò lentamente un dito dentro. Non si sarebbe mai stancato di sentirla calda e stretta. Era come se il corpo di Dakota fosse fatto per lui, solo per lui. Slade sorrise sentendo i succhi abbondanti che lei produceva per farlo scivolare meglio. Dakota sapeva cosa voleva e non si vergognava del modo in cui il suo corpo si bagnava per lui.

Le leccò con più forza il clitoride, incurvano l'indice dentro di lei per trovare il punto G. Dakota era la donna più reattiva con cui Slade fosse stato, perché erano destinati a stare insieme, lui ne era certo. Sorrise, sentendola che si stringeva intorno a lui gemendo, poi cominciò a stuzzicare il punto speciale dentro di lei con un ritmo costante.

Slade riusciva a leggere il corpo di Dakota come se fosse il proprio; gli piaceva il modo in cui Dakota agitava le gambe e spingeva in alto i fianchi. Era sempre più vicina e lui non vedeva l'ora di sentirla esplodere di piacere. Non gli serviva nemmeno essere dentro di lei, per godere di quell'orgasmo.

Slade si concentrò sul clitoride, leccandolo con forza, rapidamente, aumentando allo stesso tempo la velocità del dito con cui la stimolava all'interno. Nel giro di pochi secondi, Dakota cominciò a tremare in modo frenetico, venendo e bagnandogli ancor di più la mano.

Slade continuò a leccarle il clitoride finché non la

sentì allontanarsi dal contatto; allora estrasse il dito da dentro e se lo portò alla bocca, leccandoselo. Poi risalì il corpo rilassato di Dakota e si mise in ginocchio sopra di lei. Aveva l'uccello gocciolante e non vedeva l'ora di penetrare la donna che amava.

"Ti amo," le disse.

"Anch'io ti amo," rispose subito Dakota, che poi lo guardò in faccia; Slade aveva la barba piena di succhi e si leccò le labbra. La sentì tremare sotto di lui, per il crescente desiderio.

"Ho bisogno di te," gli disse senza la minima timidezza.

"Io avrò *sempre* bisogno di te," le rispose Slade, che poi allungò una mano per prendersi l'uccello duro come la roccia e farlo passare sulla sua apertura bagnata. Lei inarcò i fianchi per farlo appoggiare dove lo voleva e gli mise le mani dietro al sedere per tirarlo vicino.

Slade la penetrò lentamente, dicendole meravigliato: "Ogni volta è come la prima volta. Il tuo corpo mi prende e mi risucchia."

"Mi piace sentirti dentro di me," gli disse Dakota.

"A me piace sentirmi dentro di te," le rispose Slade sorridendo. Era un botta e risposta ricorrente tra loro, una specie di rituale. Slade si spinse dentro di lei fino in fondo, poi le mise una mano sotto al sedere e la sollevò per guadagnare qualche altro millimetro prezioso. Quando sentì le palle che rimbalzavano sul sedere di lei, lei lo strinse con i muscoli interni.

Slade fece un respiro profondo e le strinse il sedere in tutta risposta, dicendole sorridente: "Che golosa."

"Sempre. Voglio tutto ciò che puoi darmi."

Lui uscì lentamente, guardando in basso tra loro, osservando l'uccello che emergeva dal corpo di lei, coperto dell'eccitazione di Dakota. "Non mi stancherò mai di questo," le disse, senza togliere gli occhi dal punto in cui erano collegati e tornando a penetrarla. "Mi piace vederti sul mio uccello."

Poi Slade alzò di nuovo lo sguardo su di lei, si sistemò sostenendosi con le mani sul letto, di fianco a Dakota, iniziando a fare l'amore con lei.

Dentro e fuori.

Dentro e fuori.

Spingeva piano, usciva rapidamente.

Poi spinse qualche volta con forza, rallentò e si mosse dentro di lei, assaporando quel piacere, facendo l'amore come potesse durare tutta la notte.

Ma Dakota quella sera non aveva tanta voglia di andarci piano. Piegò le ginocchia e avvolse le cosce intorno ai lombi di Slade: "Scopami, Slade, ne ho bisogno. Ho bisogno di te."

Slade si accorse che stava perdendo il controllo prezioso a cui si era aggrappato con tutto se stesso, si mise mezzo seduto e le afferrò le caviglie. Poi se le appoggiò dolcemente sulle spalle e si abbassò di nuovo su di lei.

Dakota a quel punto era quasi piegata a metà, completamente abbandonata; alzò una mano e prese un cuscino da dietro la testa. Slade l'aiutò a sistemarselo sotto al sedere, poi Dakota alzò le braccia sulla testa e si aggrappò alla testiera del letto.

Lo guardò dritto negli occhi e gli disse sottovoce: "Scopami, Slade. Scopami forte."

Quelle parole gli fecero perdere il controllo ferreo che aveva mantenuto fino a quel momento. Slade si spinse dentro di lei con forza, capendo dai gemiti di Dakota che anche a lei piaceva molto. Spinse ancora, di nuovo; ogni volta lei gli andava incontro, spingendo il bacino contro di lui.

Slade capì che non sarebbe durato molto. A ogni spinta, gli sembrava di sentirsi completamente dentro di lei. Era stretta, molto bagnata, il rumore che l'uccello faceva affondando in lei era quasi osceno. Ma a lui non importava, chiaramente nemmeno a lei.

"Vieni dentro di me, Slade, riempimi."

Avevano discusso ancora e non volevano avere figli, così Slade si era sottoposto a vasectomia. Voleva la libertà di venire dentro Dakota e non voleva che lei si riempisse di ormoni per evitare una gravidanza indesiderata. La decisione migliore che avesse mai preso, perché così poteva fare l'amore senza nessuna barriera. Certo, con tutti i fluidi c'era un po' da ripulire, ma era molto intimo ed eccitante.

Le parole di Dakota erano tutto ciò che serviva ai testicoli, che rilasciarono un bel carico di sperma. Slade mise una mano tra i loro corpi e le stimolò il clitoride col pollice, mentre veniva. La sentì venire una seconda volta. Negli spasmi dell'orgasmo si scontrarono più volte, persi nella gioia e nel piacere dei loro corpi e dello stare insieme.

Slade tornò in sé prima di Dakota, le spostò le gambe dolcemente togliendosele dalle spalle e baciandole i polpacci, prima di farle appoggiare con calma sul letto, sempre facendo attenzione a non strattonare il ginocchio ancora in convalescenza. Poi rimase dov'era, su di lei, sapendo che prima o poi gli sarebbe scivolato fuori, si girò fino a mettersi sotto di lei.

"Mmmmm," mormorò Dakota contro di lui, come una gattina felice.

"Stai bene? Niente dolori?" le chiese Slade.

"Niente dolori, sto benissimo, alla grande," gli rispose docilmente.

"Ti amo," le disse Slade.

"Anch'io ti amo."

Passò un breve momento, poi Dakota gli disse: "Ho il secondo dito dei piedi più lungo dell'alluce."

Slade sorrise. Non si sarebbe mai, mai stancato di sentirla raccontare dettagli insignificanti su se stessa. "Non ho tatuaggi perché ho paura degli aghi."

Dakota alzò la testa e lo guardò incredula: "Davvero?"

"Davvero."

"Hmmm. Mi dispiaceva quando mi hanno rapita, perché non sapevo molto su di te, ma ho appena capito che sapevo la cosa più importante. Tutto il resto è di contorno. Un contorno che mi piace, non fraintendermi, ma potremmo andare avanti una vita e non sapere tutto ciò che potremmo sapere l'uno sull'altra."

"Qual è la cosa più importante, amore?" le chiese Slade.

"Sapevo nel profondo dell'anima che avresti fatto di tutto pur di trovarmi."

"Puoi giurarci," le disse Slade, baciandola con grande passione. Fu un bacio profondo e lungo, con cui Slade sperava di trasmetterle tutto ciò che provava per lei.

Ci riuscì.

"Ti amo," gli disse Dakota appoggiandogli la testa sul petto e preparandosi a dormire.

"Anch'io ti amo, tesoro."

———

Greg Lambert non riusciva a dormire. Aveva letto di nuovo il rapporto finale che Slade Cutsinger gli aveva inviato. Era un rapporto dettagliato e completo, che gli dava un certo orgoglio per aver contribuito a eliminare una minaccia terroristica che avrebbe attanagliato gli Stati Uniti, se non fosse stata affrontata.

Ma c'era comunque il rischio che altre minacce affiorassero. Slade e gli altri ne avevano annullata una, ma chissà quanti altri pazzi c'erano in giro.

Le pressione di sapere che altri terroristi potevano essere in giro, liberi di tramare e programmare l'uccisione di cittadini americani innocenti non faceva addormentare Greg. Seduto, con i piedi giù dal letto, dato che non riusciva a dormire, Greg decise di alzarsi e di programmare la missione successiva.

Si avviò verso l'ufficio, si baciò le dita e le appoggiò al vetro che proteggeva la fotografia della sua defunta moglie, poi si accomodò sulla sedia, alla scrivania. Tirò fuori dal cassetto l'elenco degli ex SEAL della marina che erano stati selezionati come candidati per missioni in solitario, cercando di decidere chi chiamare e che terrorista abbattere.

Scorrendo il dito sulla pagina, si fermò su un nome. Bingo. Aveva controllato quel militare e sapeva senza dubbio che sarebbe riuscito a completare la missione che gli avrebbe affidato. L'ex comandante guardò l'orologio al polso. Era ancora troppo presto per telefonargli subito, ma nel frattempo poteva cominciare a buttare giù degli appunti.

Un terrorista era stato eliminato, ma ce n'era sempre un altro pronto a sostituirlo.

Greg afferrò la tazza di tè ormai freddo che aveva bevuto prima e si versò un sorso di whiskey. Poi la alzò come in un brindisi silenzioso. *A Slade... e Dakota. Possiate vivere per sempre liberi da ogni preoccupazione e dal terrorismo. Amatevi sempre come se non ci fosse un domani, perché non si sa mai quando uno verrà a mancare.*

A quel punto, Greg bevve quel miscuglio tutto d'un fiato e fece un respiro profondo. Era ora di rimettersi al lavoro.

———

Grazie per aver letto la serie Armi & Amori! Ora che la serie è completa, puoi cominciare con il primo libro di un'altra serie di SEAL che ho scritto... Forze Speciali alla Hawaii. Il primo libro è Trovare Elodie ed è già in vendita! Buona lettura!

<u>Forze Speciali alle Hawaii</u>

Trovare Elodie
Trovare Lexie
Trovare Kenna (19 Oct 2021)
Trovare Monica
Trovare Carly
Trovare Ashlyn
Trovare Jodelle

<u>Mercenari di Montagna</u>

Difendere Allye
Difendere Chloe
Difendere Morgan
Difendere Harlow
Difendere Everly
Difendere Zara
Difendere Raven

<u>Ace Security</u>

Il riscatto di Grace
Il riscatto di Alexis
Il riscatto di Bailey
Il riscatto di Felicity
Il riscatto di Sarah

BIOGRAFIA

L'autrice best seller del *New York Times*, *USA Today*, e *Wall Street Journal*, Susan Stoker ha un cuore grande come lo stato del Texas, dove vive, ma questa tipica ragazza americana ha trascorso gli ultimi quattordici anni vivendo nel Missouri, in California, in Colorado, e nell'Indiana. È sposata con un ex militare dell'esercito, che ora la segue in tutto il Paese.

Ha debuttato con la sua prima serie nel 2014, seguita dalla serie SEAL of Protection, che ha consolidato il suo amore per la scrittura, e la creazione di storie in cui i lettori possono perdersi.

Se ti è piaciuto questo libro, o qualsiasi libro, per favore considera di lasciare una recensione. Gli autori lo apprezzano più di quanto tu possa immaginare.

www.stokeraces.com
susan@stokeraces.com

www.ingramcontent.com/pod-product-compliance
Lightning Source LLC
Chambersburg PA
CBHW060233100726
47907CB00003B/610